海外嫏嬛录

卞东波 著

凤凰枝文丛 / 孟彦弘 朱玉麒 主编

凤凰出版社

图书在版编目（CIP）数据

海外嫏嬛录 / 卞东波著. -- 南京 : 凤凰出版社,
2021.9
（凤凰枝文丛 / 孟彦弘，朱玉麒主编）
ISBN 978-7-5506-3482-4

Ⅰ. ①海… Ⅱ. ①卞… Ⅲ. ①随笔－作品集－中国－
当代 Ⅳ. ①I267.1

中国版本图书馆CIP数据核字(2021)第146657号

书名	海外嫏嬛录
著者	卞东波
责任编辑	李相东
书籍设计	徐 慧
出版发行	凤凰出版社(原江苏古籍出版社) 发行部电话025-83223462
出版社地址	江苏省南京市中央路165号,邮编:210009
出版社网址	http://www.fhcbs.com
照排	凤凰零距离数字印前中心
印刷	苏州市越洋印刷有限公司 江苏省苏州市吴中区南官渡路20号 邮编:215104
开本	880毫米×1230毫米 1/32
印张	10.5
字数	210千字
版次	2021年9月第1版
印次	2021年9月第1次印刷
标准书号	ISBN 978-7-5506-3482-4
定价	68.00元

(本书凡印装错误可向承印厂调换,电话:0512-68180638)

卞东波

1978 年生，江苏南京人，现为南京大学文学院教授，博士生导师。主要从事中国古代文学、域外汉籍研究。著有《域外汉籍与宋代文学研究》《域外稽古录：东亚汉籍与中国古典文学研究综论》，编有《寒山诗日本古注本丛刊》《朱子感兴诗中日韩古注本集成》等。

弁 言

“凤凰台上凤凰游”，是李白《登金陵凤凰台》之诗句，昔年我江苏古籍出版社立足南京、弘扬文史，而更名所由也。

“碧梧栖老凤凰枝”，是杜甫《秋兴八首》所吟咏，今日我凤凰出版社为学林添设新枝，而命名所自也。

30 多年来，凤凰出版社围绕中华传统优秀文化，彰显传承文明、传播文化、服务大众、贡献学术的出版理念，坚持以整理出版中国文、史、哲古籍及其研究著作为主的专业化方向，蒙学界旧雨新知之厚爱、扶持，渐已长成“碧梧”，招引了学界“凤凰”翩然来栖。箫韶九成，凤翥凰翔！嘤其鸣矣，求其友声！

“凤凰枝文丛”是本社与学界同人共同打造之文史园地，除学术研究论文外，举凡学人往事、经典品评、学术札记之文化随笔，旧学新知，无所不包。是作者出诸性情而诗意栖息之地，读者信手撷取而涵泳徜徉之处。

“凤凰鸣矣，于彼高冈。梧桐生矣，于彼朝阳。”

愿“凤凰枝文丛”成为我们共同的文化家园。

2019.5.22

自序

我不是专业作家，甚至业余作者都算不上。不过，自己从小喜欢舞文弄墨，又是中文系科班出身，在中文系读书十年，又任教十余年，一时技痒，也会操觚弄笔一番。平时写得最多的是学术论文，所以写起散文来也不禁会犯“考据癖”、掉书袋的毛病。陈平原教授有一本书叫《从文人之文到学者之文：明清散文研究》，区分了“文人之文”与“学者之文”。然而在我看来，中国古代的“文人之文”与“学者之文”很难区分，中国古代的士大夫很多是集官员、学者、文人、艺术家于一身，特别是宋代以降的文章大家无不如此。所以清代的桐城派提出作文要“义理、考据、辞章”合一，正是基于创作主体本身的特质，也可以说是自然而然的要求。宋代严羽在《沧浪诗话》中痛批宋人作诗“以才学为诗”，主张“羚羊挂角，无迹可寻”的神韵、性灵之作，但包括严羽自己在内的中国古代诗人能达到这种境界者很少，这反而成为很多作者远离“学”的借口。我比较喜欢清代叶燮《原诗》中的话：“大约才、识、胆、力，四者交相为济，苟一有所歉，则不可登作者之坛。四者无缓急，而要在先以识，使无识，则三者俱无所托。”“识”应该是建立在“学”的基础之上的，怎么获得“识”？很大程度上靠读书培养。我平时也比较喜欢读学人随笔，特别欣赏那些学术性与文学性兼具的文字，读来津津有味，回味无穷。心里想，如果我自己写随笔的话，也应该如此来写。

我也一直期待着能写一本在海外访学的随笔集，一是盘点一下十几年来在海外各名校以及藏书机构访书问学的心路历程，二是与朋友们分享一下我访学过程中的美好记忆。平时写学术论文，排比史料，考据推理，虽自感严谨扎实，但读来“理过其辞，淡乎寡味”（钟嵘《诗品序》），只睹文字，不见性情，心中慊慊，犹有恨焉。于是，这些年来，有空的时候，便凝神静虑，展开回忆的翅膀，纵笔写了数篇在海外游学的轻松文字。承凤凰出版社李相东、王清溪、樊昕诸兄不弃，竟有数篇揭载于《古典文学知识》上。

2019 年夏，凤凰出版社林日波兄致电于我，说凤凰出版社打算出版一套学人随笔集“凤凰枝文丛”，约稿于我，让我贾其余勇继续写作有关海外访学的随笔。欣然应命之后，便利用这两年节假日的余闲，一鼓作气写完了数篇，加上从前写的几篇，居然也有十多万字了，但正如陶渊明所说的“辄题数句自娱，纸墨遂多，辞无诠次”（《饮酒二十首序》）。“自娱”可以，但要拿出来出版，还需要整饬文字，遂在2020年的最后一季集中精力，又将文字打磨了一番，才敢拿出来献丑。感谢门下研究生张新雨、王茹钰、靳晓岳、侯悦又帮我润饰了一番文字。因为时间和篇幅的关系，还有一些计划中的文章，如在静嘉堂文库、内阁文库、金泽文库、京都大学附属图书馆、关西大学图书馆等处访书的故事还未能写出来，虽说有些遗憾，但留待将来似乎也可以为我以后再次唤起美好的记忆创造机会。

庚子年初，天降大疫，对社会经济造成巨大的损失，也对国际学术交流产生很大的影响，故在年末梳理我从前的记忆，“当时只道是寻常”（纳兰性德《浣溪沙》〔谁念西风独自凉〕）的往事也越发觉得珍贵起来。希望全球的新冠疫情早日结束，重新恢复正常的国际学术交流。

本书是国家社科基金重大项目“东亚古代汉文学史”（19ZDA260）阶段性成果，并受到江苏高校“青蓝工程”中青年学术带头人项目、江苏省社科英才“域外汉籍视域下的中国古代文学研究”项目资助。

卞东波

2020年12月10日识于金陵盋山无待有为斋

目录

第二辑　徐福行时书未焚：东瀛访书记

第三辑　我来海外交有神：海外的书与人

第一辑 天上玉堂森宝书：北美访书记

意深墨浅无从写

——哈佛燕京图书馆所藏的钱锺书签名本

哈佛燕京图书馆藏有钱锺书先生签名赠书两种，一种是 1949 年 3 月出版的“晨光文学丛书”版的《围城》，一种是 1979 年 8 月中华书局出版的《管锥编》。虽然这两种书都不是传统意义上的善本，但因为书上有钱锺书先生的亲笔签名，故而哈佛燕京图书馆将其定为“新善本”。

《围城》写于 1944 年，最早连载于李健吾、郑振铎先生主编的《文艺复兴》上，从 1946 年 2 月 1 卷 2 期开始登载，一直到 1947 年 1 月 2 卷 6 期刊完，总共 10 期（中间停了 1 期）。1947 年 5 月，晨光出版公司出版了《围城》单行本，列为赵家璧先生主编的“晨光文学丛书”第八种。1948 年 9 月再版，1949 年 3 月又出了第三版，哈佛燕京图书馆的藏本即为第三版。版权页上除了版次之外，还写着“本书有著作权”“每册定价四元”。此书不是在 1949 年一出版时就入藏哈佛燕京的，而是在 1961 年 7

哈佛燕京图书馆所藏晨光版《围城》封面及扉页钱锺书的签名

月 21 日（当时哈佛燕京图书馆还名为“哈佛大学汉和图书馆”）。该书有扉页，画有一幅漫画，中心位置是一位穿着博士袍的青年男士，旁边飞的是博士帽、文凭和书卷，博士袍上还画着一位疑似裸体的女人，女人下面则是一艘邮轮。显然这隐喻的是《围城》开头写的故事，讲的是方鸿渐回国时在白日拉隆子爵号上与鲍小姐的风流韵事。就在这扉页上有钱锺书先生的签名“钱锺书赠”，但没有赠书的日期，也没有个人的印章。

那么问题就来了，这本书 1949 年出版，却是 1961 年入藏，难道是 1961 年钱锺书从中国寄给哈佛燕京图书馆的吗？考虑到当时中美之间并无外交关系，以及当时的中国政治形势，钱锺书不可能寄书到美国来，所以我觉得，最大的可能性是 1979 年春，钱锺书随中国社科院代表团访美，到访哈佛大学，在参观哈佛燕京图书馆时，临时签在这本书上的。

1979 年 4 月 28 日，钱锺书随中国社科院代表团到达哈佛，在哈佛逗留了四天。在哈佛期间，钱锺书最重要的活动就是见到了数十年未见的清华老友方志彤（Achilles Fang,1910—1995）先生。会面之后，两人还有书信往返，如今钱锺书写给方志彤先生的英文信还完整地保存在哈佛大学档案馆方志彤档案中，高峰枫先生专门作文讨论过这一问题（参见高峰枫《钱锺书致方志彤英文信两通》,《东方早报》2010 年 12 月 19 日）。笔者也曾亲自调阅过方先生的档案，读过这封信的原件。30 多年过去了，这封信仍然笔墨如新。高先生文章中也引用到方志彤 1979 年 5 月 2 日写给 Elizabeth Huff 的信，信中详细介绍了钱锺书在哈佛的行程，其中就提到钱锺书与哈佛大学东亚系两位教授海陶玮（James Hightower）、韩南（Patrick Hanan）的会见。正是有了这一层关系，所以钱锺书赠《管锥编》给韩南也就可以理解了。

《管锥编》由中华书局初版于 1979 年 8 月，故不可能是当年 4 月钱先生访问哈佛时所赠，定是 8 月出版后，钱先生从中国寄给韩南教授的。签名本扉页上有钱先生的

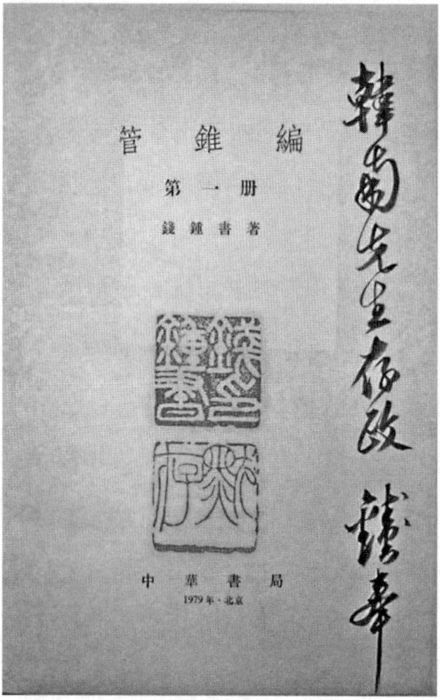

哈佛燕京图书馆所藏《管锥编》扉页上的钱锺书签名及印章

亲笔题字“韩南教授存政　钱锺书奉”，字是用毛笔写的，题字旁边还有钱锺书先生两枚印章，一枚是阴文的“钱锺书印”，另一枚是阳文的“默存”。看了钱先生赠韩南教授的《管锥编》签名之后，我越发相信《围城》上的签名是后来访美时写上去的。一是签字用的是圆珠笔，因为当时在美国，条件不允许用毛笔，故临时用了圆珠笔；二是没有钤章，因为在外，印章没有随身带。笔者在网上搜索了一下，钱先生的签名赠书基本上都是用毛笔写的，一般都钤有印章。钱锺书先生的签名有他自己特有的方式，即将“钱锺书”三个字融为一个字，我们从哈佛藏的《围城》和《管锥编》上都可以看到这一别具特色的签名。除了《管锥编》上的“钱锺书印”之外，我在网络上看到钱先生送给扬之水先生的赠书上有另一种阴文的“钱锺书印”，与此不同。

韩南教授从1968年起任教于哈佛大学东亚系，是研究中国古典小说的专家，曾将多部中国古代小说翻译为英文，他于1997年荣退后，将他的大部分藏书赠送给了哈佛燕京图书馆，故钱先生的签名本应是韩南教授的赠书。2014年4月，韩南教授遽归道山。捧读这位曾经做过近十年哈佛燕京学社社长的韩南教授的藏书，看到钱先生的签名，觉得时光仿佛就定格在这方寸之间，几十年间的中美人文交流也凝固在其间，不禁感慨系之。

钱锺书先生与哈佛的缘分可能并不止于此，他的同学好友方志彤先生长期执教于哈佛东亚系，但郁郁不得志，始终没能当上哈佛的教授，仅以高级讲师退休，但他在哈佛培养了不少学生，著名汉学家艾朗诺（Ronald Egan）教授即为其一，艾氏也曾在哈佛东亚系任教多年，现为斯坦福大学汉学讲座教授。1979年，方志彤读到《管锥编》后，爱不释手，嘱咐艾朗诺以后若有机会可将其翻译为英文（参见盛韵《艾朗诺谈〈管锥编〉》，载《东方早报》

2009 年 4 月 19 日）。艾朗诺教授不负老师之期待，花费数年时间，将《管锥编》500 则译为英文，于 1998 年在哈佛大学出版社出版，英文书名为“Limited Views:Essays on Ideas and Letters”。可以说，钱先生与方先生的友谊延续了哈佛两代学人。

另据郭宏安先生记载，钱先生可能“是第一个知道并了解儒勒·布罗迪的中国人”，他很早就读过布罗迪的作品，并在《管锥编》中加以引用，而儒勒·布罗迪正是哈佛大学罗曼语系的名教授（参见郭宏安《钱锺书〈外文笔记〉：露钞雪纂，可补三箧之无》，载《人民日报》2014 年 8 月 26 日）。据说，哈佛大学比较文学系的头牌教授——“白璧德比较文学讲座教授”莱文（Harry Levin，1912—1994）学富五车，对西方文学造诣极深。到北京与钱锺书谈话后，他觉得非常沮丧，说了一句话：“我知道的东西，他都知道，而我对他的世界一无所知。”

虽然钱锺书没有在哈佛求过学，也没有长期访问过，但他与哈佛的缘分匪浅，哈佛燕京图书馆所藏的他的两部签名本正是他与哈佛因缘的缩影。

2016 年 4 月 6 日

本文原载《书屋》2016 年第 5 期

负笈谁期留异国

——哈佛新见杨联陞先生的手迹

一

记得20年前，我开始在南大中文系攻读硕士研究生，终于有权力进入中文系的资料室借书。借完书后，照例要填一张借书卡，填写借书的时间，并签下自己的姓名。签名之际，从前借过此书的人也历历在目，借阅的时间从20世纪50年代一直到2007年，未曾中断。所以每一次借书都是一次重访与追忆，也是一次历史的交接。

我在南大中文系资料室的借书卡上看到过很多熟悉的名字，既有自己的老师，也有很多同学、同门、朋友的名字。字迹或工工整整，或歪歪扭扭，或龙飞凤舞，或春蚓秋蛇。字如其人，看到这些签字，我的脑海中又浮现出一个个鲜活的形象。有几次借到的书，发现上面赫然有授业老师的签名，我立刻感到特别荣幸。

不过，2007年以后，中文系资料室开始改革，实行电子借阅，贴上条形码，一扫卡证，信息就输入电脑了，不用再签名。这样确实非常方便，也是趋势。可是我却突然感到一种文脉的断绝，估计以后的学生也不会再有发现老师借过的书的兴奋了。书自有其生命，就在一双双手中传承，就在一双双眼睛中不朽。我觉得，图书馆可以一方面实行电子借阅，同时也保留填卡片的习惯。多少年过后，当后生学子再借到这本书时，看到上面满是著名学者的签名，无形中就会形成一种历史感与荣誉感，说不定还会产生自觉加入这个行列的意识。

这种情形恐怕不是中国独有的。2008年，我到哈佛燕京学社访学，平时最大的爱好就是在哈佛燕京图书馆中一架架地翻书。哈佛燕京图书馆在1970年代以前还叫“哈佛大学汉和图书馆”，顾名思义，就是藏书以中文和日文为主。后来因为中文图书太多，不得不被迁到远程书库，而日文图书则几乎还都放在图书馆中，占了图书馆的三层。日本出版的关于东亚研究的书这里几乎都有，即使比较生僻或难找的日文书也可以在哈佛燕京图书馆中找到，书架上还有不少明治时代的和刻本汉籍（江户时代刊刻的汉籍则收藏在善本书库中）。

到哈佛燕京访问时，我已经开始了域外汉籍的研究，所以到哈佛访学的主要目的之一就是调查和收集哈佛燕京图书馆收藏的域外汉籍资料。哈佛燕京图书馆借书也已经使用电脑，扫一下哈佛 ID，然后再扫一下要借的书就可以了。不过，在哈佛借书，每本书后都会贴一张借书单，借出时馆方会在上面盖上过期的时间，意在提醒。有些书因为借的人比较少，还保留着电脑借阅之前手写的借书条。

这一日，我在书架上翻检日本岩波书店出版的《大日本古记录》丛书（东京大学史料编纂所编），其中有我想研究的五山禅僧瑞溪周凤（1392—1473）所写的日记节录本《卧云日件录拔尤》。《卧云日件录》已经亡佚，所存的仅是其弟子惟高妙安（1480—1567）所编的节本（“拔尤”），本书是研究五山文学与学术的宝贵资料。

借过此书的人不多，加上我不超过十个，这可以从书末所贴的借书条上看到。最早一次借阅是 1968 年，而最近的一次借阅是在 2001 年。本来我也不太在意哪些人借过此书，可是借书条上一个小小的签名吸引了我——L.S. Yang！我一看，就知道一定是曾任哈佛大学东亚系中国历史教授的杨联陞。虽然已经过去了四十年，但杨先生的笔迹如新，仿佛刚刚把书还掉。想起以前读过的《论学谈诗二十年——胡适杨联陞往来书札》，里面杨先生的签名也是这样的。

杨联陞先生自称“开汉学杂货铺的”，他曾取《朱舜水集》中一联以自警：“僭比仰山杂货铺，难为舜水异邦人。”（见蒋力编《莲生书简》，商务印书馆 2017 年版，第

398 页）所谓“开杂货铺的”就是指对汉学研究各个领域都知道一点，虽然杨先生不研究日本历史，但并不妨碍他对日本中世史的兴趣，所以他借阅《卧云日件录拔尤》再自然不过。

之后，我在哈佛燕京图书馆中看到了更多杨先生的签名。我有一段时间天天去哈佛燕京图书馆善本阅览室中去看善本书，这些善本书的函套内也有一张借阅卡，上面有借阅此书的读者签名。于是，我就在更多的古籍借阅卡上见到“L.S. Yang”的签名，比如，伍涵芬所编的《说诗乐趣类编》清刻本的借阅卡上就有杨联陞教授的借阅记录，而且借阅时间最早。

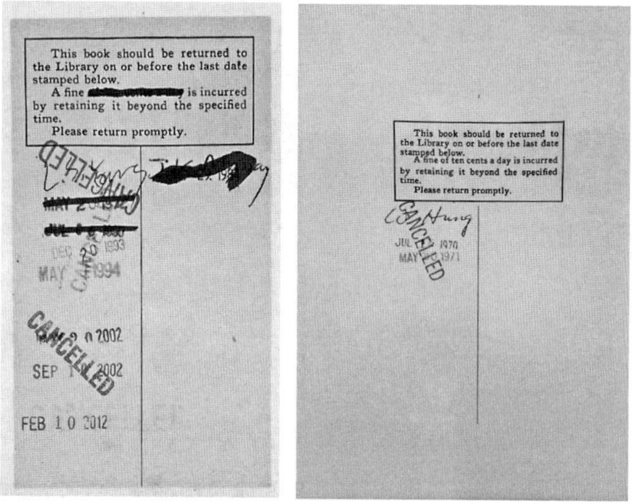

哈佛燕京图书馆所藏古籍借阅卡上的杨联陞、洪业的签名

我曾在一部明刊本《镌李及泉校于鳞笺释唐诗选》上看到洪业（William Hung）教授的签名，这本书是1970年7月19日借出的，并在1971年5月20日归还，大概在洪先生手上盘桓了一年之久。

杨联陞、洪业先生的手泽，触手若新，所谓“萃手泽于缣缃”（杨亿《武夷新集》卷十八《谢宣召赴龙图阁宴会及观御制御书状》），后之览者不能不产生一种历史感。我特别喜欢读《论学谈诗二十年——胡适杨联陞往来书札》，后来也拜读了杨先生的其他著作，如《国学探微》《中国制度史研究》以及《哈佛遗墨》《莲生书简》等，但我以前从未想过能与杨先生产生交集，不意竟在哈佛燕京图书馆看到了杨先生的亲笔签名，内心激动之情可想而知。

二

没想到的是，我在哈佛看到了更多杨先生的手迹。2011年，我在《文学遗产》第5期看到闫月珍教授翻译的方志彤《〈诗品〉作者考》一文，此文的英文底稿就藏于哈佛大学档案馆方志彤档案中。在此之前，我在《哈佛亚洲学报》上就读过方志彤翻译的陆机《文赋》，也知道他的博士论文研究的是艾兹拉·庞德（Ezra Pound），长达八百多页，但一直未出版（后来闫月珍教授引进了这部厚重的博士论文《庞德〈诗章〉研究》，并于2017年在中西书局出版）。

2014 年 8 月，我再次到哈佛大学访学一年，遂利用这次机会，申请查阅了方志彤先生的档案。方先生虽不是文献学家，却有强烈的文献保存意识，他的档案中保存了很多与他的生平、交游相关的资料，可以说是一个研究北美汉学的宝库。就在方先生的档案中，我无意间看到一幅杨联陞先生的手书，原来是杨先生庆祝方志彤先生荣休时所写的短笺。这封短笺原放在一个信封中，信封上用红色圆珠笔写着“方志彤先生荣休之庆”。短笺上是杨联陞先生用毛笔写的贺信：

谨具
醉翁之意不在
君子之交淡如
各乙瓶
奉祝
志彤我兄荣休之喜
弟杨联陞敬贺
汤中牢丸，内子同制
共申贺悃

1977 年，方志彤以“高级讲师”（senior lecturer）的职称在哈佛大学退休，此信当写于此时，距今已有 40 余年。这封手札体现了杨联陞先生一贯的幽默风格，两句题

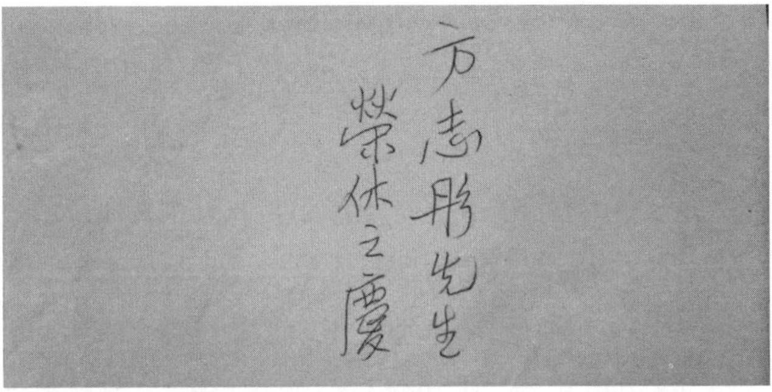

方志彤先生
榮休之慶

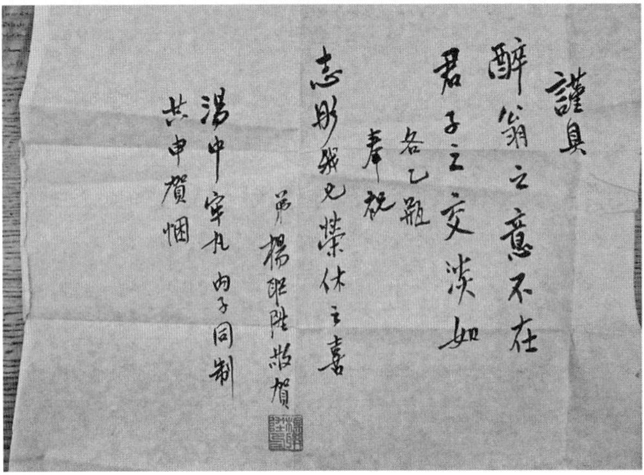

謹具
醉翁之意不在
君子之交淡如
各乙瓶
奉祝
志彤我兄榮休之喜
弟楊聯陞敬賀
湯中牢丸 內子同制
共申賀悃

哈佛大学档案馆方志彤档案中的杨联陞手迹

辞也用了歇后格，所谓“醉翁之意不在”，隐一个“酒”字；“君子之交淡如”，隐一个“水”字，故下文才有“各乙瓶”之语。上古祭祀时，将牛、羊、豕三牲称之为“牢”，“牢丸”则指用猪、牛、羊肉作馅，搓成丸子状的食品。所谓“汤中牢丸”，可能指的是汤团，还有一说法认为是水饺。此处，杨先生用的是唐人段成式《酉阳杂俎》卷七《酒食》中的成句“笼上牢丸，汤中牢丸”，显得非常古雅。

短短一封信札显出杨先生的谐趣。近读《周策纵论学书信集》(陈致、孟飞、黎汉杰整理，中华书局 2020 年版)，其中有多通周策纵先生致杨联陞先生的信函，很多都与谐趣文学相关。如 1964 年的信，还附了一纸杨先生在该年 1 月 8 日所写的《三宇经》(初稿)，全文纯属文字游戏，用“三宇经”也是有意模仿“三字经”之故，全文都是三字句，所有的字都发“yu”音。周策纵先生又模仿此文写了一篇《夷姨》，全文 105 个字，所有的字都发“yi”音。杨、周二先生文，承袭的是赵元任先生所作的《施氏食狮史》《季姬击鸡记》等“同音文”传统，可见其风雅有自。表面上看来，这些“同音文”仿佛文章游戏，但其实著者意在提醒读者注意中国语言的特色。用现代普通话来读这些字，完全是同音，但在古代汉语中，这些字的发音并不相同。可谓谐语中自有庄语。

1977 年，在周先生致杨先生的信中，两人还谈到在北美成立一个研究回文诗等杂体诗的协会。在 2 月 9 日致刘若愚的信中，周先生有详细的解说：

一月十日《时代》杂志科学栏载有西洋诗人及小说家、科学家十余人组有 OuLiPo (Ouvroir de Littérture

Potentielle）（Workshop of Potential Literature）会，创作回文、宝塔诗等，杨联陞兄与弟以为中文对此尤为适宜，拟组织一“乌李白漆作坊”（OuLiPoChi），正式名为“无极文学研究会”。（《周策纵论学书信集》，第 219 页）

此信还附有周先生所撰的《无极文学论——回文杂体诗卮言》，上信中明确提到组织“作坊”之事是由周先生与杨先生一起发起的。在 2 月 28 日致杨联陞先生的信中，他又和杨先生讨论了研究会的名称：

“无李白兮”之名亦妙。若愚兄提议作“无李白戏”意亦相近。“戏”字有一好处，即指游戏之名。“无”字固好，实亦太自谦卑，若用“悟”或“晤”，亦未尝不可，此“戏”或此“嘻”亦正可令人与李白相“晤”耳。若轮机转出不妙之句，自然亦可成为“误李白”“侮李白”之戏矣。（《周策纵论学书信集》，第 221 页。杨先生的原信见《莲生书简》，第 147 页）

不知后来这个“无极文学研究会”有没有正式成立，不过从周先生与杨先生严肃认真的讨论来看，他们对这种文字游戏还是比较看重的。从《哈佛遗墨》（修订本，蒋力编，商务印书馆 2013 年版）所附的杨先生的诗，如《打油送吉川》来看，杨先生为人喜谑，从他寄给方志彤的短笺中也可见一斑。

三

2015年初春，我在哈佛偶然结识了陆惠风先生，陆先生是杨先生的弟子。杨联陞先生晚年萧瑟，加之身体不好，经常让陆先生代其上课，陆先生一度在哈佛大学教授中国史8年，并担任哈佛大学东亚系副教授。但后来陆先生脱离学界，转入商界，不过他依然是杨先生最信任的人。

陆先生很好客，提出让我们访问学者到他家里小坐，于是我和张煜兄来到了陆先生“设计新颖的地中海式现代建筑”的家中，“坐落在剑桥隔壁阿灵顿（Arlington）的陆家，先要在慈悲湖（Spy Pond）畔的院落停妥车，拾级而上，转进门入客厅，一望而去是落地窗外的湖光水色”（张凤《欲识乾坤造化心——剑桥新语社创办人陆惠风教授》，载张凤《哈佛问学录》，重庆出版社2015年版，第204页）。

陆先生家的景致确如张凤老师所言，我虽惊叹其客厅窗外的景色，但进入客厅旁的书房，立即惊呆了。偌大的书房中四壁皆书，中间的桌上也堆满了各种学术书籍。陆先生告诉我们，这些书都是杨联陞先生生前的藏书！我的目光激动地在书架间游弋，这些藏书基本上都与史学研究相关，除了英文研究著作之外，还有很多日文研究专书，如宫崎市定的《宫崎市定亚洲史论考》《九品官人法之研究》、森克己的《日宋贸易之研究》、砺波护的《唐代政治社会史研究》、牧田谛亮的《策彦入明记之研究》、梅原郁的《中国近世的都市与文化》等。我好奇地打开宫崎市定的《宫崎市定亚洲史论考》，发现竟是宫崎先生的赠书，书的扉页工整地写着“杨教授赐正 宫崎市定敬呈”，旁边有杨先生的铅笔记录“1976 年 8 月 10 日收到”。另一本《九品官人法之研究》的扉页则写着“宫崎市定请 杨教授教正”。1961 年秋，宫崎市定到哈佛大学东亚系担任客座教授，在哈佛期间，宫崎教授与杨先生多有交往，结下深厚的情谊。1971 年，宫崎教授七十大寿时，杨先生作画一幅，并题贺诗于画上：

宫崎教授古稀荣庆

还历古稀皆拒贺，醇儒重实不求名。

云山无尽学无尽，遥祝先生过百龄。（《哈佛遗墨》，第 281 页）

《哈佛遗墨》也收录了宫崎教授的和诗，旁有杨先生批语“甚可诵”。杨先生 1990 年去世之后，宫崎教授还撰文加以悼念。从杨先生所藏的宫崎教授的赠书可见二人的交谊一直持续了多年。

比起在哈佛的图书馆、档案馆中看到杨先生的手迹，亲手摸到杨先生曾经看过的书，给我的震撼更加强烈。哈佛燕京图书馆还藏有杨联陞先生日记的复印本，据说是陆惠风先生打算写作杨联陞先生的传记，从台湾“中研院”史语所复印来的，但始终未见杨先生传记出版。杨先生生前以汉学家自居，自云汉学家就是“开杂货铺的”，什么都要知道一点。我们从杨先生的藏书也可见其兴趣的广泛，特别是收集的很多日本的汉学著作，可见其对日本汉学的看重，这也可能与他和日本汉学家交往较多有关。

1946 年，杨联陞在哈佛大学东亚系拿到博士学位，国内各校纷纷向他伸出橄榄枝，如浙大张其昀曾有意聘他去浙大任教。从《论学谈诗二十年——胡适杨联陞往来书札》中也可见，其也曾打算应胡适先生之约回北大任教，但最后终未能成行。羁留异国 40 余年，思乡、思亲之情一直萦绕于其脑际。在《康桥杂兴，和劳贞一》（1953 年 11 月 2 日）中，杨先生写道：“容易秋凉查理河，黄昏年复画船过。乡愁直似风前叶，迭迭重重扫更多。幸得羹鱼未用车，敢因压线怨年华。独惭亲老无甘旨，风夜霜晨苦忆家……”（《哈佛遗墨》，第 252 页）1940 年，杨先生负笈美国，至 1953 年已十余年，故乡愁不断，如秋风落叶，旋扫旋生。此时，杨先生的母亲还在北京，故有“独惭亲老无甘旨”之叹。此种怅恨几十年间不减，1985 年 12 月 9 日的诗中仍云：“梦回身尚在天涯，花果飘零哪是家。”（《梦中无路不能回家，甚觉急躁》，《哈佛遗墨》，第 307 页）

原本无意稽留北美的杨联陞，后来一直任教于哈佛大学东亚系，“负笈谁期留异国，执鞭聊用解嘲诽”（《四十九岁初度》，1963年7月24日，《哈佛遗墨》，第273页）。据葛兆光先生分析，因为“他自期太高，涉足的领域也太广，把自己弄得很苦”（《“正晌午时说话，谁也没有家”——1977年杨联陞回国记》，《读书》2014年第3期），以至于后来得了抑郁症。1990年，杨联陞先生在美国去世。他的著作陆续在中国大陆出版，近年来他的诗文集（《哈佛遗墨》）、书简（《莲生书简》）、传记（《杨联陞别传》，蒋力著，商务印书馆2018年版）也先后出版，他的日记中有关学术史的内容也有学者公布，但哈佛应该还藏有很多杨先生的手稿、墨迹等文件，如果努力发掘出来，对于了解哈佛汉学研究史以及杨先生的生平也是很有意义的。

2020年11月28日

本文原载《社会科学报》2021年1月28日第8版

樽酒论文乐无比

——新见吉川幸次郎教授在哈佛之资料

日本汉学巨擘、京都大学著名学者吉川幸次郎曾在1928—1931年留学中国，在《我的留学记》中，吉川先生详细记载了他在中国的留学生活以及与中国学者的交往。后来世事波诡云谲，直到1975年吉川先生才有机会作为日本政府文化使节团团长访问中国。

吉川先生在中国留学期间，对中国产生了深厚的感情，甚至有人说他一举手一投足都似中国人。1931—1975年40多年间，吉川先生虽然没有机会访问中国，但并没有中断与中国学人的交往，特别是他1953—1954年受到洛克菲勒基金会资助，到美国从事中国问题研究；1962年，又受聘为哥伦比亚大学客座教授，在美国从事4个月的研究。滞美期间，他与在美国的华人学者多有接触，诗章酬赠，蔚为风雅。1953—1954年间，吉川先生在哈佛大学访问时，结识了杨联陞、方志彤等学者。在《哈佛遗墨》（修订版）

中有多首杨联陞先生与吉川先生的酬唱诗，如 1954 年 5 月 20 日，杨先生有《赠吉川》(《哈佛遗墨》，第 253 页) 云：

君山先生神不死，薪传今有吉川子。穷经能译孔壁书，说诗妙解杜陵旨。全从朴学养新知，前辈风流端可拟。不远万里来康桥，樽酒论文乐无比。

"君山先生"指的是吉川幸次郎的老师、日本著名汉学家狩野直喜（1868—1947），他是日本东洋史京都学派的创始人之一。狩野直喜为学继承清代的朴学传统，重视考据，狩野直祯说："狩野直喜的研究态度是祖述清朝考证学。"（见江上波夫编，狩野直祯撰，童岭译《东洋的系谱·狩野直喜篇》，《古典文学知识》2013 年第 4 期）。这对吉川幸次郎产生了很大的影响，故杨联陞诗中有"全从朴学养新知"之句。"孔壁书"指的是《尚书》，《汉书·艺文志》："《古文尚书》者，出孔子壁中。武帝末，鲁共王坏孔子宅，欲以广其宫，而得《古文尚书》及《礼记》《论语》《孝经》凡数十篇，皆古字也。"1935—1941 年间，吉川幸次郎与仓石武四郎、小川环树等会读《尚书正义》，并在 1939—1945 年间，由京都大学东方文化研究所出版了《尚书正义定本》，1940—1948 年又由岩波书店出版了《尚书正义》的日语译本，所谓"穷经能译孔壁书"盖指此事。"说诗妙解杜陵旨"指的是 1950 年，吉川先生出版《杜甫私记》之事。

在《哈佛遗墨》中，还有多首杨联陞写给吉川先生的诗，以及吉川先生的和诗，蒋力先生在《君山先生神不死，薪传今有吉川子——杨联陞与日本汉学学人》（载蒋力《杨联陞别传》，商务印书馆 2018 年版）中有详细的叙述。蒋力先生所编的《莲生书简》中收录了杨联陞写给宇都宫清吉、曾我部静雄、神田喜一郎等日本汉学家的信函，却没有写给吉川幸次郎先生的信。

2015 年，我在哈佛大学东亚系访学时，结识了杨联陞教授的弟子陆惠风先生，承陆先生好意，邀请我们到他家里访问。在陆先生家里，我看到了杨先生的藏书，在某本藏书中竟然夹着一封杨先生写给吉川先生的短笺：

善之教授吾兄史席：

昨日奉到大著《知非集》，拜读一过，真觉琳琅满目，书卷清香，扑人眉宇，诗中所记胜游雅集，令读者恍如身与，儒林文苑，兄兼之矣。诗中步韵之作殊多，自序云：“不求之性情，故作之易。”然声应气求，群性友情，弥复深厚。大舜善与人同，仲尼反而后和，诗歌之道，此亦坦途，千古作者，莫能绝也。弟作打油居多，然颇喜和韵，姑进此解，以博一粲。《知非集》赞三篇，皆佳，桑原“知风作”尤有味。书店广告云“和装帙入”，实与汉装不异，贵国敝国？是耶非邪？专此布谢，即请

教安！

弟杨联陞　一九六一年十一月二日

《知非集》乃吉川先生所作的汉诗文集，由中央公论社在1960年出版，隔年邮寄给杨联陞先生一部，杨先生在11月2日写有回信。但这封信可能后来并未寄出，因为我看到原件和信封俱在，就一直夹在某本书中。信中称赞吉川先生的汉诗“琳琅满目，书卷清香”，又赞吉川先生学术与创作并擅，所谓“儒林文苑，兄兼之矣”。接着又讲了自己对步韵诗的看法，认为步韵、和韵之作可以增进“群性友情”，不可断绝。“大舜善与人同”，用《孟子·公孙丑上》语“大舜有大焉，善与人同，舍己从人，乐取于人以为善”。这指出次韵诗中表达的感情，最好“与人同”，配合原作者的思想，从而“因难见巧”。“仲尼反而后和”，用《论语·述而》语“子与人歌而善，必使反之，而后和之”。此语的意思是，来而不往非礼也，他人有诗赠己，次韵而和之，亦符合“诗可以群”之道。杨先生性喜作诗，从《哈佛遗墨》中所录之诗可见，其中有多首与吉川幸次郎及其他学者的唱和之作。此信则是杨先生谈论对和韵诗之看法，非常难得。

有趣的是，在另一本藏书中，我还看到了1986年杨先生重录的此信。这封信是用“中研院”史语所的稿纸竖写的，并删去了“《知非集》赞三篇……非邪”一段，但附了一首和诗：

休惊朝市隔人天，勇退由来享大年。
已继前修敷化雨，更因身世叠新篇。

羡君老健犹吞海，愧我痴肥且艺田。

今夕庄周如有梦，不将栩栩换翩翩。

捧读善之居士《归田叠韵》诗，不胜感慨，敬和一首，即祈

郢政

弟杨联陞拜稿

一九八六年三月重录

这首诗亦见于《哈佛遗墨》，题为《和吉川退休诗》，作于 1967 年 8 月 15 日。但《哈佛遗墨》的录本没有“捧读善之居士”一段话，可能是 1986 年重录时加上去的。在 1983 年 12 月 18 日致缪钺先生的信中，杨先生云：“吉川《知非集》弟有，且曾和其《归田叠韵》。”（《莲生书简》，第 360 页）正指此事。《和吉川退休诗》也是《哈佛遗墨》中所见的杨先生和吉川先生之间酬唱的最后一首，以后再未见二人有文字交往。

1962 年，吉川幸次郎先生受哥伦比亚大学邀请，再次赴美访问，杨先生有《和吉川诗欢迎其来美讲学》两首（见《哈佛遗墨》，第 272 页）。第二首首联云：“吾爱吉川子，风流玉树临。”此联用李白《赠孟浩然》“吾爱孟夫子，风流天下闻”句法，表示对吉川先生的欢迎。第一首首联则云：“翘迎蓬莱客，欣如龙象临。”“蓬莱”原指海外的神山，这里指日本。“龙象”原为佛教用语，指勇猛能力

最大者，这里形容吉川先生在汉学上的造诣。

读《哈佛遗墨》《莲生书简》中所收的杨联陞先生的诗歌和书信，可以看到杨先生与诸多学者，包括日本汉学家之间的密切交往。不意后来有幸能亲眼看到杨先生写给吉川幸次郎先生的手迹，仿佛又回到二十世纪五六十年代的历史现场，聆听两位汉学巨擘的对话。特别是我同时看到了《和吉川退休诗》的手迹和《哈佛遗墨》中的录诗，以及写给吉川先生信的两个版本，发现两者竟有些微差异，这益增加了我对文本在历史中流变的兴趣。

二

吉川幸次郎在哈佛除了与杨联陞有交往并留下很多文字资料之外，与哈佛东亚系的高级讲师方志彤亦有交往，但有关文字资料不多。2015 年，我在查阅哈佛大学档案馆中所藏的方志彤档案时，偶然发现一封吉川幸次郎先生写给方志彤的信。

志彤先生台鉴：

曩读大著英译《通鉴》，甚为神往，去年又赐抽印本多种，至感至谢！涑水之书，待疏通者千年，而从无为之者，今我得之于海外，曷其美矣！诵读之下，歆喜无量，不知下帙何时出书？闻昔温公之书始出，只有夫己氏一人

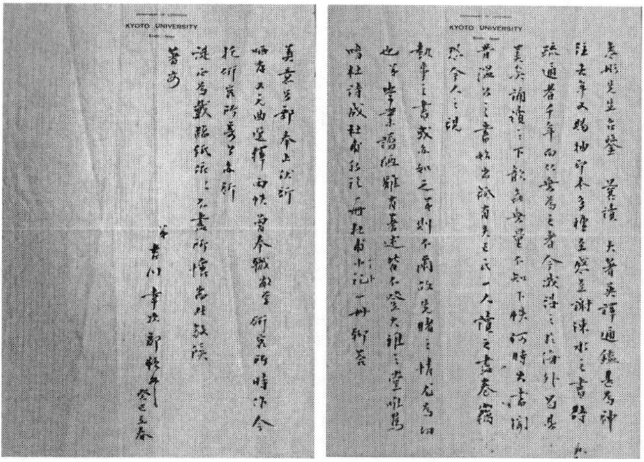
KYOTO UNIVERSITY

KYOTO UNIVERSITY

哈佛大学档案馆方志彤档案中的吉川幸次郎书信

读之尽卷，窃恐今人之视执事之书，或亦如之。弟则不尔，故先睹之，情尤为切也。弟学业谫陋，虽有著述，皆不登大雅之堂，唯笃杜诗，成《杜甫私记》一册、《杜甫小记》一册，聊答美意，另邮奉上，伏祈哂存。又《元曲选释》两帙，曾奉职敝学研究所时作，今托研究所寄上，亦祈谍正为戴。临纸依依，不尽所怀，专此敬候

著安

弟吉川幸次郎顿首

癸巳立春

“癸巳”年，即 1953 年，这一年吉川先生赴美访问。此前披露的史料，只提到吉川与杨联陞等人的交往，哈佛

大学档案馆所藏的这份资料，清楚地证明了吉川先生与方志彤先生亦有交往。信中提到，“去年又赐抽印本多种”，可见吉川与方志彤的交往可能并不始于其访问哈佛之时。“大著英译《通鉴》”指的是方志彤1952年在哈佛大学出版社出版的《〈资治通鉴〉中的三国编年（魏纪）（英译和注释）》（*The Chronicle of the Three Kingdoms(220-265): Chapters 69-78 from the Tzu Chih T'ung Thien of Ssu-ma Kuang*, Translated and Annotated by Achilles Fang, 哈佛燕京学社研究系列丛书第六种）。1986年4月10日，杨联陞致缪钺的信中说：“《通鉴》三国之部早有方志彤译注，已印行，是渠任辅仁学志秘书时所为，自己不满意，售与哈燕社。”（《莲生书简》，第387页）则交代了方氏此书出版的背景。吉川先生自谦“虽有著述，皆不登大雅之堂，唯笃杜诗，成《杜甫私记》一册、《杜甫小记》一册”，“唯笃杜诗”也与杨联陞诗中所云的“说诗妙解杜陵旨”相呼应。

吉川先生一生钟情于杜诗。1967年，他以《杜甫的诗论与诗》作为在京大文学部的最终讲义，并在此年于京大退休。退休后，他组织了会读杜诗的“读杜会”“小读杜会”，与京都地区的学者、京大的学生一起阅读、研讨杜诗。1977年在筑摩书房出版了《杜甫诗注》第1辑《书生之歌》（上），1979年出版第2辑《书生之歌》（下）、第3辑《乱离之歌》。在他去世之后，第4辑《行在所之歌·归省之歌》(1980)、第5辑《侍从职之歌》(1983)才出版。由其弟子兴膳宏先生主持的《杜甫诗注》(第1期全10卷)则由岩波书店在2012—2016年陆续出版。可见吉川先生对杜诗的“笃”嗜，延续了京大两代学人。

1939—1947年，吉川先生在青木正儿教授指导下编纂《元曲辞典》，并一起会读臧懋循的《元曲选》，相关的研究成果就是分别在1951、1976、1977年由京都大学人文科学研究所发行的《元曲选释》。上封信也提到了《元曲选释》，当是1951年出版的第1部。

方志彤彼时在哈佛东亚系只是一名讲师，并无教授职衔，但吉川幸次郎对其颇为尊敬，可见吉川先生知道方志彤是有学问的人。此信在方先生档案中的发现，不但可以补遗皇皇巨编27册《吉川幸次郎全集》之未收，而且揭示了吉川先生在美期间与华人学者交游的一段往事。

三

吉川先生在美国期间与著名史学家何炳棣教授也有交集，他们曾一同在哈佛燕京图书馆查阅过资料，还在杨联陞先生家里一起畅谈学问。何先生的回忆录《读史阅世六十年》中有一段关于吉川先生的记载：

> 日本传统中国文学第一权威吉川幸次郎在1928—

1931年曾在北京留学。1954夏恰巧他和我在几乎完全相同的日期之内分别在哥大和哈燕图书馆看中文典籍。在纽约时我曾不止一次请他到西119街一家日本面馆，以九毛九分的代价就能吃到一大碗汤鲜牛肉薄嫩的真正圆粗爽滑的udon面。吉川和我都是一支接一支地吸香烟者，餐间餐后总有几十分钟学术和学人掌故的谈话。1954年6月间，他、我、劳榦晚饭后同去杨联陞家以国语畅谈上下古今，非常愉快。按：日本传统，研究中国历史的学者要求必须能读大量多样的汉文典籍，不必能讲汉语，而日本研究中国语文和文学的学者必须能以国语（以北京口音为主的中国话）自由谈话。我观察到那天晚上吉川兴致之豪，几乎明示这次四人以国语论学是他近年来难得的精神“享受”。他的国语确实流利，三个多钟头只犯了一个发音的错误：“地痞流氓”的“痞”读成了“否”。（何炳棣《读史阅世六十年》〔纪念版〕第十六章《英属哥伦比亚大学》〔下〕，中华书局2012年版，第303页）

何先生的记载非常生动，既写出了吉川先生与他俱有嗜烟之癖，而且以亲身的观察证明了吉川先生汉语口语之好，不但流利，发音极少错误，而且可以用中文自由畅谈学术。京大文学部中国语学中国文学专业的学者一直延续着吉川先生的传统，我所认识的京大文学部研究中国语学、中国文学的学者都在中国留学过，而且中文口语非常流利，可见其渊源有自。何先生描写的吉川先生与何、杨、劳三位华人学者论学的场景不禁让人向往，这也印证了杨联陞先生写给吉川先生诗中所言的“樽酒论文乐无比”。

2020 年 11 月 30 日

本文原载《文汇学人》2021 年 2 月 3 日

嗜书而睡的书虫们
——耶鲁大学图书馆小记

现在国家正在大力推广中国文化“走出去”战略，在全球设立了几百所孔子学院，教授汉语、传播中国文化。讲起美国大学开设中文课程之始，很多人会想到第一个在美国任教的中国人戈鲲化（1836—1882）。1879 年他从中国来到哈佛大学教授汉语，但他并不是第一个在美国教汉语和讲授中国文化的人，美国汉学家卫三畏（Samuel Wells Williams）才是最早者。卫三畏曾在中国生活 34 年，集传教士、汉学家与外交家于一身，是一位传奇人物。1876 年，他结束在中国的生活，回到美国，定居在耶鲁大学所在地纽黑文（New Haven），并在耶鲁大学开设中文讲座，美国的汉学研究也正式于此起源。他所撰的一千多页的巨著《中国总论》（*The Middle Kingdom*）可谓美国汉学的开山之作，他的儿子卫斐列（Frederick Wells Williams）后来也成为一位汉学家。如今卫三畏家族的

耶鲁大学的主图书馆 Sterling 纪念图书馆

档案，包括卫三畏在中国时写给家人的信，全部保存在耶鲁的 Beinecke 图书馆。现在，这批档案已经全部在中国影印出版，对于了解早期的中美关系有很大的帮助。Beinecke 图书馆还藏有其他一些与中国研究相关的文献，如美国著名学者欧内斯特·费诺罗萨（Ernest Francisco Fenollosa，1853—1908）的名文《汉字作为诗歌媒介》（The Chinese Written Character as a Medium for Poetry）的手稿。此文对庞德等人的意象主义诗学产生了很大的影响，曾在耶鲁大学比较文学系任教的苏源熙（Haun Saussy）教授现已将费诺罗萨的手稿整理出版了。

2009 年 4 月，我应苏源熙教授之邀访问耶鲁大学。之前我已经来过耶鲁，但当时没有机缘到耶鲁的图书馆中一观。此行的目的就是要看看耶鲁的图书馆，特别是参观向往已久的 Beinecke 图书馆。

耶鲁在康州的小城纽黑文，可以说纽黑文就是依傍耶鲁而生的城市。在美国的大学中，耶鲁可谓一个建筑的博物馆。置身耶鲁，恍然间感觉来到了欧洲中世纪某一个小城，到处是哥特式的尖顶建筑和英国乔治王朝时期的建筑。哈佛是整齐的哈佛红，普林斯顿则有着一座座欧式的小型古堡，很少有像耶鲁那样密集的哥特式建筑。耶鲁建校于 1701 年，仅次于哈佛、威廉 – 玛丽学院，是美国历史第三悠久的大学，已有三百多年历史，但耶鲁的这些建筑则建于 20 世纪，是为追求古朴而有意建成的。据说建筑师为了使建筑显得老旧，采用了在石质墙面上泼酸、故意打破玻璃并且使用中世纪的方法补合等办法。建筑师的目的显然达到了，这些建筑使耶鲁看起来很像欧洲古老的城市。清华大学前校长梅贻琦曾说：“大学非有大楼之谓也，有大师之谓也。”不过，耶鲁是既有大师，又有大楼。大楼与大师并不是对立的。

与哈佛不同，耶鲁实行类似牛津大学和剑桥大学的

"住宿学院"制度，大学新生被随机分配到耶鲁大学的12个住宿学院中。每所学院都拥有自己完备的设施，包括餐厅、图书馆、健身房、艺术工作室、琴房、照相暗室、电脑室、洗衣房、台球乒乓室、学生厨房。每所学院有一位院长（Master）和一位学监（Dean），分别负责学生的社交活动和学习生活。每座学院都是一个独立的世界，而且每座学院的设计与建造都不相同。感觉这些学院有点像中世纪的修道院。比如走进 Berkeley College，院墙极高，高高的院墙把尘世的喧嚣和浮躁一起隔绝在外面，进入院内便是一个四方天井，站在天井中只能看到耸立的尖顶，让人对天、对星空产生敬畏之感。

配合这些学院的就是耶鲁的图书馆。耶鲁大学有1100多万册的藏书，分藏于数个图书馆。我最想去的 Beinecke 图书馆其实是耶鲁大学的善本图书馆。该馆位于耶鲁大学的学生活动中心 Yale Commons 之后，与耶鲁的主图书馆 Sterling 纪念图书馆和本科生专用的 Bass 图书馆非常近。Beinecke 图书馆首先在造型上就与一般的图书馆不同，全馆没有一片玻璃，全部由大理石砌成，包括窗户也用打薄的大理石制成，阳光不能直接射进来，但因为大理石很薄，也能保留一定的亮度。这既极大地保护了馆内所藏的善本，又解决了采光问题。

走进 Beinecke 图书馆，发现该馆用玻璃做成墙壁，所以一架架善本书触目可见，触手可及。不过，Beinecke 图

耶鲁大学善本书图书馆 Beinecke 图书馆

书馆借阅善本书不如哈佛大学方便。哈佛大学的善本图书馆叫 Houghton 图书馆，填好索书单后，馆员很快就会帮你拿来书，然后放在阅读善本书的专用支架上阅读，如果想拍照，只要填一个表格，保证不用于商业用途，成果发表时告知图书馆就可以了。同为善本图书馆的 Beinecke 图书馆管理则非常严格，进入图书馆时，首先要在电脑上登记读者信息，馆方要查验身份证或护照，方能进入图书馆借阅文献。善本书也只能手抄，不能拍照，如果想复制善本书，必须由馆方代为拍摄，一页就要几美元。我此次主要调查的文献是耶鲁藏明万历年间福建郑氏宗文堂所刻的《新订京本增和释义魁字千家诗选》，此书现有日本的和刻本传世，但明刻本非常罕见，耶鲁大学图书馆所藏的可能为孤本。苏源熙教授已经替我事先预约好，所以一去我就看到了此书，摩挲再三。没想到，竟在异国的图书馆中读到这部几百年前刊刻的天下孤本，亦是人生幸事。

耶鲁的主图书馆Sterling纪念图书馆，是继美国哈佛大学Widner图书馆之后第二大的高校图书馆。远看就像一个教堂，与哈佛的Widner图书馆的柱式结构不同，Sterling纪念图书馆没有台阶，只有两扇拱形的小门，门楣上雕刻着西方神话中的人物，而不是宗教人物，所以虽然样子像教堂，但其实不是教堂。为了彰显多元文化，Sterling纪念图书馆的门楣上还刻有各国文字写的隽语，有关中国的部分是一位长胡子的老夫子正在埋首疾书，上面有一段中文：

卿兄以人臣大节，独制横流，或俘其谋主，或斩其元恶。当以救兵悬绝，身陷贼庭，傍若无人，历数其罪。手足寄于锋刃，忠义形于颜色，古所未有。朕甚嘉之！

这段话乃唐肃宗称赞颜杲卿之语，见于颜真卿所写的《唐故通议大夫行薛王友柱国赠秘书少监国子祭酒太子少保颜君庙碑铭并序》，表彰的是颜杲卿在安史之乱时被俘后不屈于节，以身殉国之事。颜真卿所写的原碑流传至今，现藏于西安碑林博物馆。忠义精神是中国传统文化的

Sterling 纪念图书馆门楣上所刻的颜真卿古文

核心思想之一，耶鲁大学单摘出这段文字刻于其图书馆之上，恐怕亦认为这段话能代表中国的传统思想与士大夫的人格吧。

推开 Sterling 图书馆的两扇大门，很方便地就进入了图书馆，竟然没有门禁系统。图书馆的大厅有一个很长的长廊，最顶头才是进入图书馆主楼的门禁。2009 年参观时，这个长廊的光线不是太好，显得很黑；待我 2014 年再去时，已经经过精心的改造，显得宽敞明亮。长廊尽头的墙上画着智慧女神，一手拿着书，一手拿着一个圆球。就在这条走廊上，坐着很多学生，正在写生。

走廊尽头左边还有一道长廊，通向书库。这条长廊十分有意思，原来走廊的墙上，建筑师有意塑了很多小雕像，这倒有点像教堂。不同的是教堂墙上的小雕像都是关于基督受难或圣母玛利亚的，而耶鲁图书馆里的是关于书和读书学子的。

有趣的是，这些雕像并不是什么学子秉烛夜读、映雪苦读、凿壁偷光的形象，而是许多学生捧着书打瞌睡，甚至直接趴在桌上睡觉的样子。我想恐怕不是在影射耶鲁学子的不用功，在图书馆里睡大觉，而是耶鲁的学子因为彻夜苦读，虽不像中国古人头悬梁锥刺股般的用功，但亦是夤夜攻读，累倒在了书桌前。这些小雕像其实是耶鲁学子努力学习的缩影。

2014 年冬，我又应耶鲁大学东亚系林葆玲教授之邀再访耶鲁，林教授特别为我安排一个别出心裁的节目，就是参观耶鲁大学图书馆所藏的中国明清时代的古地图。从前我仅知道耶鲁大学图书馆藏有不少中国的古籍以及中国教会大学的资料，而并不知道耶鲁还藏有很多珍贵的东亚古地图。

当前，中国周边的局势处于紧张状态，特别是钓鱼岛及南海海域。我国对这些地域拥有无可置疑的主权，这其实从中国以及东亚其他国家的古地图中早就可见一斑。故现在很有必要大力收集和研究这些古地图，特别是海外所藏的中国古地图。承林教授好意，特地为我预约了阅览这些古地图的机会，而且看的是原图。据林教授说，目前耶鲁所藏的中国古地图前时由来自北京大学的李孝聪教授整

Sterling 纪念图书馆内部墙壁上的小雕像

理完毕，目前正在数字化，以后在网上就可以自由查看这些古地图了。

对我来说，阅读线装古籍与看古籍影印本的感觉是不一样的，看这些古地图的照片与抚摸这些古地图的实物感觉亦肯定不同。古人读书早有“左图右史”之说，陶渊明诗中也说过：“泛览周王传，流观山海图。”可见读图并不是今人专利，古人早已践行之。我们先看了一幅清代所绘的《皇朝一统舆地全图》，此图很大，足有几平方米，展示了大清帝国的全图，旁边还标着经纬度，应是受到传教士传来的西方绘图法的影响。还有几幅清代江苏的地图，立即引发了我的兴趣，说不定能找到南京大学仙林新校区的所在地呢。找了半天，虽然没有找到仙林，但找到了与仙林毗邻的句容市——那时句容还属于南京管辖，所以地图标识的是“江宁府句容县”。

还有一幅《海国闻见录·四海总图》，左有题识云：“右图为同安陈军门手图，乃识其游历所耳闻目见，故不尽区宇之全。然据其所说，益见内板图说之信而有征矣。兼山识。”《海国闻见录·四海总图》乃清康熙年间陈伦炯所撰，但从题识来看，耶鲁大学的藏品可能是日本的转抄本。与以往的中国古地图不同，在此图中，大清国不在地图的中央，而是在最东边。绘这幅图的陈伦炯脑中的“天下”或“四海”，主要是欧亚非诸洲，都拥挤地拼在一起，只用四种颜色标识，没有新大陆，也没有大洋洲。大清国西边有一大块空白，没有标国名，下面是天竺国，再西边则是中亚诸国，如“三马尔丹”可能就是古籍中所说的“撒马尔罕”（今乌兹别克斯坦首都塔什干附近）。俄罗斯

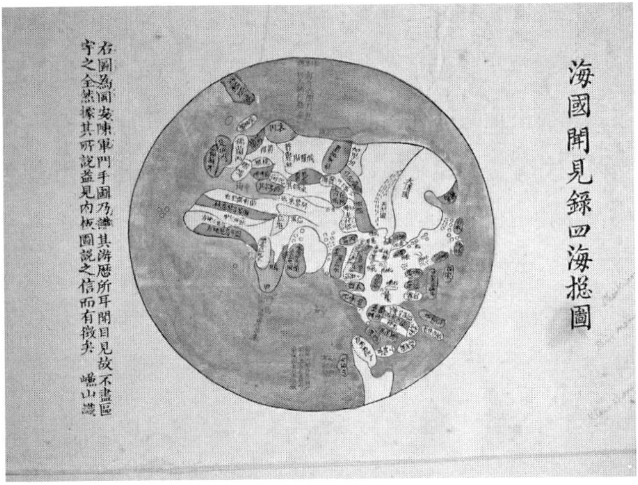

Sterling 纪念图书馆所藏的古地图

和普鲁士（德国）竟然完全靠在一起。图中没有英国，欧洲大陆对面只有一个叫“美机黎”的岛，葡萄牙还是今天葡萄牙，而西班牙写作“是班呀”，“那吗”是“罗马”吗？还有“黄祁”是什么国家？“鸟鬼”“猫刺猫里也”又是什么地方？可见绘这幅图的陈伦炯对世界和地理的认识还是相当有限和模糊的。地图无疑反映的是时人对世界的认识，以及一个时代人们心目中的“天下观”。耶鲁所藏的这些古地图不但是研究中国乃至东亚地理沿革的好材料，也是反观当时人们思想与知识的最直接的文献。

耶鲁与哈佛一样，除了主图书馆、本科生使用的图书馆外，各院系也都有自己的专业图书馆，如耶鲁的神学院图书馆就非常著名，收藏了很多中国教会大学的资料。

虽然早已离开耶鲁，但一直不能忘记 Sterling 纪念图书馆里捧书而睡的小雕像，一直不能忘怀耶鲁浓厚的学院气息。如果有机会，一定重返纽黑文，在 Sterling 纪念图书馆里找个角落，做一只嗜书而睡的小书虫。

2016 年 6 月 21 日

本文原载《古典文学知识》2016 年第 5 期

湾区书情

——柏克莱的书与人

一

2006年，我有机会在南京大学图书馆看到一批属于老金陵大学的英文藏书。金陵大学是新中国成立前13所教会大学之一，而且是唯一一所可以直接上美国研究生院的A类教会大学，可见其英文教学基本是与美国接轨的。金大有一大批外籍教师，著名者如赛珍珠第一任丈夫卜凯（John Lossing Buck），此外金大前身汇文书院第一任校长福开森（John Calvin Ferguson）也是鼎鼎有名者。我所见到的这批金大英文藏书可能就是从前金大教授的遗存。这批藏书中有一本1936年伦敦出版的 *Modern Chinese Poetry*（《中国现代诗选》）引起了我的注意，要知道文学革命不过是1917年左右才开始，而不到20年时间，中国的新诗就被翻译为英文且在西方出版，这不能不

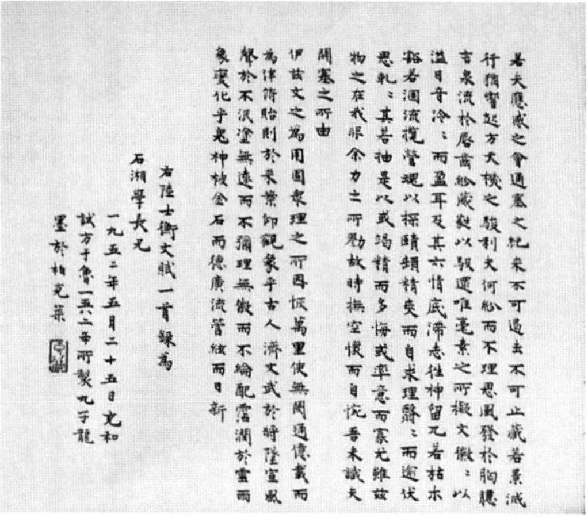

张充和先生 1952 年于柏克莱手书的《文赋》全文

引起我的好奇。为了满足自己的好奇心，我又收集了不少资料，写了一篇研究该书的论文，后发表在《中山大学学报》上。

再看此书的译者，一位是 Harold Acton，一位是陈世骧。因为研究古典文学之故，我对陈世骧比较熟悉，很早就读过他的《陈世骧文存》，但没有想到他还翻译过中国现代诗。陈世骧毕业于北京大学英文系，后来到美国深造，1947 年起任教于柏克莱加州大学东方语文学系，一直到 1971 年遽逝。2008 年，我到哈佛燕京学社访问，在哈佛燕京图书馆的书库中，意外发现了陈世骧翻译的陆机《文赋》英译本 *Essay on Literature Written by the Third-Century*

Chinese Poet Lu Chi，最奇的是此书书末还附有书法家张充和先生用小楷书写的《文赋》全文，书法娟丽秀美，一如其人。张充和何以会给陈世骧题字？原来张充和的夫君著名汉学家傅汉思（Hans Hermannt Frankel）曾在柏克莱加大学习和工作过，与陈世骧是同事。二战后，柏克莱加大东亚图书馆买到日本三井文库的藏本，其中有很多韩国古籍，其时在东亚图书馆工作的张充和给这些古籍都重新书写了题签。缃帙盈卷，染翰飘香。可惜两次来柏克莱，都没有时间一睹芳泽。2015 年 3 月，我到耶鲁大学拜访孙康宜教授，孙教授是张充和先生的好友，她曾将张先生的题字汇为《古色今香：张充和题字选集》（广西师范大学出版社 2010 年版）一书，但该书中没有收录充和先生手书的《文赋》。得到我告知的信息后，康宜教授非常高兴，在充和先生去世后所写的纪念文章中特别讲到了此事（《与时间赛跑：悼充和》，《书屋》2015 年第 12 期）。

二

2017、2018 年终于有机会两度造访柏克莱，虽然时间都不长，但前后也有十余日，特别是柏克莱加大东亚图书馆资深馆员何剑叶老师是南京大学中文系的系友，在何老师的介绍下，我对柏克莱东亚图书馆的馆藏有了一点了解。

柏克莱加大东亚图书馆内景

关于北美的东亚图书馆，大家对哈佛大学的哈佛燕京图书馆关注比较多，这与郑炯文馆长和沈津先生的努力分不开。郑先生将哈佛燕京的珍本善笈全部数字化，上网供全球学人使用；而沈先生以十数年之力，编撰而成《美国哈佛大学哈佛燕京图书馆藏中文善本书志》六大册。其实柏克莱加大东亚图书馆的宝贝也很多，近年来学者们已经做了很好的揭示，如上海古籍出版社出版了《柏克莱加州大学东亚图书馆中文古籍善本书志》（2005 年），周欣平、鲁德修先生主编出版了《柏克莱加州大学东亚图书馆藏稿钞校本丛刊》（上海古籍出版社 2013 年版）、《柏克莱加州

柏克莱加大东亚图书馆所藏江亢虎赠书上的藏书票

大学东亚图书馆藏宋元珍本丛刊》(中华书局2014年版)。柏克莱加大东亚图书馆的中文善本中最令人瞩目的藏书还有翁方纲经学手稿五种，包括《易附记》16卷、《诗附记》10卷、《书附记》14卷、《礼记附记》10卷、《春秋附记》15卷；以及英国传教士傅兰雅（John Fryer）从中国带回的有关“时新小说”的征文稿162篇。如今这些珍贵资料皆已影印出版（《翁方纲经学手稿五种》，上海古籍出版社 2006 年版；《清末时新小说集》，上海古籍出版社 2011 年版），回馈国内学界，可谓功德无量。

不过，何剑叶老师对我说："其实我们图书馆中一些普通线装书也是很好的。"她特别让我去看江亢虎捐赠的其祖父的藏书。江亢虎（1883—1954）也算个传奇人物，他最早在中国传播社会主义思想，辛亥革命后还成立了中国社会党。袁世凯上台后，解散了中国社会党，江亢虎也被迫流亡到美国，就在柏克莱加大做了 7 年（1914—1920）的中文讲师。他在柏克莱一方面教授中文，一方面还用英文介绍中国文化，后来还以讲义为基础出版了两部英文书 *On Chinese Studies*（1934）、*Chinese Civilization*：*An Introduction to Sinology*（1935）。1916 年，江亢虎将其祖父 1 万 3 千多册藏书捐赠给柏克莱加大，大大充实了柏克莱东亚图书馆的馆藏。这批藏书大多不是善本，故一直可以开架借阅，每本书上都有一帧江氏的藏书票。造化弄人，从前信奉社会主义的江亢虎，后来和汪精卫合作，做了汪伪政府的"考试院"院长，抗战胜利后因汉奸罪被判处无期徒刑，1954 年瘐死狱中。不知后来身陷囹圄的江亢虎是否还会记得当初他在柏克莱传播中国文化的时光？如今他的赠书仍存放在柏克莱东亚图书馆的书架上，无言地诉说着历史的沧桑。没想到这些优雅的藏书票后面还有这么多故事，翻动书页之际，不禁感慨系之。

这些年，一直从事日韩汉籍研究，故我对柏克莱加大东亚图书馆所藏的日本和韩国汉籍非常关心，而且我知道柏克莱所藏的日韩汉籍品质并不亚于哈佛燕京图书馆。20世纪50年代，柏克莱加大东亚图书馆购买了日本三井文库10万余册的藏书，极大地丰富了该馆的日韩汉籍馆藏。三井文库的藏书中包含了曾在日帝时期担任朝鲜总督判事浅见伦太朗（1869—1943）的私人藏书，即所谓“浅见文库”。浅见文库中有大量浅见伦太郎在朝鲜任职期间收集到的朝鲜珍贵汉籍。我一到柏克莱东亚图书馆，何老师就立刻将房兆楹先生所编的《浅见文库目录》、日本学者编的《三井文库旧藏江户版本书目》、韩国学者编的柏克莱藏《韩国古典籍目录》给我看。

三井文库中的日本汉籍并没有五山版、古活字本等珍本善笈，但也有一些宝贵的和刻本汉籍，如宽文三年（1663）刊释道惠的《庐山外集》四卷，此书原本已在中国失传，仅有和刻本传世。又如正保二年（1645）刊释惠洪的《冷斋夜话》十卷，该书是以日本五山版《冷斋夜话》为底本翻刻的，五山版的底本是元刻本，故而保存了《冷斋夜话》的原貌，而中国流传的多是明刊本系统，文字多有讹误。再如正德二年（1712）刊本《诗人玉屑》二十一卷，该本源自日本的五山版，相比于中国流传的二十卷本《诗人玉屑》，日本的传本则多出一卷，更为完整。此外，宝历八年（1758）刊本《明史朝鲜传》、元治元年（1864）

刊本《大美联邦志略》都是非常有意思的史籍。《大美联邦志略》是美国第一位来华的新教传教士裨治文（Elijah Bridgman）用中文撰写的介绍美国历史的著作，该书有咸丰十一年（1861）上海墨海书馆铅印本。此书出版不久，日本就刊行了翻刻本，不过和刻本却将书中有关基督教的部分删除而未刊印，这也是东亚出版史上的一段趣事。

相较而言，柏克莱东亚图书馆所藏的韩国汉籍质量更高。其中，该馆所藏的朝鲜时代士人的文集可以和哈佛燕京图书馆的收藏相媲美。这些文集全部用汉字写成，展现了朝鲜士人在汉文学上的成就。该馆所藏朝鲜翻刻的中国古籍中亦多有宝物，如朝鲜甲寅字本《须溪先生评点简斋诗集》十五卷是朝鲜活字本的精品。陈与义是宋代著名的诗人，所谓江西诗派“一祖三宗”之一，他的诗集在宋代就有注本，即胡稚《增广笺注简斋诗集》。除此之外，尚有一部刘辰翁的评点本《须溪先生评点简斋诗集》，该书在胡注基础上，又加上了佚名所作的“增注”以及刘辰翁、邓剡的评点。此书有元刻本，但似乎已经失传，现存的朝鲜甲寅字本承袭了元刻本的原貌，也是目前能见到的最早的版本，文献价值颇高，后来日本江户时代还以朝鲜本为底本重新加以翻刻。《须溪先生评点简斋诗集》一书而流传三国，成为东亚汉籍史上书籍流动的典型案例。除了刊本之外，柏克莱东亚图书馆还收藏了不少朝鲜写本，其中就有不少《燕行录》的写本，如李塾的《燕行日录》写本、端居子的《燕行备览》写本、赵濈《花川赵先生朝天录》写本等。

柏克莱所藏汉籍中最值得一提的是明人蓝芳威编选的《朝鲜诗选全集》八卷，该书刊于明万历三十二年（1604）。16世纪末，日本丰臣秀吉入侵朝鲜，史称“壬辰倭乱”。作为朝鲜的宗主国，明朝政府派兵援助朝鲜，这其中就有很多明朝文人，蓝芳威就是其中之一。这些明朝的官员、文人积极与朝鲜的士人进行诗文交流，他们也关注到朝鲜的汉诗创作，并将朝鲜的诗文带回中国，编纂成集，现在可见的明人所编的朝鲜诗歌总集就有吴明济的《朝鲜诗选》、蓝芳威的《朝鲜诗选全集》等。据朝鲜李宜显《陶谷集》卷二十八《陶峡丛说》记载：“明万历中有蓝芳威者，随大司马东来，采东诗，裒成六编，名曰《朝鲜诗选全集》。起自箕子《麦秀歌》，止于景樊诗，凡六百首。”“景樊”即朝鲜最著名的女诗人许兰雪轩（1563—1589）。蓝书比较罕见，北京大学图书馆藏有一部残本，但柏克莱东亚图书馆则藏有较完整的八卷本。柏克莱藏本是在中国印刷的竹叶纸印本，正宗的明刻本，但后来此书流传到朝鲜，故现存本经过了朝鲜的改装。本书卷一至卷六收录了朝鲜古代众多汉诗，按诗体分卷，而卷七、卷八则主要收录许兰雪轩的诗作，数量在百首以上。年仅27岁就去世的许兰雪轩，通过中韩文人的揄扬，成为在中国颇有影响的朝鲜女诗人，当时京师文人“皆喜而称善”，这与吴明济《朝鲜诗选》、蓝芳威《朝鲜诗选全集》对许兰雪轩的推崇不无关系。书比人寿，书也比人行得远。当年在朝鲜战场上战败被召回国的蓝芳威，回到中国后编纂刻印了《朝鲜诗选全集》，没想到此书全本最终在中国本土失传，却奇迹般地流传到朝鲜，最后又漂洋过海安身于美国。

三

所谓世界一流大学，不但要有一批学术大师，也要有傲人的、富有特色的藏书。其实还可以再加一句，好的大学附近必定有好的书店，特别是二手书店。刚到柏克莱不

柏克莱电报街上的 Moe's 旧书店

久，很多友人就推荐我去电报街（Telegraph Ave.）上的Moe's书店看看。

Moe's书店是一家经营二手书的书店，以卖学术书为主。书店门口有几个推车，上面放满各种处理书，全部5美元一本。如果运气好，也能捡到漏，这不，与我同去的一位北大博士生就买到一种中国艺术品的图录，厚厚的精装一大册，也就5美元。不过，我刚到Moe's书店时有点失望，书店虽大，也有好几层，却找不到与汉学研究有关的书。难道柏克莱的学者不看中国研究相关的书？要知道柏克莱加大可是美西的汉学重镇呢！我抱着希望一层层地找，终于在顶楼最里面靠墙的书架上找到几架汉学相关的书。大概这种陈列多少反映了汉学研究在美国学术界的真实地位其实是很边缘化的。不过，令我意外的是，我竟然在这里淘到不少好书。

黄仁宇的《万历十五年》是我非常喜欢的书，中文版读了也是爱不释手，这次在Moe's买到耶鲁大学出版社出版的英文原版“*1587, A Year of No Significance: The Ming Dynasty in Decline*”，索价只要10美元，而且书的品相很好。柏克莱的旧书店怎能没有柏克莱汉学家的身影呢？果然，我在Moe's与他们相遇了。几年前，我在研究艾克顿和陈世骧时，就读到他们两位与白芝（Cyril Birch）教授合译的《桃花扇》（*The Peach Blossom Fan*）。白芝教授是柏克莱加大东方语文学系的教授、著名的中国戏曲研究专家，除了英译《桃花扇》，他在美国汉学界更为人所知的是其翻译的汤显祖《牡丹亭》（*The Peony Pavilion*）。后来以青春版《牡丹亭》红遍全球的白先勇就是白芝的学生，不知他对《牡丹亭》的喜爱是否受到老师的影响。这次，我在 Moe's 买到了他在哥伦比亚大学出版社出版的专著《中国人的舞台：明代精英戏剧》（*Scenes for Mandarins: The Elite Theater of the Ming*），而且还是作者的签名本，送给一位名叫 Lindy 的女士。据何剑叶老师说，Lindy 可能是李方桂先生的女儿。

到柏克莱怎能不提另一位鼎鼎有名的汉学巨擘薛爱华（Edward Schafer）呢？早在 1995 年，他的名作《撒马尔罕的金桃：唐代舶来品研究》就被译介到国内，近年来在程章灿教授的努力下，他的另外几部名作《神女：唐代文学中的龙女与雨女》《朱雀：唐代的南方意象》《闽国：10 世纪的中国南方王国》《珠崖：12 世纪之前的海南岛》也已经由程老师翻译，先后在北京生活·读书·新知三联书店、上海文化出版社、九州出版社出版。薛爱华生前任教于柏克莱加大，曾任美国东方学会的会长以及《美国东方学会会刊》的主编，是美国汉学界标杆式的人物。著名汉学家柯睿（Paul Kroll）教授称他是“过去四十年美国中古中国研究的同义词”，从他的学术成果来看，此语并不夸张。薛爱华的汉学研究走的是传统的历史语言学路数，讲究的是博学洽闻，有点像中国的考证学派，与当今宇文所安（Stephen Owen）教授所代表的中国古典文学研究风格迥异。换言之，他的汉学研究也体现了美国西部汉学研究的特色，影响了一批学者，如翻译《文选》的康达维（David Knechtges）教授的研究理路与他如出一辙。作为柏克莱的汉学家，Moe' s 怎能没有他的书呢？不过，又怎么会有他的书呢？一是他的书出版都很早，应该已经绝版，二是他的书应该早已卖得脱销了。也合着该我走运吧，就在我眼光在书架间扫动之时，赫然见到两本精装书：*The Vermilion Bird: T'ang Images of the South*、*Shore of Pearls: Hainan Island in Early Times*，这不就是薛爱华的名著《朱雀：唐代的南方意象》和《珠崖：12 世纪之前的海南岛》

Moe's 旧书店四楼的“古董店”

吗？拿起一看，而且是1967年、1970年加州大学出版社的初版本，赶紧收归囊中。2018年海南岛刚被升格为中国的自由贸易港，此书中文版的出版，恰逢其时。

就在我准备满载而归之际，我发现四楼还专门隔了一个房间，走进去一看，别有洞天，里面所卖的书大多与亚洲研究有关，而且这些书出版时间更早，所以这些书也更“旧”，也可说更“好”。比如，一进门，我发现一套伯希和所编的《敦煌石窟图录》（*Les Grottes De Touen-Houang*），该书共有6卷，收录了1908年伯希和考察团拍摄的敦煌石窟的照片，保存了很多莫高窟未被破坏之前的影像。惜哉价格不菲，只能割爱。不过，看到与自己研究有关的书，就不能舍不得钱了。比如这本1912年由牛津大学出版社出版的*Chinese Poems*，封面上印着中文书名《古今诗选》，是一本中国古诗的英译本，译者是Charles Budd。想来这本书已经有100多年的历史，但品相很好。中国古诗英译有着悠久的历史，《古今诗选》并不是最早的。1829年，英国汉学家德庇时（John F. Davis）出版的《汉文诗解》（*Poeseos Sinensis Commentarii, On the Poetry of Chinese*）就译介了李白、杜甫之诗。后来成为剑桥大学中文教授的汉学家翟理斯（Herbert A.Giles）在1898年也出版了《中诗英韵》（*Chinese Poetry in English Verse*）。稍晚于《古今诗选》出版的亚瑟·魏理（Arthur Waley）的《汉诗一百七十首》

（*A Hundred and Seventy Chinese Poems*）影响则更大，而提到《古今诗选》一书的学者则不多。

《古今诗选》翻译了50余首中国从汉魏六朝到唐宋时代的诗歌，比较意外的是，该书还翻译了一首清代诗人郑珍的诗。此书的译诗以唐代诗人为主，不过大多是一首，只有陶渊明、李白、杜甫翻译了5首，其他如张九龄、欧阳修、苏轼、陆游则有2首。从中也可以看出一个外国人心目中的中国经典诗人是怎样的。该书将汉乐府《陌上桑》《木兰辞》、张若虚的《春江花月夜》、杜甫的《渼陂行》等长诗皆译为英语。不管译得好不好，能翻译出来也需要一番功力的。若干年前，好莱坞将花木兰的故事搬上银幕，其中的《木兰辞》用了柏克莱出身的汉学家傅汉斯的翻译，不知傅汉斯当年有没有看过Charles Budd的翻译。除了翻译之外，书前还有译者写的三篇文章：《关于中国诗歌历史与结构的一些意见》《中国诗歌的技巧》《中国一些杰出诗人小传》。第一篇文章其实是一篇中国诗歌简史，作者介绍了从《诗经》到唐代的中国诗歌的概况，也提到几句宋代诗人，而对宋代以降的诗歌只字未提。作者在一百多年前提出的一些看法，现在已经成为西方汉学界的共识，如认为六朝是“文学上的颓废时代”（a time of literary decadence），唐代是中国诗歌的“黄金时代”（Golden Age of Poetry）。他还认为杜甫是唐代乃至中国最擅长写作七言排律的诗人，这也是译者的独到之见。顺便

裕德龄所著《老佛爷》封面

说，上面提到的任教于柏克莱的江亢虎也与美国学者合译过《唐诗三百首》，题为 *The Jade Mountain: An Anthology Being Three Hundred Poems of the T'ang Dynasty*。

前段时间，网上流传一段一位身着满族服饰的中国妇人用英文演讲的视频，视频的主人公就是裕德龄。德龄也是位传奇人物，父亲裕庚做过清朝驻法国、日本公使，母亲是法国人。德龄自小在国外长大，精通外语和西方礼仪，因而被慈禧看上。她在 1903—1904 年间曾在紫禁城侍奉过慈禧两年，与慈禧、光绪、隆裕等人物都有接触。1905年，她离开紫禁城；1907年，与一位美国人结婚，后来定居美国加州，并在柏克莱加大教中文。她曾将在清宫两年的经历用英文写成《清宫二年记》《瀛台泣血记》等书，这些书在民国年间就被翻译为中文。不过，我这次在Moe's 买到了她的另一本英文书《老佛爷》(*Old Buddha*, Dodd, Mead & Company，1928)。此书是德龄关于慈禧的回忆录，书中还附有多张慈禧的照片。该书扉页上印着："谨以此书献给慈禧太后陛下，爱我及我爱的老佛爷。"由此可见作者对慈禧的态度。尽管世人对慈禧观感不好，但德龄在书中对慈禧多有回护，说："对我而言，她是一个和蔼的老太太，她渴望理解，但她从未得到他人理解，因为她实在太骄傲，以至于无法向他人敞露她栖息在传统帝王面具后的部分。"又说她是"正确的人处在了正确的位置上"。当然，这些都是作者的一家之言。

我抽着阅读了书中有关光绪百日维新及其后的变法失败、光绪之死的部分。从书中可见作者对光绪的同情，以及对李莲英、袁世凯的厌恶，她在书中称袁世凯为"犹大"，西方读者一读就知道是叛徒之意。该书的文笔很好，书中写到光绪召见袁世凯，袁世凯却跑到天津向荣禄告密，然后二人又到颐和园向慈禧报告，最后慈禧到紫禁城向光绪兴师问罪，这一段的描写很生动。戊戌政变发生之时，光绪见到慈禧的心情如何，史无明载，而《老佛爷》作者因为有机会与光绪接触,故而听到光绪在事后的一些回忆。五年后，光绪对德龄说，他见到慈禧时的第一反应是：“I knew instantly that I was lost!”（我立即明白我完了！）光绪被囚瀛台后，据说每天记有日记，但这些日记片纸无存。《老佛爷》明确记载了光绪囚禁在瀛台之时，确实写有日记，而且数年后还给德龄看过。网上流传的光绪日记中的一段话“我病得很重，但是我心觉得老佛爷一定会死在我之前，如果这样，我要下令斩杀袁世凯和李莲英”，也可以在《老佛爷》中找到出处。光绪的死因一百多年来一直聚讼不已,《老佛爷》专门有一章写光绪之死。书中记载的一个细节非常让人震惊，即光绪未死之前，尚有意识之时，就被强行穿上寿衣。临逝之时，隆裕也来送别，但光绪闭上了眼睛，而且把脸转到墙那边，不肯见她。德龄对光绪的评价是，他是一个好人，受过极好的教育，但在宫廷生活中缺乏抵抗无穷无尽阴谋的能力。本书后有中译本，即 1996 年中国广播电视出版社出版的《德龄忆慈禧》。

在 Moe’s 待了一个下午，离开时已是华灯初上，尽管饥肠辘辘，但看着手中的“战利品”，不但忘记了饥饿，而且也渐渐沉醉在柏克莱的夜色温柔中了。

2019 年 2 月 15 日

本文原载《古典文学知识》2019 年第 3 期

密歇根湖上的风

——我在“芝村”的日子

一

没去芝加哥大学之前，就知道芝大是美国大学中获得诺贝尔奖的大户，截至2018年，芝大已经走出了98位诺贝尔奖得主，芝大科研能力之强可见一斑。这可能与芝大的办学宗旨有关，芝大在2006年时共有12,000名在校生，而本科生只有4,000名，其他皆为研究生，可见芝大完全是一所以科研为导向的研究型大学。长期在芝大任教的历史学家何炳棣教授曾说：

正式于1892年10月1日开课的芝加哥大学自始即与众不同的是，哈波（William R. Harper，芝大创校校长）业已一再强调大学（university）的首要任务是基本“研究（investigation）”（不久才与“research”一词混用），其次才是经常课堂的讲授；所以必须优先建立研究院，不惜重金礼聘人文及科学方面第一流的人才。（《读史阅世六十年》第十七章《芝加哥大学》〔上〕，第315页）

我读到这一段，印象非常深刻。据说，哈波（现一般译为哈珀）在校长任上曾说服8位其他在任的大学校长和近20名系主任辞职来芝加哥大学执教，其魅力可见一斑。建校一百多年后的芝大，魅力依然。我后来有缘成为芝大东亚系的访问学者就得益于我的接收教授苏源熙（Haun Saussy）先生的邀请。苏源熙教授博士毕业于耶鲁大学，后又回到母校任讲座教授，但2011年，芝大花重金礼聘其加盟，并任学校中顶尖的"大学教授"（University Professor）。

我2008年第一次赴美研究时，就是在芝加哥转机的，对芝加哥的奥黑尔（O'Hare）机场兼具现代性和艺术性的风格印象深刻。后来，借2009年参加在芝加哥举办的AAS年会之机，我第一次访问了芝大。芝加哥号称"风城"（the city of wind），刚到芝加哥就领教到风城的厉害。彼时虽然已近四月，可是这个城市刮起风来还是像数九寒天。芝大在芝加哥的南部，远离市中心，没有地铁直通。记得当时先坐地铁红线到Gadfield下，然后过天桥到对面坐55路巴士，到55街与Ellis街交界处下车。初春的芝大寒冷而岑寂，灰色系的建筑让人感到异常肃穆。脑海中就回忆起李欧梵先生《我的哈佛岁月》中所写的他在芝大任教的感受：

现在回想起来，我在哈佛的留学经验完全奠基于芝加哥大学——没有芝加哥，也就没有哈佛。那一年的芝加哥经验，将我置之死地而后生，没有痛苦，也不会有快乐，所以我至今仍然感激芝大。二十年后我竟然又回到芝大任教八年之久，可谓缘分，也让我深深体会到芝大学术传统的幽深，在这个中古寺院式的学府中，我前后“修行”九年之久，获益匪浅。（江苏教育出版社 2005 年版，第 17 页）

读到这一段时是在 2005 年，当时我还在南京大学攻读博士学位，不曾想 4 年后我竟然有机会访问了这个“中古寺院式的学府”。据说在这个“中古寺院式的学府”学习非常累，以至于有人说芝大是“失去乐趣的地方”（Where fun goes to die）。与哈佛相比，称芝大为“中古寺院式的学府”似不为过。哈佛所在的剑桥（Cambridge）人来人往，热闹非凡，到波士顿市区也只要坐几站地铁就可到达。而芝大可谓远离尘嚣，离繁华的芝加哥市区也比较远，周边除了密歇根大湖，很难找到让人流连忘返的地方。在这种枯寂的环境中，恐怕学习就是最大的消遣。哈佛大学东亚系栗山茂久教授曾比较过哈佛与芝大的学生，他说：

哈佛大学的学生都是多才多艺的、聪明好学的。哈佛大学的学生非常自信，都是雄心勃勃的。很多人希望将来能当上美国的总统，或是从事医生职业，但很少有人愿意从事学术研究工作。这一点，与芝加哥大学的学生很不同。芝加哥大学的学生都想当学者，不像哈佛的学生这样有浓厚的政治兴趣。（参见马建标《克服学术惰性：哈佛大学栗山教授访谈录》，载马建标《权力与媒介：近代中国的政治与传播》，北京师范大学出版社2018年版，第253–254页）

其实，我认识的很多哈佛学生也是有志于成为学者的，但显然大多数哈佛的本科生志不在学术，这与芝大的学生形成了鲜明的对比。记得，2015年3月，我准备离开哈佛，动身前往芝大访问，行前与宇文所安教授告别，他在给我的信中说，芝大可能是他心目中最理想的大学。宇文教授之所以有此言，可能与芝大纯粹的学术环境有关。

二

我感到我与芝大的缘分在冥冥之中早已定下，芝加哥大学著名图书馆学家钱存训先生的中文藏书就收藏在南京大学高研院的“钱存训图书馆”，与我在南大高研院的办公室仅有几步之遥。我也曾经几度摩挲过钱先生的藏书。后来访问哈佛时，有幸与钱存训先生的弟子、芝加哥大学毕业的图书馆学家、哈佛燕京图书馆第三任馆长郑炯文先生结识。郑先生热情地对待哈佛燕京学社和东亚系的每一位访问学者，而且他力推将哈佛燕京图书馆的中文善本全部数字化，放在互联网上供全球学人免费使用，这种气魄无疑与他早年受训于芝大有关。我一直期盼着有机会能有一段比较长的时间访问芝大，可以真正沉浸在这所“中古寺院式的学府”中专心研究。

2015 年 3—6 月，我终于得到访问芝大东亚系三个月的机会。记得离开波士顿时，波城仍笼罩在一片冰天雪地之中，但到了更北的芝城，却未见片雪。不过，我可能低估了芝加哥作为“风城”的威力。在春天快要结束的五六月份，我所住宿舍的暖气还时不时自动启动，喷出一股股暖气。

芝大一年有四个学期，4 月正是新学期的开始，我就在 3 月底的一片冷寂中来到了芝大。

与哈佛的砖红色调相比，芝大的色调有点灰；与耶鲁满城皆是密集的哥特式尖顶建筑相比，芝大只有若干座哥特式的高楼。耶鲁大学也可以用“中古寺院式的学府”来形容，耶鲁 24 座学院就像一座座修道院一般，院内是一个封闭的世界，生活学习皆可以在学院内解决。不过，与身处美东新英格兰繁华之地的哈佛、耶鲁不同，处于中部的芝大显得足够安静，芝大的校园也不似哈佛、耶鲁那般热闹。

与哈佛、耶鲁还有一点不同的是，芝大仿佛是完全规划好的，每一个 block 都是四四方方的，街道也都用数字命名，诸如 55 街、56 街、57 街，中间一条 University Avenue 横穿而过。芝大校园内的教堂也比较多，随便走进一间 The Therndike Hilton Memorial Chapel，这家教堂同时还是芝加哥神学院所在地（建于 1855 年，比芝大的校史还要长）。教堂有一个曲形的回廊，入口处有一间布道的房间，走廊的墙上装饰着宗教故事的小型雕塑，进入教堂门口右边又是一条长长的走廊，光线很好，有一排椅子，可能是为信众休息准备的。教堂地下室是一家专营宗教书籍的书店，不时有人提着书袋出来。教堂里很幽静，也很暗，只有贴着《圣经》故事彩色窗花的窗户透出一点光来。来到这一个所在，任何人，哪怕像我这样行色匆匆的旅人也忍不住想停下来歇一会儿，静一会儿。坐在教堂入口走廊的椅子上，看着窗外，太阳很好，天格外蓝，外面的风还在刮，这里却很温暖。

芝加哥是有名的治安状况欠佳，来芝城前，朋友们告诉我不要去 59 街以南，那里经常发生黑帮火拼。傍晚时分，从芝大校园回附近的宿舍，便会看到每一个街角都站着一个保安。虽然看到这些保安，有一种安全感，但又不禁忧心，没有保安的地方，治安情况又会如何？记得2015年刚来芝大时，因为去市区参加AAS会议，回到芝大时已超过晚上9点，下了公交后，却找不到回宿舍的路。这时天已大黑，路上阒无一人，想到各种芝加哥治安严峻的传闻，心里顿时无比紧张。到路边的便利店问路，发现便利店的窗口开得很小，而且用铁栅栏将窗户封死，仅留很小的空隙，显然是怕被人打劫，这更加剧了我内心的恐惧。好在这时，同住的武汉大学历史系刘国胜教授前来“救”我。所以，在芝大的三个月，晚上我很少到外面走动。

到芝大不久，我就开始了在“中古寺院式的学府”的读书生活。三个月时间，几乎每天都过着同样单调重复的生活：早饭后，到图书馆里工作；中午回宿舍吃饭，饭后继续去图书馆用功；傍晚回宿舍。

芝大图书馆是我使用过的最棒的图书馆之一。曾经在芝加哥大学任教的著名经济学家张五常教授回忆他使用芝大图书馆时说：

先谈芝大的图书主馆吧。那是我平生用过最好的图书馆。书多尚在其次，重要的是他们的服务是我平生仅见。是怎样的服务呢？任何在该馆内找不到的书，只要你能提供作者及书名，他们会立刻从其他图书馆借来给你。要是其他图书馆不肯借出，他们会付钱影印一本给你。快捷，准确，有求必应！

张教授所说的“图书主馆”即芝大的Joseph Regenstein Library，芝大六座图书馆之一，其他五座图书馆是D'Angelo Law Library、Eckhart Library for Mathematics、John Crerar Library、The Joe and Rika Mansueto Library和Social Services Administration Library。我每日“修道”的地方就是Joseph Regenstein图书馆。这个图书馆看起来就是一个灰灰的钢筋水泥建筑，看不出艺术的美感，与哈佛大学的图书主馆Widner图书馆、耶鲁大学的图书主馆Sterling纪念图书馆具有浓郁的殿堂风格很不相同。但是走进Regenstein图书馆却发现里面别有洞天，该馆藏书之丰富、空间之开阔令人赞叹不已。

芝加哥大学主图书馆 Joseph Regenstein 图书馆

其实，张五常教授所说的芝大主图书馆的服务在美国其他图书馆也都存在，比如我就利用过哈佛大学图书馆的馆际互借，也非常方便。现在哈佛大学图书馆还有更好的服务，他们不但把哈佛燕京图书馆所藏的几乎所有中文善本书扫描上网，而且如果要借其他的书，也可以提供部分页的扫描服务。芝大图书馆让我印象深的，还是其丰富的藏书。

在芝大的三个月，我天天待在五楼的东亚图书馆。有意思的是，芝大东亚图书馆的藏书有一部分是用哈佛燕京图书馆的编目法，这种编目法是哈佛燕京图书馆第一任馆长裘开明先生发明的，后来才慢慢采用统一的国会图书馆的编目法。随着图书馆藏书的增加，很多图书馆将馆藏中使用率较低的图书放到远程书库中，虽然释放了馆藏空间，但所谓使用率高低也是相对而言的，而且大家借书时，除了借目标图书之外，总喜欢看一下该书周边的图书，很可能就顺带将旁边相关的图书也借走了。如果将这些图书全部放到远程书库中，不但不知道图书馆到底有哪些藏书，而且也缺少了在图书馆中一架架浏览图书的乐趣。其道理与逛实体书店和在网上书店买书相同，很多人喜欢逛书店，恐怕最大的乐趣就在于逛，而不仅仅在于买，同样我到图书馆中最喜欢的事就是游弋于书架之间，不经意间可能就有重要的发现。

哈佛燕京图书馆在北美东亚图书馆中首屈一指，但近年来亦是将馆藏图书大量寄存到远程书库（HD）中，在馆的图书减少了很多,想在书架间突然发现一本寻觅多年，或只闻其名、未见其实的好书的概率越来越低。芝大东亚图书馆的大部分藏书似乎还没有被放入不远处的 The Joe and Rika Mansueto 图书馆中，在这里你可以找到东亚研究的大部分基本用书。而且像《四库全书》系列等大型丛书也全部在架，想用哪一册，触手可取，但在哈佛燕京图书馆，这些书早已被打入冷宫。

在芝大期间，我正在写作“中国文化二十四品丛书”中的《风月同天：中国与东亚》一书，因为话题牵涉到整个东亚，所以经常要用到有关中日韩越各国的书，芝大东亚图书馆正好满足了我的需求。所有有关东亚的藏书就在一个大平层中，相关原典、研究著作应有尽有，包括一些比较偏僻或出版较早的书。利用芝大的藏书，我很快完成了《风月同天》最后的写作，顺利交稿。东亚图书馆除了有单独的自习室外，在书架区靠墙的地方还专门设置了一些桌椅可供自习。我每天一去就找一个偏僻的地方，一待就是一整天。东亚图书馆每天来的人非常少，有时候大半天就我一个人在里面看书，而且写文章根本不用担心你要用的书被人借走，因为压根没有人会借你要的书，这时你就会感到这才是真正的坐拥书城，所以很羡慕芝大的学子，可以在这么优质的环境中学习。写东西累了，就在书架间游弋，看到感兴趣的书就拿下来翻一翻。一次，我在书架

芝加哥大学东亚图书馆内景

上看到一册孙康宜教授的《文学的声音》，因为我之前刚和孙康宜教授结识，故顺手拿下来翻一翻，打开扉页发现原来是孙康宜先生送给芝大东亚系余国藩教授的书。我赶快拍照存下，回去后发给孙康宜教授看，她也感到很惊奇。

除了每日像一只书虫一样待在东亚图书馆，有时我也去 Regenstein 图书馆旁边的 Mansueto 图书馆中自习。该图书馆是芝大的“网红”建筑，也是参观芝大的人必看的景点，其与毗邻的 Regenstein 图书馆形成强烈的反差。Regenstein 图书馆深沉厚重，象征着芝大百年校史的底蕴，而 Mansueto 图书馆远看就像一个椭圆形的巨蛋，外表由 691 块三层钢化玻璃构成，看上去充满现代气息。这座由著名建筑家赫尔穆特·贾恩（Helmut Jahn）设计，耗资 8100 万美元于 2011 年建成的图书馆确实代表了美国所谓“储存图书馆”（Depository Library）的未来。与其他大学将储存图书馆设在离远大学的地方不同，芝大的储存图书馆与主馆近在咫尺，且有一道长廊相连。Mansueto 图书馆使用了最先进的自动储藏和检索系统（ASRS）处理图书，读者要借什么书，只要通过图书馆查询到要借的书，机械手就会取出地下书库中该书所在的金属箱，然后送到一楼的图书馆流通台，图书馆员从金属箱内取出要借的书，前后费时不过几分钟时间，非常便捷。Mansueto 图书馆看不见的部分就是地下书库，据说有 12,000 个书架和 24,000 个金属箱，这些金属箱就放在书架上，每个金属箱可以装 100 多册书，该书库可以容纳 350 万册藏书，同时有 5 个起重机用于取书。Mansueto 图书馆的阅览室还有 180 个座位可供读者在里面自习或阅览，这里的人气明显比东亚图书馆旺盛很多，我也曾经几次在里面自习过，电源和网络等设备都有，但我总觉得没有在东亚图书馆书架间自习更有感觉。夜晚的 Mansueto 图书馆，灯火通明，晶莹剔透，像一颗璀璨的珍珠，众多勤奋的芝大学子正在里面苦读。

芝加哥大学 Mansueto 图书馆

三

我在芝大三个月并没有选修芝大东亚系的课，而是主要忙于个人的写作和研究。因为我的接收教授苏源熙教授正在法国做研究，遂将我托付给东亚系夏含夷（Edward L. Shaughnessy）教授。夏先生是研究中国上古史的顶尖学者，我很早就读过他写的《古史异观》等书。我到芝大前就与夏含夷教授联系，得到他热情的回复；到芝大后不久，夏含夷教授就来信说，4 月 17 日，威斯康辛大学麦迪逊分校东亚系倪豪士（William H. Nienhauser, Jr）教授要来芝大东亚系演讲，演讲题目是“Note on Translating Confucius Biography”，主要内容是关于英译《史记·孔子世家》的随想。夏含夷教授也邀我出席演讲会，演讲后一起到中国城的中餐馆“老四川”用餐。我很早就听闻倪豪士教授的大名，知道他曾是美国重要汉学期刊《中国文学》（CLEAR）的主编，主攻唐传奇研究，著有《传记与小说：唐代文学比较论集》（中华书局 2007 年版）。上海古籍出版社还出版过他主编的汉学论文集《美国学者论唐代文学》（1994 年）。他现在的主要精力放在《史记》英译的庞大工程上，目前已经出版十几卷。后来，倪豪士教授每年暑假都在南大文学院开设《史记》英译工作坊，遂每年会来南大工作一段时间，我又有机会和他相见，此是后话。

倪豪士教授在芝加哥大学东亚系做关于《史记》翻译的讲座

在演讲中，他谈到翻译《史记》的缘起，原来他的老师柳无忌教授告诉他，要想研究好唐传奇，必须要研究《史记》，所以从1990年开始，他就孜孜不倦地开始《史记》英译的工作。在他之前，西方汉学界已经有沙畹和华岑（Burton Watson）的翻译，但他觉得学术性不够，所以决定重翻。在芝大的演讲中，他讲了他翻译《史记·孔子世家》的心得，主要是考辨《史记·孔子世家》中关于孔子的传记与其他史料，如《论语》《孔子家语》《韩诗外传》等的不同。他的翻译字斟句酌，富有学术价值。他在演讲中，特别讨论了“丧家狗”的翻译问题，这是我从前未注意到的。在我理解中，“丧家狗”就是失去依靠的狗，但倪豪士教授说，“丧家狗”有两种翻译，一种翻译为“homeless dog”，这是传统的解释，另可以翻译为“the dog in a house of mourning”，即办理丧事家的狗。第二种解释其实也是有根据的，如《史记集解》卷四十七就引王肃之语曰：“丧家之狗。主人哀荒，不见饮食，故累然而不得意。孔子生于乱世，道不得行，故累然不得志之貌也。《韩诗外传》曰‘丧家之狗，既敛而椁，有席而祭，顾望无人’也。”倪豪士教授就问在座学者到底如何翻译“丧家狗”才符合《史记》的本意，大家纷纷发表自己的意见。

在这次演讲会上，我见到了很多久闻其名的芝大汉学家，除夏含夷教授之外，还有夏德安（Donald Harper）教授、艾恺（Guy Salvatore Alitto）教授（《最后的儒家——梁漱溟与中国现代化的两难》的作者），以及正在芝大访问的奥斯陆大学何莫邪（Christoph Harbsmeier）教授。芝大是美国中部的汉学重镇，虽然没有美东的大学那么热门，但也有不少中国访问学者，我很幸运在此结识了武汉大学历史系刘国胜教授和华东师范大学中文系李舜华教授。李舜华教授还把我引荐给芝大东亚系蔡九迪（Judith T. Zeitlin）教授，蔡九迪教授是哈佛大学韩南教授的弟子，我在哈佛燕京图书馆曾经读过蔡教授写的《异史氏：蒲松龄与中国文言小说》（*Historian of the Strange*：*Pu Songling and the Chinese Classical Tale*），也曾指导学生翻译过其中的一部分，所以见到蔡教授倍感亲切。在芝大期间，芝大两位汉学巨擘先后逝世，一位是芝大的著名图书馆学家钱存训教授，享年 105 岁；另一位是芝大东亚系以翻译《西游记》闻名世界的余国藩教授，享年 77 岁。非常遗憾再没有机会向他们问学。

四

虽然芝大地处偏僻，但芝大校园内却有一个著名的芝加哥大学东方研究所（The Oriental Institute of the University of Chicago，创建于 1919 年），该研究所其实也是一个博物馆，里面展览了大量中东地区的珍贵文物，让我印象最深的是该馆所藏的重达40吨的萨尔贡二世时期亚述王朝人首牛身塑像。就在我参观芝大东方研究所前不久，“伊斯兰国”的极端分子破坏了伊拉克的摩苏尔博物馆，将馆藏文物损坏殆尽。看着网上这些极端分子手持大锤和电钻疯狂破坏文物的照片和视频，心灵震撼之余，也感慨幸亏还有一部分中东的古代文物完好保存在芝大东方研究所。不知这是中东国家的悲剧，还是中东文明的幸运呢？

离芝大校园不远处还有著名的科学与工业博物馆（Museum of Science and Industry），因为离得近，所以我前后参观过好几次，每参观一次就对其3.5万件以上的藏品叹为观止。我也第一次在这里看到二战时美军缴获的德国U-505潜艇实物。总之，虽然芝大远离市区，但这里的文化生活并不匮乏，某种程度上还较为丰富。

芝加哥大学校内的东方研究所

在芝大三个月，除了写作《风月同天》一书外，我一直在从事《中国古典文学研究的新视镜——晚近北美汉学论文选译》的编译工作，在东亚图书馆中每日笔耕不辍。我在本书中选译了一些北美汉学期刊刚刚发表的关于古典文学的研究论文，并将北美著名的汉学期刊《中国文学》《哈佛亚洲学报》的目录翻译为中文，供国内学人按图索骥，这些工作大部分都是在芝大完成的。

离芝大不远就是著名的密歇根湖，此湖浩瀚如海，无边无际。我在读书之余，或晚饭后，常和刘国胜老师一起去湖边散步，吹着湖面的风，看着湖上点点帆影，畅谈学问，越发觉得芝大是学者专心治学的殿堂。

2020 年 10 月 20 日

第二辑 徐福行时书未焚：东瀛访书记

神保町散策

一

刚到东京的第二天，就急着去神保町看一看。买或不买，到了东京神田神保町以后，就不是一个问题了——没有一个爱书人，到了神保町后会不慷慨解囊的！

尽管混迹于神保町多年的友人说，神保町的书香已经没有往日浓厚了，但东京古书会馆举办的“书窗会”还是定期举行，还会有很多书蠹蜂拥而至。这个时节正是东京的梅雨季，每天早晨都会飘一会儿雨，但今年（2016）6月24日天公作美，正是血拼的好天气。夏季的“书窗会”又在神保町的东京古书会馆地下一层开幕了。“书窗会”揭幕前，参展的书店已经将预售书目编印出来，供买家参考。不过，很多书在开卖前，就已经被各路买家收入囊中，所以看到好书，一定要及时出手，观望是最大的

神保町东京古书会馆

东京古书会馆内每周都有书市

错误！

虽然日本的旧书业早已进入网络时代，只要打开“日本古本屋”网站，很快就能买到你想要的书；但亲自去旧书市场，参加每年定期举办的“古书祭”，仍然是很多书蠹们的挚爱。话说在书场上血拼，然后抱得一摞旧书而归，其成就感与胜利感是网上买书不能比的。另外，在古书祭现场买书可能会比平日要便宜一点，故而古书祭当天，现场依旧人头攒动，一群群的书痴书蠹们穿梭于其间，目光快速地扫过一列列书架，寻找自己的目标。锁定目标后，立马出手，绝不犹豫。在这个时候，往往会碰到很久未见的熟人——大家都是书虫嘛！

东京古书会馆内书市售卖的古籍

今年参展的书商有十几家，如乐水书房、小林书店、杉波书林、松云堂书店、玄书房、丛文阁书店、鱼山堂书店、夏目书店、石黑书店等等。其中小林书店以出售与佛教相关的古典籍闻名，而松云堂书店则以售卖与中国有关的古籍著称。

九点多赶到东京古书会馆时，地下一层已是乌泱泱的淘书人了。大家的目光迅速在书架间游移着，手也不停地在书册间翻检，期待着心仪的好书出现，或者能捡到一个漏。我的兴趣比较单一，只对日本的汉籍和汉学研究著作感兴趣。恰巧今天松云堂书店、小林书店都有和刻本古籍在卖，价格也不算太离谱。比如在小林书店看到一部贞享三年（1686）版的《注维摩经》五册在卖，要价 8000 日元。松云堂书店则有一部《绘本西游记》待售，好奇打开此书，里面有不少《西游记》人物的画像，而且这些画像皆出自东瀛画师之手，多少与中国画家所画有所不同。买下《注维摩经》后，心犹慊慊，希望能再找到一些宝贝。靠墙一架书翻的人比较少，我便去那里碰碰运气。果然发现了好书！眼光扫过书架时，赫然看到一册《苏峰诗草》杂于众书之中。因为来东京之前，我就在古本屋上买到德富苏峰的《爱书五十年》，故对“苏峰”二字比较敏感。赶快取下来翻阅，刚打开第一页，内心就狂喜起来——原来是德富苏峰的亲笔签名本，而且是限量版的书。这时也顾不得价钱了，立刻拿下。

离开拥挤的东京古书会馆，仍有依依不舍之意。除了买了不少和刻本汉籍外，还买了一些日本博物馆的图录，这也是我喜欢买的书，一是价格不是太贵，二是图像资料中也有很多与中国古典文学和域外汉籍研究相关的材料。这一日也可谓满载而归了，时间还有一些，于是就在神保町各家书店中闲逛。

本次“书窗会”聚集了很多旧书店，但神保町名气更大的旧书店，特别是我们熟悉的卖中国善本的名店，如东城书店、一诚堂书店、山本书店、东阳堂书店皆缺席今年的“书窗会”，所以要看到好书，还是要到他们的本店里去。

东城书店在业界以出售中国古籍出名，也兼售和刻本和朝鲜本古籍，其在神保町并没有实体店，只有一家事务所，书店会定期向买家寄送书目。买家看到中意的古籍后，可以联系书店，预约到事务所去看书。事务所很小，只有一张小桌子供读者看书，所以同一时段只能接待一组读者。经常逛神保町的A君知道我和友人对苏东坡的集子感兴趣，故在几天前就预约了去看该店待售的一部朝鲜铜活字本《增刊校正王状元集注分类东坡先生诗》。事务所一般在二楼，空间小得似乎容不下我们一群人坐着看书，只能站着欣赏。该本品相很好，是朝鲜古活字本中的精品，但索价实在太高，要189万日元之巨，我们也只能过过眼瘾罢了。

中国来的书蠹们去神保町没有不去山本书店的，该店

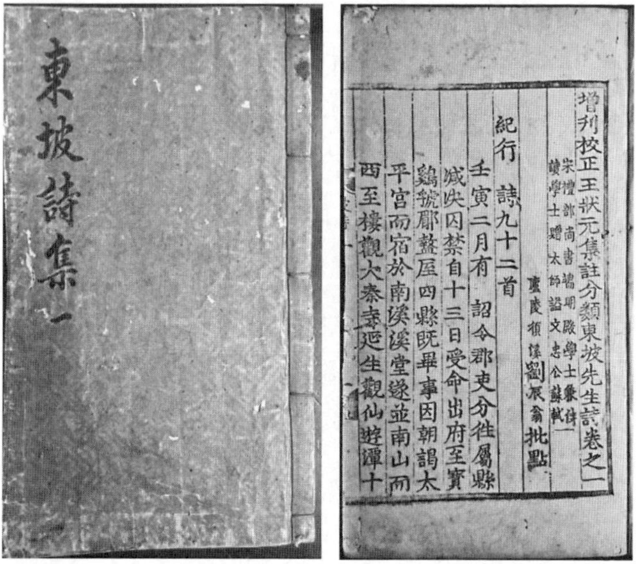

东城书店售卖的朝鲜古活字本《增刊校正王状元集注分类东坡先生诗》

所售之书全部与中国有关，山本书店也因此在中国读书界名气颇大。该店不但有大量的中国明清善本，而且有很多中国古籍的和刻本。山本书店兼书店与出版社于一体，著名的研文出版社就设在该店，出版品也全部是有关汉学研究的书籍。前一段时间，山本书店上了电视新闻。原来山本书店秘藏半个多世纪的南宋嘉定元年（1208）永州刊本《增广注释音辩唐柳先生集》在2015年的“日本古书籍商协会创立五十周年纪念国际稀覯本展销会”上以2亿日元的价格被拍出，而且出手的还是一位中国买家。庆应义塾大学附属斯道文库的高桥智教授听说后言，如果此书被日本以外的买家买走，那么日本的文化就完了。话说得非常重，其背后反映的现象是，近年来越来越多的中国书商涌到神保町，不但购走了大量善本古籍，而且还抬高了神保町的书价，弄得很多日本书蠹颇有怨言。

一诚堂书店也是神保町的名店，出售中国古籍。前一段时间，一诚堂书店花费数十年时间得到一部宋版洪迈所编的《唐人绝句》，售出 4.6 亿日元的高价。旧书业萧条，旧书也越来越贵，以后想在神保町捡漏也极为困难了。

山本书店也罢，一诚堂书店、东阳堂书店也罢，抑或是东京大学附近的琳琅阁书店，每日的顾客并不是很多。实体书店的生意难做，而实体旧书店的生意更难做。

夕阳西下，川流不息的东京街口，饥肠辘辘的书蠹们抱着一捆捆书满载而归，虽然口袋空空，但精神上比打了胜仗还要兴奋。只要“书窗会”还在继续，就不会是旧书业的黄昏。

2016 年 6 月 24 日

二

重返神保町已是两年之后了。

2018 年 4 月，我从京都到东京访书，找到同门高平兄一起去神保町逛书店。我们先在东京古书会馆买了很多书，书包已经不堪重负，手上还提了很多。一路上，我们一直在谈将来的研究方向，高平说，他打算做赖山阳研究，他认为赖山阳是江户后期的大家，很值得深入研究。

就在我打算打道回府之际，高平说，我带你去一家书店。很快，我们来到一家二楼书店，就在神保町的核心区域，门口的牌子上写着“丛文阁书店”。我对这家书店的历史并不了解，后来读到尹敏志兄所著的《东京蠹余录》（广西师范大学出版社 2020 年版），才知道这也是一家颇有历史的书店。

这是一家专营汉学书籍的古书店，书架上有很多非常经典的汉学著作，不过价格和神保町的其他古书店一样都比较贵。店里只有老板和老板娘，老板负责照看书店，而老板娘则掌管收银出纳。

我一进书店，眼光就落在书店门口的一堆书上，最上面有一本开本很大的书，还有靛蓝色的函套，拿起来一看，是一本《山阳赖先生百年祭记念遗芳帖》，原来是一本收录赖山阳法书的作品集。刚才在路上还谈到赖山阳，不想刚到丛文阁书店就看到此书，而且索值仅 3500 日元，我立刻拿下。等一旁的高平看到时，只能歆羡不已。不过，他也没有空手而归，原来他早就看中该店出售的一套《赖山阳全集》，因为价格比较贵，要 8 万日元，他一直舍不得出手，这次在我的撺掇下，他毅然收归囊中。

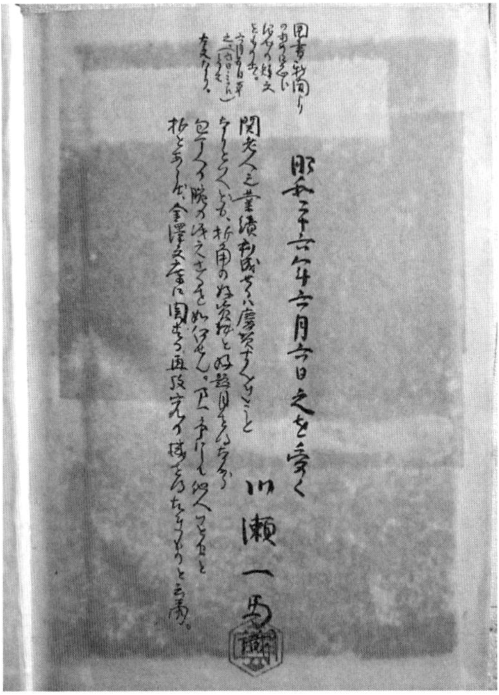

昭和二十六年六月六日之を受く

川瀬一馬

从文阁书店所售《金泽文库之研究》后的川濑一马手迹

买书的档口，我问老板年纪多大了。老板说，他已经80多岁了。如果不是他亲口说，我还真不相信他已经有如许高龄。从外表到他的步履，根本看不出他已经80多岁了，看起来顶多70多岁。

就在我们心满意足打算离开之时，书店的老板拍了一下我的肩膀，指着门边书架上的两本书让我看。我扫了一

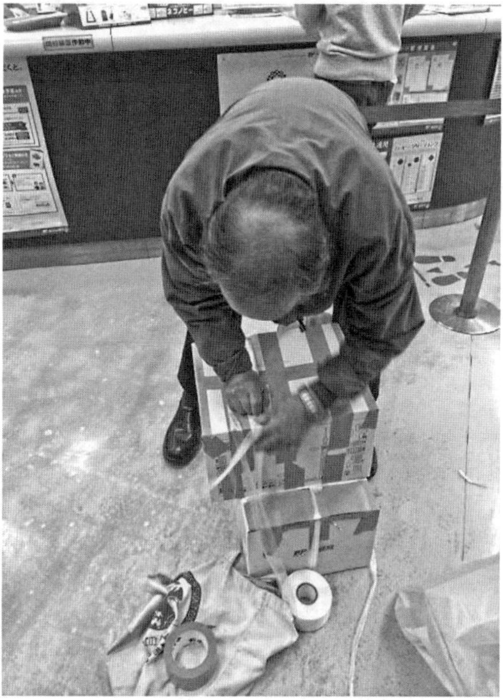

从文阁书店80多岁的老板亲自在邮局帮顾客打包邮寄书籍

眼这一架书，基本上都是各种工具书，以各大图书馆的汉籍目录为主。我抽出老板让我看的两本书，一本是《内阁文库汉籍分类目录》，一本是《金泽文库之研究》。这两本书都不是太稀奇，老板帮我把书翻到末页，我看到几行题字，再看落款——川濑一马！研究日本书志学的人可能没有人不知道川濑一马，他所写的《五山版之研究》早已是我的案头之书。因为是签名本，价格自然也不菲，我遂购入价格相对便宜点的《金泽文库之研究》。购得此书，此次东京之行，真不虚矣！

看我和高平已经被书压得无法再走了，老板提议带我们去邮局把书先寄回国内以减轻负担，此议正合我意。出了书店，走路不过两分钟就到了最近的一家邮局，看来老板经常到这里来寄书。

我们买了箱子，把书装进去，打算打包。就在此时，老板突然离开邮局，不久又回来，手里拿着胶带等工具，二话不说，弯腰亲自帮我们打起包来。看他的身手，轻车熟路，一看就知道经常打包寄书。只是没有想到，80多岁的老先生，竟然对异国的顾客如此热情、周到，他在我们买完书后，笑脸把我们送走就可以了，没想到他还亲自帮我们打包、寄书。我用手机拍下了他弯腰帮我打包的那一幕，这一幕让我久久不能忘记，也让我和高平感动不已。

2019年夏，我重返东京，再次造访丛文阁书店。当然，老先生已经认不出我了，不过，老先生依旧精神矍铄，在店里忙忙碌碌。

2020年10月4日

本文第一部分发表于《藏书家》第22辑

古都书香

——京都的汉学旧书店

近年来，经常有机会去京都，时间或长或短。每次来京都皆会逛一下京都的旧书店。几年前，读到苏枕书所著的《京都古书店风景》，非常喜欢作者对京都旧书店绘声绘色的描写，此书洵可以作为京都访书的指南。《京都古书店风景》中所写的旧书店，有些我已经逛过，有些则尚未逛过，因为我的兴趣比较单一，主要从事中国古代文学与东亚汉籍的研究，故比较关注京都与汉学、汉籍研究有关的旧书店。京都很少有像东京神保町那样的地方，一条街望不到尽头都是旧书店，但京都旧书店的味道就在于你要一家家地去跑，一家家地去访，一家家地去体验，这其中当然就有探宝的乐趣。好在我所在的京都大学附近就有很多出售汉学与汉籍相关书籍的旧书店，比较对我的口味，有事无事我都会去逛一逛。

临川书店是京都有名的专营汉学书籍的书店，也是一

临川书店外景

家没有“门面”的书店。说临川书店没有“门面”可能不准确，因为你如果坐京阪电车，出了町柳底站，不远处就会看到临川书店小小的牌子。大名鼎鼎的临川书店与其低调朴实的外观形成鲜明的反差。对于关注日本汉学的学者来说，临川书店绝对不可能绕过。临川书店其实不光是一家卖书的书店，它还是一家出版社，其作为出版社的名声可能更大。临川书店也充分利用了京都的学术资源，与京都大学、花园大学等大学的学者合作，出版这些大学学者的著述，这些著作都以高质量著称，再加上临川书店高品质的装帧，使这些书成为日本高端学术书的代表。我因为研究日本汉籍，对临川书店出版的《中国禅学资料丛刊》以及最近陆续出版的《五山版中国禅籍丛刊》利用颇多，也特别喜欢。拜临川书店之赐，很多深藏在寺院中的珍贵典籍才第一次公布在汉学学者面前。

除了出版学术书籍之外，临川书店收藏的几万册图书也在出售，因为没有开放式的书架展室，所以无法具体知道临川书店有哪些好书在卖。不过，每年春季临川书店都会举办一次古书特卖会，很多书打折销售，这一天也往往成为读书人的节日。因为机会难得，爱书人也常闹一些“事故”。最近，见到京都大学的道坂昭广教授，聊起新近出版的日本汉籍抄本文献，他向我介绍了临川书店出版的《真福寺善本丛刊》，其中有好几册是汉籍资料，说着就拿出一本《擲金抄》送给我，笑着说，这是他在临川书店的春季书市上买的，因为一年没几次机会，害怕错过，买完之后，才发现已经买过了。我阴差阳错成为临川书店书的最终受益者。

虽然没有实体的书店，但临川书店每月都会发行新“入荷”的书目，并发行临川书店出版物的目录，供读者购买。在临川书店买书，可以填写临川书店的购书卡片，寄到书店，或直接在“日本古本屋”上下单。因为我在研究日本汉籍，故比较关注日本书志学以及日本藏书印方面的资料，其中有一本昭和年间出版的《日本藏书印考》很值得参考。在“日本古本屋”一查，有几本在卖，但售价不菲，而临川书店卖的却比较便宜。本以为去了就可以买到，结果接待我的店员说，书有是有，但要两天后才能拿到，因为在书库中。两天后再去，这才拿到想要的书。这里不能不说一下临川书店送的购书袋，赭色的袋子就像一枚藏书票，让人不忍用它来装书。临走之时，店员送我一本 2017 年的《临川书店出版图书目录》，上面登载了日本汉学最新的研究信息，比如 2018—2019 年将陆续推出的《京大人文研东方学丛书》（第一期 10 种）、《牧田谛亮著作集》（全 8 卷），以及田中良昭、椎名宏雄、石井修道监修的《唐代の禅僧》（全 12 卷）都是汉学研究者非常期待的大部头。

出了京大人文科学研究所本馆附近的京大北门，沿着今出川通往银阁寺方向走不远，上了吉田山，就来到了京都另一家有名的汉学书店——朋友书店。朋友书店虽然隐藏在深巷中，但酒香不怕巷子深，几十年来一直在汉学界享有盛誉。朋友书店依傍日本汉学重镇京都大学而生，不但在人文研本馆附近有家主店，同时在人文研东方部附近又开了一家分店。没到朋友书店，就看见它的招牌，上面写着“专营东亚书籍”，实际上以汉学研究有关的书籍为主。而且与京都其他旧书店不同的是，朋友书店还卖中国

朋友书店外景

大陆和台湾地区出版的学术书。与临川书店相似，朋友书店也是出版社兼书店，朋友书店出了不少与汉学研究有关的好书，比如早在20世纪70年代，朋友书店就影印出版了日本米泽市立图书馆所藏的日本国宝——宋庆元本《汉书》。三十多年来朋友书店一直坚持出版纯学术的“朋友学术丛书”，最早是1980年出版的原田宪雄《李贺论考》，此后陆续出版了白川静《诗经研究：通论篇》(1981)、桥

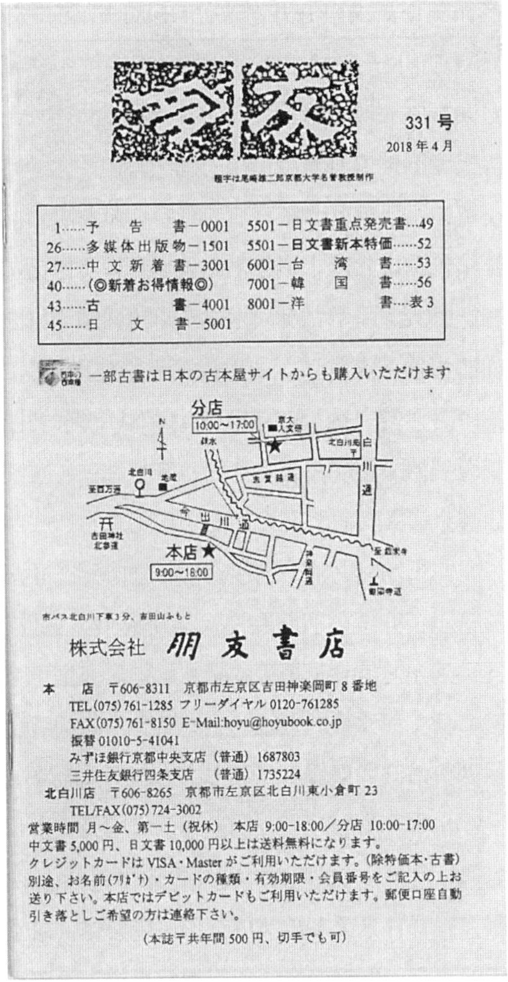
331号
2018年4月

題字は尾崎雄二郎京都大学名誉教授制作

1……予　告　書－0001	5501－日文書重点発売書…49
26……多媒体出版物－1501	5501－日文書新本特価……52
27……中文新着書－3001	6001－台　湾　書……53
40……(◎新着お得情報◎)	7001－韓　国　書……56
43……古　書－4001	8001－洋　書….表3
45……日　文　書－5001	

一部古書は日本の古本屋サイトからも購入いただけます

分店
10:00～17:00
本店
9:00～18:00

市バス北白川下車3分、吉田山ふもと

株式会社 朋友書店

本　店　〒606-8311　京都市左京区吉田神楽岡町8番地
TEL(075)761-1285 フリーダイヤル0120-761285
FAX(075)761-8150 E-Mail:hoyu@hoyubook.co.jp
振替 01010-5-41041
みずほ銀行京都中央支店（普通）1687803
三井住友銀行四条支店　（普通）1735224
北白川店　〒606-8265　京都市左京区北白川東小倉町23
TEL/FAX(075)724-3002
営業時間 月～金、第一土（祝休）　本店 9:00-18:00／分店 10:00-17:00
中文書5,000円、日文書10,000円以上は送料無料になります。
クレジットカードはVISA・Masterがご利用いただけます。(除特価本・古書)別途、お名前(ﾌﾘｶﾞﾅ)・カードの種類・有効期限・会員番号をご記入の上お送り下さい。本店ではデビットカードもご利用いただけます。郵便口座自動引き落としご希望の方は連絡下さい。

(本誌〒共年間500円、切手でも可)

朋友书店发行的《朋友》书讯

本循《中国文学思想管见》(1982)、谷口义介《中国古代社会史研究》(1988)、满田新造《中国音韵史论考》(1997)、松浦章《清代海外贸易史之研究》(2002)等日本汉学名著。但此丛书在2004年徐兴庆《近代中日思想交流史之研究》出版之后，就一直没有更新。此丛书也见证了日本汉学三十多年来的发展历程。因为与京大关系密切，京大人文研的研究报告几乎都是由朋友书店出版的，如薮内清等编的《明清时代的科学技术史》、吉川忠夫编的《唐代的宗教》、小南一郎编的《中国的礼与礼学》、冨谷至编的《边境出土木简之研究》……着实反映了朋友书店与京大人文研之间密切的合作关系。

朋友书店每个月都会给京大教授寄一份名为《朋友》的书讯，介绍书店新到的汉学研究书。这份小小的书讯，其实是一份信息量极大的最新汉学研究资讯报告，既有中文、日文汉学书的情报，也有英文出版的汉学资讯。而且从这份书讯可以看出，朋友书店新书上架是非常快的，有些刚在中国出版的书，朋友书店就已经开卖或预售了。因为离京大人文研很近，我有事无事就会去朋友书店逛一圈，看看日本最新出版的汉学研究著作。果然每次去都有新的收获，而且朋友书店有比较全的汉学书，在书架上扫一圈，近年来出版的研究专著就可以尽收眼底。

近年来，因为日本政府削减对人文学科的支持，汉学研究在日本也呈颓势，与20世纪日本汉学的黄金期几不可同日而语。每次我来朋友书店，总是只有我一个人在里面看书，不过一会儿外面就有卡车运来一箱箱新到的书籍，不久这些新书就会摆在朋友书店的书架上。虽然汉学研究在日本越来越不景气，但只要有像朋友书店那样的坚持，我相信日本的汉学研究是不会衰落的。

京都每年在 2 月、5 月及 8 月都会举行盛大的古书祭，这时很多古书店都会参展，盛况空前。不过这几年随着网络购书的兴起，加之日本的旧书店很多是家庭经营的，上一辈书店经营者去世之后，书店就很难为继。京都专卖古典籍、和刻本的书店本来就不多，京大附近的水明洞就是一家。2011 年时，我经常和同志社大学的李长波老师去买书，几次买书的经验让我印象深刻。一次和李老师去看书，他看到玻璃柜里有一套开本很大的《孔子圣迹图》在卖，翻了几页后，立马拿下。回到他的研究室后，我们慢慢欣赏，原来是一部明版书。再一次，和李老师去时，发现书架上没有什么让我们感兴趣的书，他就在书店入口处一堆乱七八糟的美术品中翻看，看到一个纸袋装的东西，我还没有看清楚是什么，他已经付钱买下。原来是罗振玉的儿子在罗去世之后写的哀启。因为罗氏在京都住过较长的时间，在日本结识了很多朋友，这份哀启一定是罗氏之子寄给京都的朋友的，说不定还是著名的汉学家，可惜原信封已经不存，不然还能做一番考证呢。正是有这些好印象，2018 年，我再想去水明洞淘宝时，在谷歌上一搜，却是红字显示“永久停业”！不禁唏嘘良久。还好“水明洞”在日本古本屋上的网店还在开。

京都寺町附近的尚学堂书店

除了京大附近有较多的汉学书店外，京都三条附近的寺町也是旧书店比较集中的地方。几年前，我购藏和刻本汉籍也是从这里开始的。那时，京大文学部的木田章义教授经常向我推荐三条市役所旁的古书店尚学堂。尚学堂也是每月向京大的教授寄送新到的旧书书讯，有时我得到信息后，就赶到书店，却被告知书已经卖掉了。尚学堂最吸引我的是这家有比较便宜的和刻本卖，不但书店门口就有一本 200 日元的和刻本残本在卖，而且时不时会碰到一些比较好的江户时代的和刻本，比如我就在这里买到过文政十二年（1829）刊刻的赖山阳编的《日本乐府》，以及江户儒学家新井白蛾的《古易断》。2012年，我陪川大罗鹭兄去买书，罗鹭兄竟然买到一套装在书箧中的日本天保五年（1834）刊本《会玉篇大全》。回去后，罗鹭兄很兴奋写信给我说："谢谢你推荐那家书店！该书来源于江户末期德岛县小松岛市的农商豪族多田氏的旧藏，藏书家名多田宗太郎（1825—1892），目前德岛县图书馆还有多田文库专藏。"可见，在这些小书店还是能捡到漏的。

离尚学堂不远就是寺町，寺町是京都著名的购物中心和旅游胜地，在这里开书店，特别是卖汉学有关的书籍，是需要一点勇气的。2011年，我第一次去时，这里还有不少家卖和刻本的旧书店，2018年再去时，发现书店少了一些。寺町的几家旧书店，以专卖佛教典籍著名，如其中堂。走进其中堂，发现店面比较宽敞，书架上按类放着各种与日本佛教研究相关的著作，像禅宗、净土宗、真言宗、日莲宗的书都按类放在一起，方便读者寻找。其中堂也有不少和刻本在卖，但价格不菲。我比较感兴趣的是日本五山时代的佛教与禅僧研究，这里也有一个小的专区，书架上就有我想要的牧田谛亮著的《策彦入明記の研究》（1955年初版），打开一看，索价近12万日元，原来是牧田先生的签名本。我想，正是有这些旧书店的存在，才使寺町这样商业气息浓厚的地方有一点书香，这才是京都的魅力所在吧。

京都寺町的旧书店

京都是日本的古都，也是日本汉学的发源地。在人文科学衰落的今天，京都还有这么多汉学书店，它们营造了京都的人文意蕴，坚守着传统的人文价值，共同构成了古都的美。

2018 年 4 月 14 日

本文原载《中华瑰宝》2018 年 5 月号

尊经世说古本孤

——三访尊经阁文库

一

昔年读《世说新语》时，就知道存世不多的一部宋本《世说新语》就藏在东京的尊经阁文库（下简称尊经阁），该书原为镰仓幕府执权北条氏金泽文库的藏书，后流入尊经阁。1928年，张元济到日本各文库访书，有七言歌行一篇纪访书盛事，诗中特别有句云“尊经世说古本孤”。后来又听说，尊经阁所藏明刻本在日本与内阁文库齐名。内阁文库的前身是德川幕府的红叶山文库，曾通过长崎大量购买中国的书籍，而尊经阁则是一个地方大名前田氏的私家文库，其收藏的明刻本能与内阁文库媲美，可见其主人对中国古籍搜求之亟。

我几度在东京大学的赤门前留影，不曾想到，这里原来曾是尊经阁的主人江户时代加贺藩主前田家的旧宅邸。

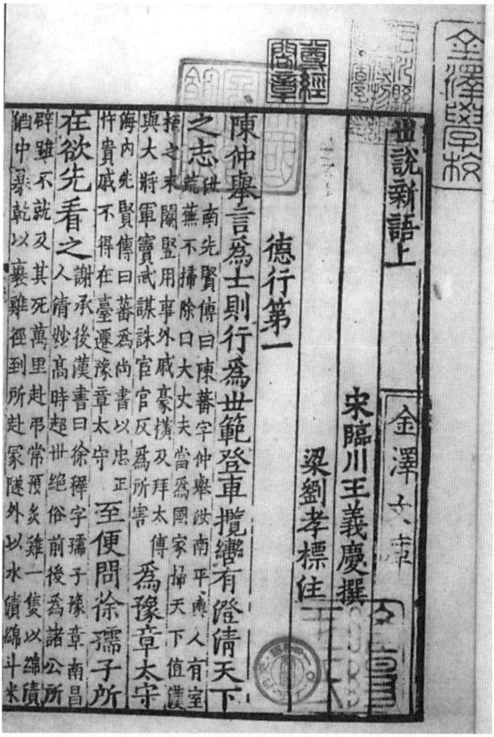

世說新語上
宋臨川王義慶撰
梁劉孝標注
德行第一
陳仲舉言爲士則行爲世範登車攬轡有澄清天下之志汝南先賢傳曰陳蕃字仲舉汝南平輿人有室荒蕪不掃除曰大丈夫當爲國家掃天下值漢桓之末閹豎用事外戚豪橫及拜太傅與大將軍竇武謀誅宦官反爲所害爲豫章太守海内先賢傳曰蕃爲尚書以忠正忤貴戚不得在臺遷豫章太守至便問徐孺子所在欲先看之謝承後漢書曰徐穉字孺子豫章南昌人清妙高時超世絶俗前後爲諸公所辟雖不就及其死萬里赴弔常豫炙雞一隻以綿漬酒中暴乾以裹雞徑到所赴冢隧外以水漬綿斗米

尊经阁文库所藏宋本《世说新语》，原为金泽文库藏本

1926 年之前，尊经阁原本在东京本乡的前田家宅邸，与东京大学相邻。1926 年，为加强对尊经阁所藏贵重典籍的保护，并提供给研究者所需的资料，前田家第 16 代当主前田利为创设了财团法人前田育德财团（1949 年改称“前田育德会”，2012 年又被认定为公益财团法人），开始

对文库珍藏的典籍进行影印工作。1927年，东京大学为将农学部迁至本乡校本部，遂将其在驹场的地产与前田氏互换，于是前田家宅邸就搬到了东大驹场校区附近的东京都目黑区驹场公园西侧。1972年，前田育德会在驹场的新邸建了一幢西式小楼，这就是今天所见的尊经阁。

东京大学赤门，原为前田家宅邸之门

江户幕府建立之初，很多大名都是武家出身，能征善战，稍逊风骚，但其后代渐渐从“武力强宗”转变为“文化世族”，尊经阁的主人前田氏即为代表。加贺藩初祖前田利家（1538—1599）是丰臣秀吉托孤的“五大老”之一，在战场上勇猛无匹，被称为“日本无双之枪”。江户幕府建立后，加贺藩的前田家坐享百万石的俸禄，这也是他们热心购买汉籍的经济基础。加贺藩的几代藩主都热心收集古籍，特别是第五代藩主前田纲纪（1643—1724）对图书搜集更是不遗余力。在前田纲纪编写的目录学著作《桑华书志》中，他开始将收集到的图书称为“尊经阁藏书”。前田育德会设立后，前田利为就将前田家的藏书之所命名为“尊经阁文库”，而前田育德会和尊经阁文库虽然有两个牌子，但实际上是一体的。尊经阁收藏了众多珍稀秘笈，截至2017年有22种古籍被日本定为国宝，77种定为“重要文化财”，可谓私家文库收藏的翘楚，这与前田家十几代人的苦心经营分不开。

幕府拥有的内阁文库早已变为国立公文书馆，成为公立的藏书机构，而且国立公文书馆正在有计划地将馆内收藏的善本古籍全部数字化，放在网上供学人浏览使用，而尊经阁仍属于私人文库，使用起来颇为不便。如果要去阅览仍然需要提前申请预约，而且尊经阁的阅览室非常小，一天只能批准两三人前去阅览，更不用提每周也不是天天都开放，这都增加了利用的难度。我从2016到2019年，三度前往尊经阁观书，想来也是一件非常幸运的事。

二

2016年，我趁到日本参加学术会议之机，第一次访问了尊经阁。要去尊经阁看书，极为不易，需要提前预约，并要有日本教授的介绍信；如果阅览者不谙日语，还要自带一名翻译前去，以便沟通。彼时，侯荣川兄正在早稻田大学跟内山精也教授做访问学者，遂通过他请内山精也教授帮我和他以及王连旺兄写一封介绍信，正好连旺兄也可以作我们的翻译。

尊经阁离东大驹场校区比较近，我先从早稻田坐电车到新宿，再从新宿坐京王井之头线到东大驹场站下，再沿

东京尊经阁文库外景

驹场路步行，走到驹场公园，就可以看到一个树木掩映的庭院，这便是尊经阁了。很不起眼，不小心就会走过。庭院大门虽然开着，但有一根竹竿拦着，有种“闲人莫入”的感觉。大门的右墙上挂着一个小小的木牌，上面写着“公益财团法人前田育德会　尊经阁文库”。

因为我们已经事先约好，遂绕过围栏，进入庭院，来到小楼前。按响门铃后，不久有人出来帮我们开门。这是一幢老房子，地板都是实木地板，踩上去吱吱作响。屋内的陈设也非常老旧，与日本非常现代化的家居形成强烈的对比。我们被引到会客室，主事者让我们一一登记，并查看我们的身份证明，这也是我利用日本其他文库时未遇到的，可见这里规矩之严。进入阅览室之前，先要存包，然后洗手。

我之前经常去内阁文库看书，内阁文库从来不看身份证明，只要在楼下登记一下，办一张阅览证就可以了。看书前也不用洗手，看书时如果想拍照也可以随意拍，只要不损坏图书就可以。其实，我觉得内阁文库这种方式可能才是对古籍的最大保护。古籍长期不翻动，书页就会脆化，里面也会滋生蠹虫，如果经常有人翻看的话，反而可以保护古籍。有一个故事，据说民国时，柳诒徵任江苏国学图书馆馆长，制订了国学图书馆住读的章程，青年学者蔡尚思为了完成《中国思想史》，一度就住在该馆苦读。蔡尚思离开时，感谢柳诒徵的照顾，柳诒徵却说：“我倒要大大地感谢你呢，是你把馆藏图书一页页地翻开，把书里的蠹虫弄死或赶跑了。”这里面当然有柳诒徵的客气和好意，但也说明图书馆的藏书重在阅读使用。不过，尊经阁作为私家文库，维护成本巨大，如果全面开放的话，几无可能，现在能够有限地免费开放已经非常令人满足了。

尊经阁所谓的阅览室其实就在文库的办公室内，也就是说读者阅览和工作人员办公就在同一个房间。房间正中有一张大桌子，供读者阅览使用，工作人员就在旁边的办公桌上处理公务。所以在阅览的时候，经常可以听见办公室内电话声此起彼伏。这张桌子确实只能容纳四五个人同时阅览，难怪尊经阁每次只接受两三个人的阅览申请。阅览室靠墙有一些工具书，还有一尊比真人稍小的武士塑像。

阅览室与办公室在一起可能还有一个目的，就是方便察看读者有无破坏古籍之行为。有时，读者稍微不注意，工作人员看见后马上就会大声警告。此时读者正沉浸于书的世界中，也许并没有意识到自己的动作，经他这么一喝，反而被吓得不轻。这毕竟是私人的藏书，不是公立图书馆的藏书，如果发生古籍损坏的事情，工作人员可能也要担责，所以管理严格也是可以理解的。记得那天与我们同时阅览的，还有日本著名的朝鲜本研究专家藤本幸夫先生，他也不免被工作人员提醒几次，可见他们是对事不对人。

在阅览室坐定不久，工作人员就将我预约好的书捧出

东京尊经阁文库外景

来，包括函套都让我看。我预约的是东坡诗室町时代的日本古注本的古抄本，此前我已经得到该书的另一个抄本，并且已经基本整理完毕，但连旺兄告诉我尊经阁还有一个古抄本，我觉得无论如何一定要看一下。看到原书后，我发现尊经阁藏本更全也更早，上面有很多处修改的痕迹，明显像稿本，而我手上的抄本字划清楚整齐，完全没有改动之处，应该是后来的誊清本。所以如果要整理此书的话，必须参考尊经阁本。看了差不多后，我向尊经阁询问是否能复印。得到的答复是，只能复印三分之一，而且价格比较昂贵，只能作罢。

不过，这次尊经阁之行，有幸结识了藤本幸夫先生。我早就翻过先生编写的《日本现存朝鲜本研究·集部》（京都大学出版会 2006 年版），对先生的学问佩服至极。这次在尊经阁碰到他，见他仍在继续调查朝鲜本。中午休息时，藤本先生带我们去附近的东大驹场校区食堂就餐，饭间或口谈，或笔谈，很是开心。原来先生正在撰写《日本现存朝鲜本研究·史部》的书稿。藤本先生毕业于京都大学，后任富山大学教授，从富山大学退休后，任东洋文库研究员，丽泽大学客座教授。先生一生致力于韩国印刷文化以及日本所藏朝鲜本研究，可谓日本研究朝鲜本第一人。除上面的两部大部头之外，先生还著有《日韩汉文训读研究》（勉诚出版 2014 年版）。继出版《日本现存朝鲜本研究·集部》12 年后，他又推出了《日本现存朝鲜本研究·史部》（东国大学校出版部 2018 年版）。我有幸在尊经阁与先生相逢，见证了他 12 年间辛苦调查日本所藏朝鲜本的一个片断。

三

因为觉得复印费太贵，第一次造访尊经阁没能复印到东坡诗古注之抄本，回国后一直牵挂此书，心想如果有机会再去尊经阁，一定要将此书全本复印回来。尊经阁有一个规定，如果要申请复印某书，必须是在本人亲自看完此书后，才能提出申请，所以不接受网络或信函申请。

2018 年初，我到京都大学人文科学研究所担任客座教授，回国前夕，我决定再访尊经阁，遂请京大人文研古胜隆一教授推荐，我自己从尊经阁的网站上下载了申请书，连同推荐信一起寄给了尊经阁。这是我第一次直接和尊经阁联系，没想到不久就收到尊经阁的回信，同意了我的阅览请求。阅览当日除了要带申请书之外，还要带一个翻译，王连旺兄推荐学习院大学的段宇博士与我同去。

两年过去了，尊经阁没有任何变化。按规定行礼如仪后，我终于又看到了那部古抄本，摩挲了整整一天，也做了很多笔记，最后决定申请复制。出乎我意料的是，尊经阁修改了复制规定，从前只能复制某书的三分之一，现在规定如果要复制就必须全本复制。我立刻提出全本复制的要求，文库方面欣然同意，并开始计算费用并开列出来给我看。我看了一下明细，除了请专业的复制公司拍照打印的费用之外，尊经阁自己也要收一笔“礼金”，费用和复制费相同。因为我要复制的书比较厚，所以这次的复制费非常昂贵。但为了尽快得到这份宝贵的资料，我一咬牙还是决定复制全书。不过，尊经阁说复制需要一段时间，复制好后，负责复制的公司会和段宇兄联系，然后再交纳费用。几个月后，段宇兄回国开会，带回了这部我朝思暮想的文献，我也接到了尊经阁 14 万多日元的账单。尊经阁规定，如果要以尊经阁藏书为底本进行影印或标点，还要再交一笔费用。但想到能将这部重要的日本汉籍引进到国内，再多的花费我也在所不惜。

此行除了这部古抄本之外，我还借阅了明刊本《群珠摘粹集》。此书为明人戴天锡所撰，是明代的一部集句诗集，此书在中国本土已经失传，仅藏于日本。此前我在内阁文库已经看过此书的江户抄本，但后来我调查到尊经阁还藏有此书的明刊本，遂在这次一并提出阅览申请。

明刊本《群珠摘粹集》五卷，明戴天锡撰。该书每半叶十一行，行十九字。四周双边，上下黑口，双鱼尾。版心刻“群珠第几”。集句诗句正文七字，出处小字，右标朝代，左标姓名。卷端刻“群珠摘粹集卷之几”，次行题“长乐戴天锡维寿集”。书前有张瓒成化十年（1474）《题辞》。戴天锡，字维寿（清《福州府志》卷四十作“惟寿”），福建长乐人。明英宗正统十二年（1447）举人。天顺年间任感恩县教谕，成化年间任襄府纪善、审理。《群珠摘粹集》在晁瑮《晁氏宝文堂书目》卷十二、明朱睦㮮《万卷堂书目》卷四皆有著录，清范邦甸《天一阁书目》卷三著录：“《群珠摘粹》一卷，蓝丝栏抄本，不著撰人名氏。”《天一阁书目》编纂于嘉庆年间，可见在清嘉庆年间，中土仍有《群珠摘粹集》抄本存世，但仅存一卷。天一阁藏本后亦不知所踪。幸此书很早就东传到日本，现尊经阁所藏的明刻本为天下孤本。内阁文库则藏有江户时代抄本一部，是以明刻本为底本钞录的。

张瓒《题辞》云：

作诗固难，集众人之句为诗亦不易。三百篇之后，作者叠出，体制累变，集句则不多见。至宋之王荆公、石曼卿、文丞相、黄晋卿诸贤始倡为此作，而元之南村狐白裘，国朝之孙仲衍、林子羽辈亦各相继效体为之，其所集句皆浑然天成，不可尚已。近时有夏仲宽《联锦》诸集继出，虽未可追踪诸作，要其用意精到，亦不易得。予友武昌吴君孟章孝廉儒雅，博学多才，雅好吟咏。尝以锦衣卫千户奉命赞画荆襄军务，间得襄府纪善长乐戴君天锡集句一帙，手为编选，题之曰“群珠摘粹”。不远数千里封题示予，且谓此集可传。予阅之，凡若干首，皆摘唐宋元诸贤之句。为诗属联清切，用事精当，变腐成奇，真若胸中一气流出者，可以传后无疑。因命萧山士人孙嵩缮录。嵩又为捐赀募工锓板，置之浙藩公署，盖欲传之四方，垂之后日，其用心亦勤矣。於戏！戴君之精思，孟章之精选，与嵩之好事，皆不易得。是集既出，将与前数君子之集并行于时，亦足以鸣国家之盛，见一时制作之美，岂直雕虫篆刻之为而已哉？板刻既成，因为引之篇端。成化十年，岁在甲午，夏五月吉。赐进士通奉大夫浙江等处承宣布政使司左布政使孝感张瓒识。

张缵在《明史》卷一百七十二中有传：“张瓒，字宗器，孝感人。正统十三年进士，授工部主事，迁郎中，历知太原、宁波二府，有善政。成化初，市舶中官福住贪恣，瓒禁戢其下。住诬瓒于朝，瓒遂列住罪。住被责，其党多抵法。大臣会荐，迁广东参政，转浙江左布政使。”上引题辞中的结衔也可和《明史》相印证。题辞撰于成化十年（1474），则《群珠摘粹集》成书于此年之前。戴天锡作有集句诗多首，但并未编成集，后由吴孟章编集，并命名为《群珠摘粹集》。吴绶，字孟章，号藻轩，滁州人，成化间为锦衣指挥佥事，著有《诗坛丛韵》二十八卷。《篁墩文集》卷二十三《诗坛丛韵序》云：“滁阳吴君孟章，虽世将家而博雅好文，喜为歌诗，与学士大夫相游处……吴君名绶，举孝廉，历赞荆湖诸军，入典诏狱，佥锦衣指挥事，别号藻轩，孟章其字也。”此处记载与《题辞》所言吴氏“锦衣卫千户奉命赞画荆襄军务”之事相合。《群珠摘粹集》之编集在吴绶与戴天锡同在荆襄任职之时，书中收录戴天锡与吴绶赠送、酬酢、和韵之作多达35首，故《群珠摘粹集》亦有以集句为社交的性质。

西晋时期就已出现集句诗，但直到宋代，集句才蔚为大观，名家辈出，尤以《题辞》所称的王安石、文天祥最为著名。黄山谷尝谓集句诗为“百家衣体”，盖集众家之句而融入一诗，故贵在“浑然天成”。集句之风，至明仍盛，《题辞》也列举了孙蕡（仲衍）、林鸿（子羽）的集句之作。孙、林二人皆为明初开宗立派之诗人，胡应麟云：

“国初吴诗派昉高季迪，越诗派昉刘伯温，闽诗派昉林子羽，岭南诗派昉于孙蕡仲衍，江右诗派昉于刘崧子高。五家才力，咸足雄踞一方，先驱当代。”（《诗薮》续编卷一）明诗“闽派”始于林鸿，孙蕡则为“岭南诗派”的开创者。林鸿又名列所谓“闽中十才子”之首，《明史·文苑传》云：“闽中善诗者，称十才子，鸿为之冠。”孙蕡则是岭南所谓“南园五先生”之首，《四库全书总目》卷一百九十四“《南园后五子诗集》提要”云：“南园即抗风轩，在广州城东南大忠祠侧。明初孙蕡、赵介、李德、黄哲、王佐唱酬于此，称南园五子。”朱彝尊《静志居诗话》卷三说：“自蕡以下，世所称‘南园五先生’也。仲衍才调，杰出四人。”从王安石、文天祥到明代初年这两位有代表性的诗人都致力于集句创作，可见中国古代诗人并不将集句视为纯粹的游戏之作。上面《题辞》中又提到“夏仲宽《联锦》”，即夏宏所作的集句诗集《联锦诗集》四卷，此书皆为七言律诗，集唐人诗句而成，而且此书有朝鲜本、和刻本传世，可见也产生了世界影响。

《群珠摘粹集》就是在这种文学语境中产生的，其在明代仍有流传，且产生了一定的影响，张缵《题辞》评其诗云：“为诗属联清切，用事精当，变腐成奇，真若胸中一气流出者，可以传后无疑。”此语虽有客套成分，但郎瑛《七修类稿》卷三十二亦有类似的好评：

集句起于宋荆公、曼卿，可谓绝唱。予幼时尝见襄府纪善长乐戴天锡维寿所著《群珠摘粹》，板镂浙藩，皆集唐、宋、元人之诗为律，对偶亲切，浑然天成，亦可影响王、石。

郎瑛对《群珠摘粹集》评价颇高，不但认为其诗“对偶亲切，浑然天成”，而且还可以颉颃集句诗名家王安石、石延年。石延年在宋代最早创作集句诗，且“集句诗”之名亦始自石氏；而王安石是集句诗创作大家，古人云：“荆公集句诗，虽累数十韵，皆顷刻而就，词意相属，如出诸己。”（《苕溪渔隐丛话》前集卷三十五引陈正敏《遁斋闲览》）也就是说，在明代人眼中，戴天锡的集句诗取得了较高的艺术成就，很可惜其在中国失传已久，今在日本重新发现，意义重大。顺便说，近年出版的《历代集句诗词别集丛刊》（缑蔓君编，北京燕山出版社 2019 年版）亦未收录此书。

这次阅览，我将江户抄本的复印件一齐带来，与明刊本对校，发现江户抄本就是以明刊本为底本抄写的。明刊本有些字不清楚，无法辨认，抄本就直接空在那里，而且抄本有不少抄写之误，质量还是以明刊本为高。此书是研究中国集句诗史的重要资料，我打算将来收入到我主编的《域外中国古代文学研究资料丛刊》中。不过，当时因为已经申请复印了坡诗古抄本，觉得复制费太贵，故没有申请复制此书。回国后，又一次后悔不已，又开始对此书心心念念。

四

2019 年，我受邀到早稻田大学高等研究所担任访问学者，就住在东京，这为我访问东京的各大文库提供了很大的便利。这次我请早稻田大学文学学术院饭山知保教授做我的推荐人，尊经阁也很快同意了我的阅览申请，于是我第三次前往尊经阁。这次又承段宇兄之助，帮我和尊经阁方面沟通翻译。

除了《群珠摘粹集》之外，我还申请阅览了清顺治年间刊刻的施起元所撰的《陶苏和咏》。此书合刊了陶诗和苏轼的和陶诗，前有施起元序，梁昭明太子萧统所撰《陶渊明集序》《陶渊明传》，苏辙所撰《追和陶渊明诗引》《苏东坡传》。卷端题“陶苏和咏上 / 下卷”，次行题“闽王融施起元君贞甫汇辑”。该书每半叶八行，行十八字。四周单边，白口，无鱼尾。版心刻“陶苏和咏”，下记叶数。施起元（约 1605 —约 1673），字君贞，福建福清人。顺治六年（1649）进士，曾任广东布政司右参议，分守岭东道。《陶苏和咏》即作于此时，序末署“顺治壬辰菊月九日岭东学使者福唐施起元题于惠署之斟桂轩”。“顺治壬辰”即顺治九年（1652），则此书当成于是年。施起元序云：

“吾观子瞻，出仕三十年，而萧散夷淡之趣未尝一日去诸怀。当其执政，从而金莲玉局，不为荣；及其入狱过岭而蛮烟瘴雾，不为瘁……或谓渊明醉而吟，子瞻饮而和，然则有同欤？抑知子瞻之意未尝不以饮酒为乐也。”这里赞扬东坡不以仕途的显晦而萦乱其心，始终保持着“萧散夷淡之趣”，并认为东坡以和陶为乐，又以饮酒为乐，陶苏之同皆在于以饮酒为乐。

施序又云：

苏公之和陶，盖自惠州而作也。公以诗讥讽，而曾、定、惇、汴（卞）等遂从而媒蘖其短，投荒岭表。方焚毁笔研，绝口不吟，乃独于渊明一集追和之不置，是以黄山谷有云：“饱吃惠州饭，细和渊明诗。”虽其间流落于昌化、儋耳，抚景兴情，依韵成声，不尽作于惠州，第遡其追和之繇，盖自惠州始也。

其实，苏轼最早作和陶诗是在扬州时，不过大规模和陶则始于贬惠之时。因为施起元当时正在惠州做岭东学使，故于序中大力将和陶诗与惠州联系在一起，无外乎要提升惠州的文化地位。

从明代起，惠州就开始注重借助苏轼来提升当地的文化品位，明人曾将东坡在惠州时所作的诗文汇集在一起，编成《寓惠集》。日本内阁文库还藏有明人方介卿在正德七年所编《苏文忠公寓惠录》十卷，此书从明正德年间到清初被翻刻十多次。书前有罗荣序云：

（东坡）晚谪惠州，始寓合江楼，两迁嘉祐寺，尝捐犀束金钱桥，成东西二新，工约利博，后世便之，而卜筑白鹤，盖有终焉之意。虽琼海再移，兹居如故，至今犹称东坡亭，遗像俨然，过者必下。夫岭海形胜，惠阳奠于其间，声教所被，不殊中州，然前此未有闻焉。自公来止，远近快睹，每有著作，里巷传诵，达于京师，山川草木，因公改观。昔昌黎在潮才八月耳，今兹称潮，以韩重也。坡翁居惠四阅岁，膏馥沾人，久而弥多，以苏重惠，固其宜哉！

该序同样称赞了东坡对惠州文化的沾溉。《寓惠录》《陶苏和咏》这些日藏文献，都是苏轼在明清时代接受的极好材料，特别是《陶苏和咏》一书，至今未见学者提及，故在此表而出之。

除了《陶苏和咏》外，我也阅览了中井履轩所著的《古文后集雕题》。其时我正在编纂《中国文集日本古注本丛刊》，此书也是《古文真宝后集》的注本之一。是书未尝刊刻，仅有写本藏于尊经阁。这次阅览结束后，我立即提出复印《群珠摘粹集》和《古文后集雕题》，并得到尊经阁的同意。几个月后，段宇兄将资料寄给了我，我终于可以在自己的书桌前仔细研究这些珍贵的域外文献了。

五

尊经阁所藏的宝贝太多，我短短的三次访问，只看到其藏书的几万分之一，还有大量的珍本尚未揭示出来。成为公益财团法人后，尊经阁将自身的功能定位为收藏品的保存管理、阅览、借出展览、调查研究及出版等。1929年，当时的前田育德财团影印出版了《尊经阁丛刊》，收入《重广会史》《世说新语》《冲虚至德真经》等“重要文化财”。近年来，尊经阁也和八木书店合作出版了《尊经阁善本影印集成》，但所印之书多与日本文学或日本历史研究相关，与中国文史研究有关的也有几种，如滋野贞主（785—852）编《秘府略》卷八百六十八附卷八百六十四（《集成》第13种，1997年），是书编于平安时代，为日本最早的自编类书，原有一千卷，现仅存两卷，收录了很多中国失传的文献，如《东观汉纪》的佚文等；《二中历》（《集成》第14—16种，1997年），也是一部日本的古类书，成书于镰仓时代末期，是对平安时代后期成书的《掌中历》《怀中历》的再编集，其中有关于中国古代文集流传日本的记录；大江匡房（1041—1111）述、藤原实兼（1085—1112）笔录的《江谈抄》（《集成》第44种，2008年），是一部平安时代的诗话性质的著作，书中也收录了一些《全唐诗》未收的佚诗佚句。

尊经阁还收藏了唐代萨守真所撰《天地瑞祥志》一书

的江户时代抄本。此书新旧《唐志》皆未著录，很早就在中国失传，尊经阁所藏抄本乃天壤间孤本。该书是一部以天文为中心的类书，《日本国见在书目录》著录为二十卷，可见很早就东传到日本，不过在流传过程中出现散佚，目前尊经阁藏本亦为残本，但大致能窥见本书之面目。除尊经阁之外，京都大学人文科学研究所、金泽市立玉川图书馆也藏有该书的抄本，但皆为尊经阁本的再抄本。2010年，国家图书馆出版社影印出版了《稀见唐代天文史料三种》，所收《天地瑞祥志》的底本为京大人文研的藏本，追本溯源似应影印尊经阁藏本为是。

当然，尊经阁所藏中国古籍中最值得注意的还是该文库所藏的明刻本，特别是其中很多明人文集在中国已经失传或比较稀见。我在翻看《尊经阁文库汉籍分类目录》时就对此印象深刻，我觉得中国研究明代文学的学者应该多注意这一块资源，如果有机会也可以择其重要的部分申请影印，在国内出版，定是嘉惠学林之举。

2020 年 10 月 15 日

本文原载《古典文学知识》2021 年第 2 期

尾阳继素

——三访蓬左文库

名古屋古称“尾张”，尾张德川家是所谓“御三家”之一，如果将军家无人继位，其藩主有资格继承幕府将军之位。蓬左文库就是尾张德川家的“御文库”。其实，江户幕府的开创者德川家康就是尾张（今爱知县）人，家康在江户城设立了富士见亭文库。晚年家康退隐居住在骏河（今静冈县），移出一部分富士见亭文库的藏书建立了骏河文库。该文库的藏书优质上乘，多有珍本秘笈，很多是原来镰仓幕府执权北条氏设立的金泽文库中的藏品，另有不少在“壬辰倭乱”时从朝鲜半岛带回的朝鲜金属活字本古籍。骏河文库的藏书大概有1万种，德川家康去世后，平均分给尾张、纪伊、水户三个“御三家”，家康的第九子、尾张德川家的初代藩主德川义直分得3000多种。这些典籍上都钤有“御本”之印，后世称为“骏河御让本”。

德川义直以“骏河御让本”为基础在名古屋城内创

立了“御文库”，也就是尾张藩的文库，是为蓬左文库的前身。到了江户幕府末期，“御文库”的藏书已经达到约5万种，但在幕末的战乱中损失了约三分之一。1912年，尾张德川家第19代当主德川义亲将文库正式命名为“蓬左文库”，不过当时的蓬左文库还在名古屋城内。1931年，设立财团法人尾张德川黎明会来管理尾张德川家家传的古籍和美术品等资料。1935年，在原尾张德川家大曾根旧宅邸设立了德川美术馆，同时在东京目白宅邸设立蓬左文库。这个大曾根旧邸原是尾张藩的第二代藩主德川光友在元禄八年（1695）营造的用于隐居的住所，今天的德川园即为其一部分。二战后，蓬左文库移交名古屋市政府管理。1951年，名古屋市政府在德川美术馆旁新设蓬左文库，一直沿用至今。

名古屋市蓬左文库、德川美术馆、德川园正门

因为尾张是德川幕府的直辖地，所以德川文化也是名古屋市的一个亮点。蓬左文库所在地原来就是尾张德川家的德川园，现在的德川园遗址就在蓬左文库对面，景色优美，宛若中国江南的园林。文库旁边则是德川美术馆，集中展示了尾张德川家的文物和历史，特别介绍了江户时代武家的学问与教养以及近世的武家文化。于是，蓬左文库与德川园、德川美术馆共同构成了名古屋市的德川文化主题公园，每每成为游人驻足之地。不过，最吸引我的还是蓬左文库收藏的珍贵古籍。很幸运，我先后三次造访蓬左文库，在此收集到很多宝贵的资料。

蓬左文库收藏的古籍不少被日本政府指定为“重要文化财”，重要的汉籍有：

《齐民要术》（金泽文库本）二十二卷，有文永十一年北条实时奥书（即书后的短跋）；

《论语集解》十卷，元应二年书写奥书；

《太平圣惠方》一百卷附《太平圣惠方正误》二卷（宋版，金泽文库本）；

《高丽史节要》三十五卷（朝鲜铜活字[甲寅字]本），明景泰四年印本。

这些书都是所谓的“骏河御让本”，“骏河御让本”也是蓬左文库最核心、最珍贵的藏书。

二

十余年前，我正在撰写博士论文，论题是“南宋诗歌选本研究”。关于这个课题，学术界已经发表了一些研究成果，如果我想突破必须在新材料上下点功夫。恰巧在这个时候，我在《文献》杂志上读到张如安、傅璇琮先生所撰的有关《中兴禅林风月集》的论文。《中兴禅林风月集》三卷收录了宋代数十位诗僧100首七言绝句，很多作者与诗作不见于中国的传世文献，具有重要的文献价值。很快我就在友人永田知之兄的帮助下，得到了《中兴禅林风月集》抄本的复印件，这个抄本不但有《中兴禅林风月集》的本文，而且还有日人之注。我利用永田兄寄给我的古抄本撰写了一篇论文，后来发表在《域外汉籍研究集刊》上，并成为我博士论文的一部分。这个古抄本就藏于名古屋市的蓬左文库，从此我对蓬左文库收藏的珍贵典籍产生了很大的兴趣。

2007年，南京大学域外汉籍研究所举办“首届南京大学域外汉籍研究国际学术研讨会”，我在会上报告了有关朝鲜版李壁《王荆文公诗注》的论文，而这部朝鲜版宋诗宋注就藏于蓬左文库。王安石的诗在宋代就已经经典化，其标志之一就是出现了宋人注荆公诗，即南宋李壁所作的《王荆文公诗注》。李壁是宋代著名史学家李焘第六子，素有家学，学问也非常高，《宋史·李壁传》称其：“嗜学如饥渴，群经百氏搜抉靡遗，于典章制度尤综练。”他于贬谪抚州时，专力注王安石诗五十卷，《四库全书总目》卷一百五十三称此书：“大致捃摭搜采，具有根据，疑则阙之，非穿凿附会者比。”四库馆臣看到的应是元刊本，如果看到此书的宋刻本，那么可能评价会更高。李注在宋代有眉州刊本和抚州刊本，不过眉州本亡佚已久，抚州本仅存十七卷，现藏于台北“故宫博物院”。从残宋本可以看到，宋本不但有李壁注，还有他所作的“补注”，以及“庚寅增注”。但是现在流传较广的是经过宋末元初诗歌评点家刘辰翁删节的元大德五年本，元本大量删节了李注，删除了大部分“补注”及“庚寅增注”。经过删节的元本，不但破坏了李注本的原貌，而且文献价值也减损不少。20世纪80年代，日本学者高津孝先生在蓬左文库发现了朝鲜活字本的《王荆文公诗注》，此本集合了宋本及元本《王荆文公诗注》的长处，既有被刘辰翁删削的大量李壁原注及“补注”、“庚寅增注”，还有刘辰翁的评点。朝鲜活字本李壁《王荆文公诗注》可谓近年来有关王安石文学文献最重要的发现。上海古籍出版社后影印了朝鲜活字本，并出版了高克勤先生的点校本。

2011年，我到京都大学人间环境学研究科担任客座教授，几度想访问蓬左文库，但初到日本，语言不通，只能作罢。但有朋友告诉我，如果要复印蓬左文库所藏资料，不必直接到现场，通过网络也可以申请。我在朋友的指引下，通过电子邮件将需要的资料名单发到蓬左文库，很快就收到所申请的文献，然后到便利店支付复印费就可以了，异常方便。

那时，我正在研究南宋遗民张逢辰所撰的《菊花百咏》，当时我已经在京大文学部图书馆看到了该书的元禄刻本，并到京都的龙谷大学大宫图书馆看到了古抄本，又调查到蓬左文库藏有此书另一个古抄本，遂申请复印。得到复印件后，综合诸本，将此书加以整理点校，发表于《域外汉籍研究集刊》第八辑。

我在翻阅《蓬左文库汉籍分类目录》时，看到该文库还藏有一部朝鲜古活字本《选诗演义》，正好当时看到芳村弘道先生撰写的《关于孤本朝鲜活字版〈选诗演义〉及其作者曾原一》一文，遂也申请了此书的复印件。拿到此书复印件后无比兴奋，一有机会就努力阅读钻研。正好2012年8月，河南大学文学院举办中国文选学第十届年会，我遂花了一些时间撰写了一篇论文《域外汉籍与〈文选〉研究——以日本蓬左文库所藏孤本曾原一〈选诗演义〉为例》，并在会上报告了该文。此文也引起了一定的反响，后来发表在《文学遗产》2013年第4期。《选诗演义》和上面提到的《王荆文公诗注》都是所谓的“骏河御让”本，很有可能都是直接从朝鲜掠夺回来的。

三

我利用蓬左文库的藏书，接连撰写了好几篇论文。心里一直期盼着能够有机会亲自去蓬左文库，一探究竟。

名古屋市蓬左文库外景

2013年6月，我在早稻田大学文学学术院做交换研究员，中间重返京都，在去京都的路上，在名古屋下车，第一次访问了蓬左文库。不熟悉名古屋的人要找到蓬左文库似乎不太容易，从名古屋站坐JR中央线到大曾根站后，因为没有公交车直达那里，所以还要步行好一段距离。

蓬左文库是公立的文库，故不需要提前预约。进入书库参观的话，则需要提前预约。开放使用的部分就是一个比较大的阅览室，里面有很多书架，书架上陈列了很多蓬左文库所藏珍贵典籍的“烧纸本”，即黑白缩微胶卷的打印本，所以读者想阅览的话，可以直接看这些“烧纸本”，这样有利于保护古籍，也不影响资料使用。

同时，蓬左文库的很多古籍已经制作成了光盘，在阅览室的电脑上查到这些光盘的编号，打印出来交给工作人员，他们很快就会把光盘取出，将读者带到阅览室的电脑区，然后在电脑屏幕上看申请的资料。如果需要打印这些资料也很方便，只要在申请书上写明打印页码的起讫，就可以直接打印，而且打印的费用非常便宜，仅 10 日元一页。所以第一次去，如入阿里巴巴的宝库，不知不觉中打印了很多珍贵的资料。因为打印的资料太多，无法带到京都去，路过邮局时就直接寄回了国内。

初到蓬左文库，主要看了一些从前一直想看的书。那段时间，我一直在研究日本中世时期所编的中国诗歌总集，当时已经初步研究了江西龙派（1375—1446）所编的《新选分类集诸家诗卷》，慕哲龙攀（？—1424）、瑞岩龙惺（1384—1460）所编的《续新编分类诸家诗集》及天隐龙泽（1422—1500）所编的《锦绣段》、月舟寿桂（1460—1533）所编的《续锦绣段》。这次又调查了蓬左文库所藏的《学者旅亭分韵集诸家诗卷》古写本，此书亦是骏河御让本，编者不详，但规模比《新选分类集诸家诗卷》《续新编分类诸家诗集》都要大。

这次还看了五山版《韩文联句》一书，是书亦为骏河御让本。卷端题“新刊五百家注音辩昌黎先生联句集卷上 / 下”，编者不详，卷下末有牌记云：“丙辰年，孟荣雕作。”蓬左文库著录为永和二年（1376）五山版，孟荣当为来自中国之刻工。该书卷上收《城南联句一百五十韵》《会合联句》《斗鸡联句》《纳凉联句》《秋雨联句》，卷下收《征蜀联句》《同宿联句》《莎栅联句》《雨中寄孟刑部几道联句》《远游联句》《晚秋郾城夜会李正封联句上王中丞卢院长》《石鼎联句诗》。据笔者调查，此书系从《新刊五百家注音辩昌黎先生文集》卷八、卷二十一截取而成，是东亚唯一单刻的韩愈联句诗注本。《新刊五百家注音辩昌黎先生文集》今有宋刻本，日本也有南北朝时期的五山版以及元和、宽永年间的古活字本，但笔者以此本校读了宋本、五山版、古活字本，发现该书所用底本与这些版本可能并不相同，以第一首《城南联句一百五十韵》为例，“泉音玉淙琤”，“淙琤”宋本注云：“淙，方宗、士江二切。琤，楚更反。”五山版，“方”字脱，古活字本同宋本，然该本作：“淙，徂宗、士江二切。琤，楚更切。”有两字不同，可资校勘。

四

2018年初，我在京都大学人文科学研究所担任客座教授，从京都到名古屋乘新干线不过半个小时，遂找了一天重访蓬左文库。那是2月初的一天，立春已过，但寒气未退，不过阳光极好。到名古屋后，先去了在日本古本屋上买过好几次书的饭岛书店，我在这家书店买到不少日本汉籍，包括1922年东京红叶馆赤壁会后所编的汉诗集《壬戌雅会集》。经营书店的是一对老夫妇，年纪已经80有余，步履蹒跚，但还在勉力支撑着这家书店。我事先已查好饭岛书店的待售目录，并抄下我想看的书名，进门后，就把书单交给店主看，老板帮我找到要看的书：一本是宽永十年（1633）刊《寒山子诗集》，品相不错，就是有一些虫蛀，但索价太高，要78000日元；一本是宽文二年（1662）中野市右卫门刊本《新刊鹤林玉露》。《新刊鹤林玉露》在饭岛书店藏有两种，当时没有舍得买，不过后来还是通过日本古本屋购入。

离开饭岛书店，也顾不得吃饭，直奔蓬左文库。文库的工作人员客气地接待了我，我也事先做了一些功课，在网上查好要看的书，直接申请光盘，拿到光盘后就将需要的资料悉数打印出来，可谓收获满满。

当时，我正在校勘朱子《感兴诗》的日韩注本，在蓬左文库阅览室的书架上看到了朝鲜版《新编音点性理群书

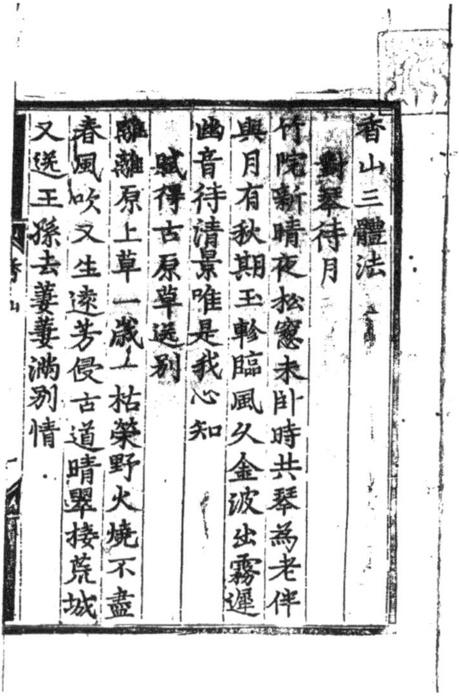
香山三體法
對琴待月
竹院新晴夜松窻未卧時共琴為老伴
與月有秋期玉軫臨風久金波出霧遲
幽音待清景唯是我心知
賦得古原草送別
離離原上草一歲一枯榮野火燒不盡
春風吹又生遠芳侵古道晴翠接荒城
又送王孫去萋萋滿別情

蓬左文库藏朝鲜版《香山三体法》，上有“御本”之印

句解》，其中有就有朱子《感兴诗》的注释。最重要的是，我看到朝鲜古活字本《选诗续编》，该书卷五收录了明代福建书林詹氏所刻的《感兴诗通》《选诗续编补注》合刊本，此本为刘剡所编。我经常在日韩文献中看到刘剡本，但一直未见，如果不是这次在蓬左文库偶然看到，那么我编校的《朱子感兴诗中日韩古注本集成》可能就无法出

版了。

来一趟也不容易，这次我还阅览了不少稀见的汉籍。如朝鲜本《选文掇英》二卷（骏河御让本），本书是《文选》的精选本，选择了《文选》中表、序、论、书等文章。此书未见藤本幸夫先生《日本现存朝鲜本研究·集部》著录。又看了朝鲜安平大君李瑢(1418—1453)所编的《香山三体法》一卷，本书亦为骏河御让本，嘉靖四十四年（1565）朝鲜金德龙刊。末有李瑢跋云：

白乐天之诗颇有遣怀之作，故达道之人率多爱之，古人撰录其诗者，或名曰养恬，或名曰助道，然其所录不传世，无得而见之。余幸得元本，浩穰繁乱，难于搜阅，今以三体类而出之，名曰《香山三体法》，庶几与达道者共之云。乙丑六月匪懈堂书。

又有金德龙跋云：

右《香山三体诗》一编，得以家藏久矣。今兹来镇西关也，谋诸赵通判好问，锓梓广传，思与材官辈诵之，所以取夫卷帙简便而词义平淡云尔。时嘉靖乙丑秋，节度使金德龙书于香雪轩。

《三体诗》是南宋江湖诗人周弼所编的唐诗选本，所谓“三体”，即七言绝句、七言律诗和五言律诗。《三体诗》

原名为《唐三体诗法》(亦有学者认为原名当作《唐诗三体家法》)，从“诗法”就可以看出，此书的性质是诗学指南书。周弼在《唐诗三体家法序》中称其所选之诗“大抵皆规矩准绳之要”(吴澄《吴文正集》卷十九引)。所谓“香山三体法”亦选择了白居易的五律、七律、七绝作为写作的楷式。所选之诗，偏于李瑢所说的“遣怀”之作，希望有助于“达道”，大概是希望通过诗歌获得心灵解脱之意。金德龙的跋透露了此书刊印的经过，因其“卷帙简便”，篇幅不大，便于阅读，同时“词义平淡”，也易于理解和学习。可见，本书之编纂从内容到形式上都希望有助于朝鲜士子学习白诗。

除了可以看光盘、烧纸本外，蓬左文库也可以申请看原书。这次我就申请看了张栻《城南杂咏二十首》附朱熹和诗二十首的和刻本。张栻《城南杂咏二十首》在中国并没有单行本，但在日本却将其单刻为一书，应与江户时代朱子学的发展有关。虽为薄薄一册，但却是宋诗中为数甚少的单行本组诗。除此书之外，还有黄庭坚的《演雅》、朱子的《斋居感兴二十首》在东亚有很多单行注本，其他的例子似乎不多见。

五

2019 年 7 月初，利用在早稻田大学高等研究所访学的机会，我第三次前往蓬左文库，而且这次所获甚丰。访问之前，我已经查好了要看的书，主要是室町时代古抄本《山谷诗集注》《诗人玉屑》，以及三种“骏河御让本”，即朝鲜本《曹子建集》、朝鲜本《宛陵梅先生诗选》以及朝鲜本《濂洛风雅》。古抄本《诗人玉屑》有宋本所无的“中兴词话”部分，这是域外日本、朝鲜刊本《诗人玉屑》二十一卷系统所独有的。日本最古老的《诗人玉屑》刻本是正中二年（1234）刊本（即五山版），是目前存世最早的二十一卷本，而中国传世的宋元明清本皆为二十卷。《诗人玉屑》五山版在日本也比较罕见，只有京都大学附属图书馆、天理图书馆有收藏。可能在五山时代，此书也仅在五山寺院中流传，而蓬左文库的古抄本应是直接抄自五山版。

蓬左文库所藏朝鲜古活字本《陈思王集》八卷二册是以明正德五年舒贞刻本为底本翻刻的，前有海山居士田澜（汝观）之序，卷端题“魏陈思王曹子建撰，濮阳李延相编次，长安田澜校正，济阳郭濂、昆山蔡芝、钱塘陆溥同校”。田澜序称：“《七步诗》散见诸书”，正德本则首次收入了唐宋时代曹植集没有收录的《七步诗》，附于卷九之末。正德本有十卷，而朝鲜活字本仅翻刻了前八卷。

《宛陵梅先生诗选》二卷乃朝鲜初期安平大君李瑢选注，正统十二年（1447）全罗道锦山郡刊本，前有申叔舟序，序引李瑢语云：“简古精纯，平淡深邃，而寄兴托比，自与唐人无校，则独圣俞一人而已。”申叔舟在李瑢的基础上进一步发挥云：

> 叔舟尝观古之评宛陵诗者，或曰工于平淡，或曰句句精练，或曰如朱弦疏越，一唱三叹。大抵诗之豪放美丽、清新奇怪者，则固有以动人耳目，夫人得而悦之。若简古精纯、平淡深邃者，则知之者鲜矣，而好之者尤鲜矣。

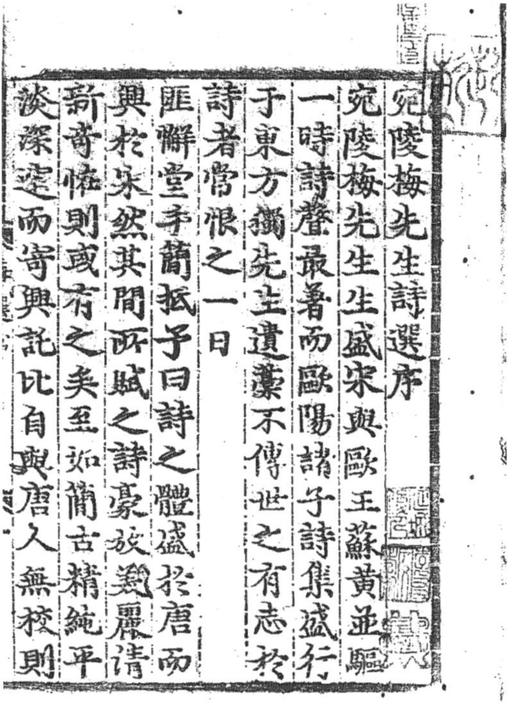
宛陵梅先生詩選序
宛陵梅先生生盛宋與歐王蘇黄並驅一時詩聲最著而歐陽諸子詩集盛行于東方獨先生遺藁不傳世之有志於詩者嘗恨之一日匪懈堂手簡抵予曰詩之體盛於唐而興於宋然其間所賦之詩豪放艷麗清新奇怪則或有之矣至如簡古精純平淡深邃而寄興託比自與唐人無校則

朝鲜版《宛陵梅先生诗选》，上有“御本”之印二人都在强调梅诗“简古精纯，平淡深邃”的内涵，这两对概念表面上看是矛盾的，但却能非常完美地在梅尧臣身上统一起来。《宛陵梅先生诗选》是研究宋代文学在朝鲜半岛流传的重要文献。

《濂洛风雅》是宋代著名的理学诗歌选集，体现了宋诗“以诗为道学”（方回《桐江续集》卷二十二《七十翁吟》[其七]）的一面。朝鲜本乃明本的翻刻本，后有“嘉靖乙丑春顺天府开刊”的字样。“嘉靖乙丑”，即嘉靖四十四年（1565）。全罗道顺天府，即今天全罗南道顺天市，则该书属于地方刊本。

六

“文选学”以唐代、清代为盛，其时出现了很多注本，独宋代未见注本传世。不过，蓬左文库所藏《选诗演义》的发现改变了我们对宋代“文选学”的认识，毕竟此书是宋代唯一的《文选》注本。该书的编者为南宋江西人曾原一，书中除援引了唐代的李善注、五臣注，还引用了南宋江湖诗人黄文雷、利登等人对《选》诗的评论，还有曾原一本人对《选》诗的阐释。本书是一部体现南宋江西中下层士人文学观念的“文选学”著作，对于宋代“文选学”和晚宋诗学研究都有重要的意义。此书在中国本土早已失传，蓬左文库所藏为天壤间孤本。

凤凰出版社委托我主持此书的影印工作，这次造访蓬左文库最重要的事情就是申请蓬左文库授权影印。申请出奇的顺利，而且蓬左文库方面还将朝鲜版原书取出给我欣赏。此书古气盎然，纸为高丽楮纸，封面系日本改装，仍袭朝鲜本原装的五眼装订。除序文叶有水渍，部分叶面改装时出现错叶之外，本书可谓朝鲜古活字本的精品。书末有朝鲜学者卞季良的铸字跋。据藤本幸夫教授研究，本书为汉阳校书馆宣德九年（1434）刊本，字型为朝鲜庚子字(间混木活字)。

申请影印时，蓬左文库非常重视，文库长鸟居和之先生亲自出来接见我们。说明来意后，鸟居先生欣然同意影印之事。因为我们影印的目的是学术研究，故蓬左文库没有收取底本费，只收了我 4000 日元的基本使用费，并让我出版后，送蓬左文库两册即可。书籍的拍摄工作由专门的公司负责，他们会联系我，并收取拍摄的费用。我回到东京后不久，就接到拍照公司的电话，告知书已经拍摄完毕，很快在我回国之前就拿到了《选诗演义》原书的清晰照片。

记得那天走出蓬左文库阅览室的那一刻，不经意抬头看了一下进文库玄关的顶部，竟发现藏书的书库就在头顶，而且很多古籍触目可见。怪不得进了玄关，就闻到阵阵樟木的清香，原来这里也是书库的一部分。

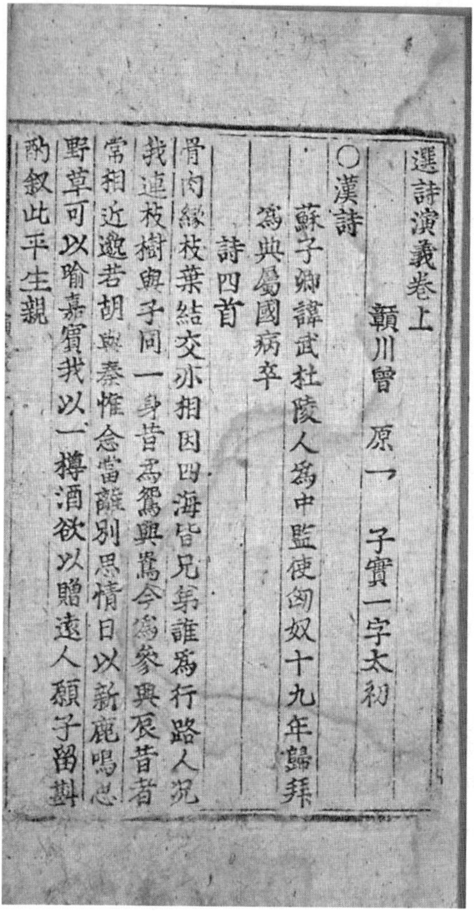
選詩演義卷上
贛川曾 原一 子實一字太初
○漢詩
蘇子卿諱武杜陵人爲中監使匈奴十九年歸拜
爲典屬國病卒
詩四首
骨肉緣枝葉結交亦相因四海皆兄弟誰爲行路人況
我連枝樹與子同一身昔爲鴛與鴦今爲參與辰昔者
常相近邈若胡與秦惟念當離別恩情日以新鹿鳴思
野草可以喻嘉賓我以一樽酒欲以贈遠人願子留斟
酌叙此平生親

蓬左文库藏朝鲜活字本《选诗演义》

晚近以来，国内学术界也注意到蓬左文库所藏汉籍的价值，在国内也影印了该文库所藏的一些珍贵汉籍。如上世纪 90 年代，王水照先生影印了蓬左文库所藏的朝鲜活字本李壁《王荆文公诗注》；2016 年，凤凰出版社出版了刘心明、西山尚志、王震主编的《子海珍本编·海外卷：日本蓬左文库》(全 7 册)，收录了该文库所藏的珍贵的子部文献，包括重要文化财《太平圣惠方》。值得注意的是，此书收录的《天文图象玩占》写本四册是一部研究中国术数学的重要文献，而且蓬左文库所藏亦为天下孤本，意义重大。

访问蓬左文库已有三次，但每次都行色匆匆，没有时间到文库对面的德川园好好欣赏一下。留点遗憾也好，也为下次重访提供了机会，下次再去蓬左文库，我会看什么书呢？

2020 年 10 月 11 日

樱岛缥缃

——初探鹿儿岛大学玉里文库

“我带你去鹿儿岛看看吧！”电话那头的陈翀兄说。

“鹿儿岛？去看樱岛火山？”我问。

“我们去找大渊贵之兄，参观一下鹿儿岛大学的图书馆。你肯定会满意的。”

“那太好了！”我兴奋地说。因为我早就知道鹿儿岛大学图书馆玉里文库收藏了不少珍贵的资料，却一直缘悭一面。

我联系陈翀兄，本来是想趁我在2018年京大客座的机会，再去广岛大学拜访他的。记得2013年6月，我去广岛大学拜访陈翀兄，在他的研究室中海阔天空地畅谈学术，很是惬意。不过，他建议这次我们一起去鹿儿岛大学，我正好与大渊贵之兄在2016年底复旦大学召开的“中日日藏汉籍学术研讨会”上见过，也是熟人。

2017年7月，我在南京大学操办了第二届“南京大学域外汉籍研究国际学术研讨会”，在本次研讨会上，我邀请鹿儿岛大学的高津孝先生做了一个主题演讲，题目就是《鹿儿岛大学附属图书馆“玉里文库”所见萨摩藩之海外信息收集》。通过高津先生的报告，我大致知道了玉里文库的来源及其藏书特色。原来玉里文库是在鹿儿岛大学附属图书馆收购的玉里岛津家文书资料的基础上建立起来的，时在 1951 年。据高津先生调查，这批资料包括日文及汉文的书籍资料，多达 18900 余册。玉里岛津家始于萨摩藩第二十八代藩主岛津齐彬（1809—1858）的弟弟岛津久光（1817—1887）。前段时间，风靡一时的日本大河剧《笃姬》讲的就是幕末时期岛津家的故事。

岛津家的文书资料分藏于东京大学史料编纂所、鹿儿岛市矶之尚古集成馆、鹿儿岛大学附属图书馆和鹿儿岛县立历史资料中心黎明馆，只有玉里文库的文献资料是以书籍为中心的，所以高津孝先生认为，玉里文库很好地反映了近世萨摩藩学术的整体样貌。因为萨摩藩地近琉球、中国，处于东亚信息流通的枢纽位置，所以很注意收集有关东亚的讯息资料。据高津孝先生展示，玉里文库收藏了很多地图、地志，有关海外的资料、漂流民资料，有关东亚战争及战乱的资料，最引人注目的是保存了一些非常罕见的太平天国文书。太平天国运动因为历时较短，又很快被清政府镇压，太平天国政府刊印的资料流传非常稀少，但玉里文库还保存着一些太平天国时期政府颁布的文书，如

《太平诏书》一卷、《颁行诏书》一卷、《太平军目》一卷等。至于玉里文库是通过何种渠道获得这些资料的，高津先生认为，可能是通过英国或琉球得到的。

鹿儿岛大学玉里文库内景

我早早地从宇治的黄檗出发，然后在京都站坐新干线到广岛和陈翀兄会合，我们再一起驰向鹿儿岛中央站。出了鹿儿岛中央站，果然感到了南方的热情。辗转电车，终于到了鹿儿岛大学附近的车站，大渊贵之兄已在那里等我们。我们一起去鹿大，远远地就看见冒着火山烟的樱岛，一下子就勾起我 7 年前第一次来鹿儿岛时的记忆。

鹿儿岛大学是在日本第七高等学校造士馆（1901 年建立）的基础建立上的，正式改名为鹿儿岛大学是在

1949 年。鹿大没有独立的文学部，只有法文学部，分为法经社会学科与人文学科，现在的学部长正是高津孝先生。高津孝先生毕业于京都大学文学部，曾在南京大学留学，师从程千帆先生，曾将程千帆先生的《唐代进士行卷与文学》翻译为日文。高津先生受该书启发，撰写了《宋初行卷考》等研究科举与文学的论文。2005 年，上海古籍出版社出版了高津先生的论文集《科举与诗艺：宋代文学与士人社会》一书（王水照先生主编的“日本宋学研究六人集”之一）。我当时买到后，一口气读完，有了一点想法，遂写了一篇书评予以介绍。不过，我这次来鹿大，不好意思打扰高津先生，好在大渊兄已经帮我们联系好了参观图书馆。

午饭后，我们立即前往鹿大附属图书馆的玉里文库。玉里文库的汉籍目录已经出版，就是高津孝先生所编的《玉里文库汉籍分类目录》。这部目录显示玉里文库的汉籍并没有什么珍本秘笈，收藏的都是一些常见的汉籍，不过这正好体现了江户时代地方大名的汉学修养。

2011 年，我在京大客座时，文学部木田章义教授曾带我进入过京大附属图书馆的贵重书库，可谓邺架琳琅，目不暇接。京大附属图书馆贵重书库线装书的摆放方式与普通书库完全相同，就是将古籍装在函套中，竖立放在铁制的书架上。后来，我又进入过早稻田大学图书馆的贵重书库、大阪大学怀德堂文库，以及哈佛大学哈佛燕京图书馆的善本书库，图书都是竖放在书架上的，而不是像传统那样平放，可能这样比较省空间。

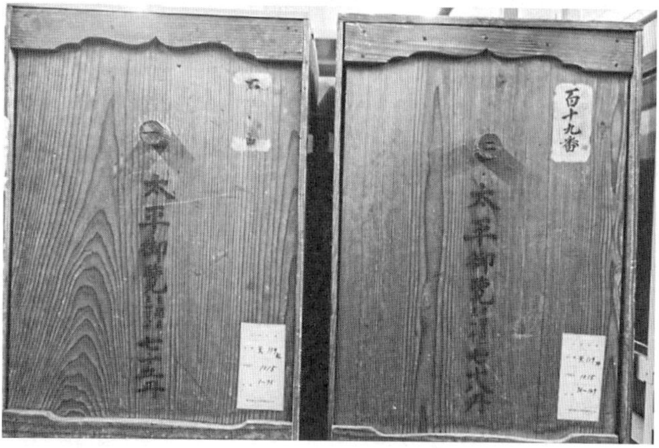

玉里文库中的书箧

可是，我们进入玉里文库后，立刻被文库里的图书陈列惊呆了。原来玉里文库的藏书全部是放在书箧里的，书箧外面是一个木制的书盖，上面还有一个突起的把手，这样可以拉开书盖。拉开书盖后，书箧分为两层，线装书就平放在书箧里，这倒是完全传统的放书方式。记得我在京都建仁寺两足院看书时，寺内的住持提来的也是一个长方形的书箧，与玉里文库的藏书方式一致。书盖右上角贴着白纸，纸色已经很旧，上面用墨写着该书的番号，如《通俗水浒传》是“百十五番”，《海国图志》是“百五十五番”，《（资治通鉴）纲目》是“百六十四番”，《唐诗类苑》是“百七十八番”，这相当于现代图书馆的索书号了。墨书旁边则有一长方形的朱色阳文印，写着“龟印”二字。书盖正中用毛笔写着书名和册数，如《通俗水浒传》是“二十二册”，《海国图录》是“二十四册”，《唐诗类苑》是“百册”等等。这些书箧应该就是玉里岛津家藏书的原物，右上角的贴纸很旧，已经泛黄，应该是江户时代的遗物。右下角则是玉里文库建立后，规范化的图书馆登记用纸，上面写着“箱番”和“书册番号”。

玉里文库并不是太大，但特色非常明显，因为其完整地再现了江户时代大名家藏书的原态，包括大名对汉籍的搜购、收藏和阅读。结合《玉里文库汉籍分类目录》和实际参观的情况，可以发现，岛津家收藏和阅读的汉籍还是比较丰富的，除了传统的经史典籍之外，还收藏了《水浒传》《金瓶梅》之类的小说，最引人注目的是其收藏的《海国图志》一书。

《海国图志》是魏源以林则徐主持编译的《四洲志》为基础编写而成的，初版原为五十卷，后增补为六十卷，最后达到一百卷。玉里文库的藏本为道光二十七年（1847）邵阳魏氏古微堂再刊本，但据高津孝先生考证，封面的书名、书籍切口的标签以书套的书名，都是由萨摩藩的藩主岛津久光亲自题写的。《海国图志》这本“开眼看世界”的著作，提出了所谓“师夷长技以制夷”的主张，这些都对日本江户末期的倒幕运动和后来的明治维新产生了巨大

玉里文库所藏的《海国图志》

的影响。2007 年 4 月 19 日，日本 NHK 的电视节目“享受了解”（知るを楽しむ）中专门播放了一档名为“《海国图志》挽救了幕末的日本（海国図志が幕末の日本を救った）”的节目。幕末名儒鹫津毅堂在《圣武记采要序》中说：“海防之策莫善于是篇。”其实何止海防，整个日本幕末时期的思想都受到《海国图志》的影响。有一个流传很广的故事说，日本倒幕维新运动的活动家、思想家坂本龙马（1836—1867），十多岁在学习剑道时，为了和师兄抢着看《海国图志》，两人竟相约决斗。《海国图志》也是坂本龙马所创立的“象山书院”的必读书，很多明治维新的重要人物都出自象山书院，《海国图志》对他们的影响可想而知。所以梁启超《论中国学术思想变迁之大势》也说：“《海国图志》对日本‘明治维新’起了巨大影响，认为它是‘不龟手之药’。”《海国图志》六十卷本于1851年传入日本，百卷本也于1854年输入日本。1854—1856年，日本竟然刊印了21种不同版本的《海国图志》选本，可见此书在幕末时期的风靡。玉里文库除了藏有中国的原刊本之外，还收藏四种日本刊本。在江户末期的倒幕运动中，岛津家的萨摩藩与长州蕃组成所谓“萨长同盟”，联手讨伐幕府，开启了明治维新的先声。从玉里文库收藏《海国图志》可以看出，主张变革的思想早已在萨摩藩传播开来，萨摩藩领导倒幕运动并不是偶然的。

离开玉里文库，我们坐大渊兄的车去樱岛游赏。在欣赏自然之伟力的同时，看着苍茫的大海，我的脑海中想象着几百年前，装载着一箧箧汉籍的舟船穿过茫茫的沧海，驶过浩荡的鲸波，从中国来到东瀛。汉籍不但带来了中国的思想，而且深刻影响了日本的文化，这条海上的“书籍之路”见证了人类思想与文化的播迁，而承载东亚文明的汉籍及其价值理应在21世纪被发掘出来并发扬光大。

2020年10月16日

本文原载《中华瑰宝》2021年4月号

雅虎乎？鸦片乎？

——日本雅虎拍卖购书小记

这里的“雅虎”不是指雅虎网站，而是指日本雅虎拍卖网（下简称“雅虎”）。也不是说我沉迷于网络，成了一个“网瘾少年”，而是说我“陷”在日本雅虎拍卖网上买古书不能“自拔”。我怎么会和雅虎产生“瓜葛”的呢？说起来也挺奇妙。

刚开始的时候，我在日本购书一般只会去实体书店，连“日本古本屋”都很少用，而且根本不知道雅虎也可以买书。一切都要从2017年的夏天说起。当年7月至8月，我到哈佛燕京图书馆访学，在哈佛燕京图书馆的善本书库中调查日本汉籍时，突然看到一部名为《赤壁赋印谱》的书。该书开本较大，一函二册，1928年由古梅园京都支店印刷发行。函套上有书签，除书名外，有小字云：“大正壬戌之秋七月，竹亭主人刻。”“竹亭主人”即日本近代篆刻家奥村直康（1873—1927）。奥村直康，号竹亭、向阳山人，京都人。《赤壁赋印谱》将苏轼《赤壁赋》全文每一句拆开，奥村为每一句刻一方印，所有的印文合在一起，便是整篇的《赤壁赋》全文，共计 96 枚印。

因为我近年来专力研究苏轼，故对所有与东坡有关的文献都非常感兴趣。看到这部印谱，我的好奇心被激起，

我在雅虎上拍到第一本古籍《赤壁赋印谱》

特别想弄清楚其成书的来龙去脉。经过一番研考后，我终于知道了这部印谱是为1922年在京都宇治所举办的赤壁会而刻的，而这一年恰逢苏轼赤壁之游第十四个甲子。为了纪念这次盛事，日本汉学家长尾雨山、内藤湖南、富冈铁斋等人发起一次“赤壁会”。这次赤壁会有一百多位文人学者参加，非常热闹，但未留下成集的文字。当时赤壁会上也展示了奥村竹亭所刻的这96枚印，但直到竹亭去世一年后，这部《赤壁赋印谱》才问世。

把玩这部90多年前的遗物，朱色如新，一枚枚镌刻着《赤壁赋》句子的印文，让我想起90多年前在宇治川畔的那次盛会。2011年，我到京都大学做客座教授，所住的会馆就在宇治市的黄檗，离当年举办赤壁会的地方很近，所以看到这部印谱，我着实爱不释手，心想如果能买到一部就好了。在“日本古本屋”上一查，果然有一部在卖，索价甚巨，一时也买不起。于是就在谷歌上搜一下关于此书的信息，这一搜索，发现雅虎上竟然有一部《赤壁赋印谱》在拍卖，而且起拍价很便宜。因为我没有日本雅虎的账号，也没有在网上拍书的经验，所以就请当时在日本留学的好友王连旺兄代拍。

这是我第一次关注日本雅虎拍卖网，到了拍卖要结束的那一天，我看我们下的标仍然排第一，心想这一下捡到大便宜了。连旺则说，拍卖结束前十分钟才是真正竞拍开始的时间，不能高兴太早。果然，到了离结束还有十分钟时，就看到出标的数量开始飙升，价格也开始哗哗地涨上去，一下子书价翻了好几倍，而且因为竞拍的人比较多，结束的时间也十分钟、十分钟地向后延迟。因为太爱这部书，故叮嘱连旺一直竞标下去，大有不计血本的意思。有几次离结束还有一分钟了，我的出价还是最高，眼看此书就要落入我囊中，突然有人又出手加价，不但价格节节攀升，而且落札（即拍卖结束）的时间也一次次延迟，可以想象这时在电脑背后有很多人像我一样紧盯着这部书。价码的攀升，既是对竞拍者经济实力的考验，更是对买家心理素质的考验。因为我对此书志在必得，有人出价，我立马就出手加价，毫不退缩。经过几十轮加价，我终于以6万多日元拍得此书，这个价格仍然比日本古本屋上便宜了很多。几个月后，我收到了初战雅虎的战利品。拿到原书后，我发现品相非常好，甚至连当年古梅园京都支店关于此书的广告还夹在书中。

后来我继续追踪关于1922年日本赤壁会的情况，发现同一年除了京都宇治有赤壁会之外，中国的大连、日本的东京亦在同一天举办了两次赤壁会雅集，而且这两地赤壁会上写成的汉诗还编成了两部诗集《清风明月集》《壬戌雅会集》，幸运的是，我后来竟然在日本古本屋和雅虎上先后买到了这两部汉诗集，而入手《清风明月集》则是在写作此文的2020年，也可谓人生一段奇缘。

二

2018年2月至4月，我在京都大学人文科学研究所客座，有机会重返京都。在京都时，依然循老习惯，有空时经常到京大附近的旧书店逛逛，买书仍然以实体书店为主。后来想到前一年在雅虎上拍书的经历，于是便在日本雅虎上注册了一个帐号，从此开始亲自在网上竞价拍书。

刚开始，我还比较保守，抱着尝试的心态，不敢轻易出手。大约在那年3月底的时候，我在雅虎上看到有一部《鳌头老子鬳斋口义》在拍，我对和刻本一向有兴趣，对日本古代注释的中国古典文献兴趣尤大。此书为江户时代学者德仓昌坚对宋代林希逸《老子鬳斋口义》的再注本，末有延宝二年（1674）之跋，为京都上村次郎右卫门刊本。刊刻时代大概在江户时代初，这么好的书，我怎么能放过。而且奇怪的是，我第一次自己拍书，竞争竟然不是太激烈，经过几轮加价，我以5千多日元的低价拍得此书。几天后，顺利拿到实物，发现品相也很好。

第一次拍书就斩获这么好的书，故我对雅虎兴趣越来越大。每天上网时，就自觉不自觉地看看上面有哪些好书在拍。不久后的第二次，就以1000多日元拍得宽文十年（1670）山崎闇斋序的《近思录》十四卷二册，价钱便宜得让我不敢相信，担心买到假书。后来拿到实物，发现此书从纸张来看不像是宽文年间的刻本，太新，但绝对不是假书，应是后印本。总之，这次竞拍还是物超所值的。我因为研究寒山诗的日本古注本，已经购藏了好几部寒山诗的日本注本，但尚未收藏寒山诗的和刻本。2018 年 4 月，就在我快离开京都前夕，竟然在雅虎上拍到了京都书林天王寺屋市郎兵卫刊刻的《寒山子诗集》，这是江户时代初的刻本，比较珍贵，但我仅以 16000 多日元拍得，也算捡到一个漏。

在神保町的古书店里捡漏几无可能，没想到，在雅虎上我却经常有捡漏的机会。翻看从前的购书记录，我曾以 1300 多日元购得李齐贤集注、萧士赟补注的《李太白绝句》二卷，以 3000 多日元购得石川安贞著的《唐太宗金镜管见》（明和八年 [1771] 刊本），又以约 5000 日元购得享保二十年（1735）刊刘向《新序》十卷五册；以 9000 日元购得文化十三年（1816）序刊《世说讲义》十册十卷。有一次，在雅虎上看到有延宝二年（1675）的《鳌头孟子》七卷四册在拍，起拍价为 4000 日元。我立即点击入札，到了落札的时间一看，只有我一个人投标，如果落札前没有人竞标的话，我就可以底价收得此书。说来也怪，直到拍卖结束也没有第二人与我竞价，我成功将此书收入囊中。等拿到原书后，发现此书开本阔大，纸张古旧，品相也较佳，而且明显刊印时间也较早，放在实体店中卖 4 万日元都有可能。收到书后，心中不禁一阵窃喜。

三

在雅虎上，我还拍到了自己从前买不到的书。我购买古籍主要以和刻本为主，但因为研究需要，一直想购藏一些朝鲜版、越南本汉籍，但这些汉籍在日本的古书店不是比较稀见，就是价格昂贵，我也曾在神保町的东城书店中翻过几部朝鲜版汉籍，但索价动辄上百万日元。所以我开始将目光转移到雅虎上，果然发现上面时不时有朝鲜版汉籍在拍卖。不过，显然因为朝鲜版汉籍在日本也比较罕见，故一旦有书上架后，立刻成为买家竞逐的对象。雅虎上的朝鲜本拍品数量不是太多，但时不时流出一些古活字本朝鲜汉籍，这是朝鲜本中的佳椠。我也几次竞拍古活字本，但终因经济实力不太雄厚，最后只能放手。除了古活字本价格居高不下之外，雅虎上还时常有朝鲜汉籍的木活字本、木版本在卖，我只能退而求其次。功夫不负有心人，我终于在雅虎上淘到了两部朝鲜木活字本的汉籍，一部是《心斋集》《方壶游录》的二册合刊本，一部是《茅庵松溪合稿》一册（包括《茅庵文集》《松溪文集》），同时又买到两部朝鲜木版本汉籍《讷渊先生逸稿》《听流堂实记》。这些汉籍大多是朝鲜时代后期的刊本，刊刻时间并不算早，但这四部书都是典型的朝鲜本。朝鲜本一般开本较大，版框也大，所印之字也比中国刻本要大，看上去赏心悦目。朝鲜本的纸张也比中国古籍要厚，摸起来较有质感；封面也比中国古籍厚很多，一般都是比较厚的高丽皮纸，颜色也以赭黄色为多。中国古籍以四眼订线比较多，而朝鲜本一般是五眼订线，装订的线也比较粗，一般都被染成与封面相近的颜色。如我买的这几部朝鲜本，应该都经过改装，但改装似乎也遵循了朝鲜本的旧例，订线的颜色也与封面保持一致。

朝鲜本汉籍难购，购买越南本汉籍更是难上加难。功夫不负有心人，我终于在雅虎上遇到了越南本。可能卖家不太懂东亚汉籍，也不知道这是越南本，故并没有特别标明，但我一看网上公布的拍品照片，从书名到使用的年号，就知道是越南本，立马入札。

买越南本还有一段小插曲，时在 2019 年 11 月 17 日，那天我正在广西桂林参加由广西师范大学出版社主办的“海外古籍文献的收藏、研究及整理出版”国际学术论坛。在当天的论坛上，我介绍了哈佛燕京图书馆所藏的日本汉籍的价值。会议未结束，我就提前回了南京，但这一天正是我竞拍的越南本即将落札的日子，而我还要乘坐两个小时的飞机。我很担心在乘坐飞机时，看中的这几部越南本被他人拍走，故在登机前出了一个较高的价，心想如果还有人出价比我高，就只好放弃了。

从桂林飞往南京的两个小时，我在空中一直想着这几部越南本，很担心被人拍走。所以飞机一落地，我立即打开手机，发现我锁定的那几部书还在，只不过价格已经翻番，超过了我的预算。因为竞价激烈，原定结束的时间一再被推迟，乘地铁回家的时间比较长，正好给我不少时间思考、犹豫是否继续下标。虽然一次次迟疑，但还是一次次加码跟进，其中一部越南本的价格已经超过我的心理价位太多，只能主攻另外两部，所以一路上不停地在竞价，终于在下地铁快到家时，将此二书收归囊中。这两部书一部名为《大南行义列女传》（扉页刻“维新己酉春”“菊侣黄新编观文堂藏板”），这是一部越南的汉文小说，也收到上海古籍出版社出版的《越南汉文小说集成》（2011 年）中，可以确定是越南本汉籍。另一部题为《词翰新刊》（扉页刻“皇朝维新万年㞢柒”“癸丑年仲春清明前新镌”），其中的“㞢”可能还是越南的汉字。

和刻本汉籍、朝鲜本汉籍都比较有特色，如和刻本有很多日文的训读符号，朝鲜本开本较大、纸张较厚，但越南本和中国古籍差别不是太大，乍一看还以为是中国的清刻本，实际上确实有很多越南汉籍是在中国境内代刻的。不过，越南本也有一些特别之处。我第一次看到越南本是在 2011 年，彼时我去斯道文库拜访住吉朋彦教授，在他的引导下参观了斯道文库的书库，在书库中我看到差不多整整一面墙的越南本。有些越南本的书口、书根被涂为红色，还有一些书脊被涂为深褐色，据说是一种胶，因为越南地处亚热带，用这种胶可以防止书籍受潮上霉。不过，我买的这两部越南本却没有被涂上颜色，与普通的线装书

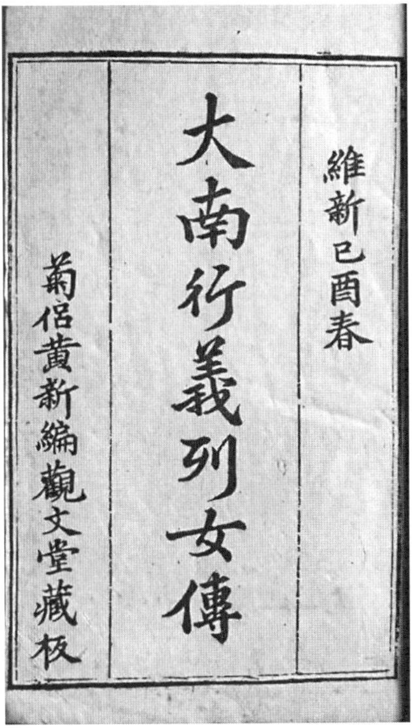

我在雅虎上拍到的越南本古籍《大南行义列女传》

无异。越南本的另一个特色是在装订上往往用粗线在一二和三四孔之间分别系扎。我买的《词翰新刊》正是这种装订方式，可见没有被改装过。

比较过和刻本、朝鲜本、越南本后，我发现，纸张与刻印质量最好的还是朝鲜本，越南本的纸和墨色都较次，我手上的这两册越南本墨色都较淡，纸张也较薄，最夸张的是还有装订错误。《大南行义列女传》最后一叶竟然装反了，把有字的一面折到里面，显示在外面的竟然是纸背。可见当时装订之马虎。不过，总体上这两册越南本保存状况较好，典型地体现了越南本汉籍的特征。

四

我虽有好古之癖，喜欢收集东亚汉籍，但购买古籍完全是为了研究的需要。近年来，中国学者开始关注和刻本汉籍和日藏中国古籍，国内也影印出版了不少日藏汉籍的大型丛书，但国内学者似乎对日本古代学者、僧侣所著的有关中国典籍的研究，具体而言，就是对中国四部典籍的日本注本兴趣不大。固然这些注释有不少浅陋之处，但这些注本对于我们理解中国原典帮助还是颇大的。就我熟悉的古典文学研究而言，不少中国古代作家的别集，中国古代无注，而日本古代却有注解颇为详细的注本，如寒山、贯休、惠洪、重显、释英等唐宋元代诗僧的作品，中国古代无注本传世，而他们却受到日本僧人的注意，从而产生了诸多注本。在美国、日本访学时，我收集到不少有关中国古代文集日本注本的资料，打算编一部《中国文集日本古注本丛刊》。我编书的想法是，如果“日本古本屋”上有原书卖，尽量买原书扫描影印，这样可以避免向日本各图书馆申请授权的环节。可是很多书在“日本古本屋”上也没有，这时雅虎救了我。也是天道酬勤，心想事成，往往就在我苦恼某部原典买不到时，雅虎上就适时地出现了该书。比如，我一直想买明历四年（1658）刊刻的山崎闇斋的《感兴诗考注》，在“日本古本屋”上遍寻不得，但是很偶然在雅虎上看到赫然在拍，经过几轮“厮杀”，终于拿下，喜不自禁。

就这样，两年间，我陆陆续续在雅虎上买到了《李善注文选》《笺注唐诗选》《鳌头增广杜律集解》《宋三大家绝句笺解》《三体诗法备考大成》《新编江湖风月集略注》等多部古注本，为我的编纂工作提供了极大的帮助。以上这些书都是我从前就调查知道的，还有些古注本，我以前完全不知道，就是在雅虎上看到有书在拍才注意的，比如江户时代有很多《古文真宝》的注本，因为数量太多，一时也无法全部统计清楚，之前我仅在京都大学文学部图书馆看到《鳌头新增古文真宝前集》《古文真宝后集旧解拾遗》等注本，但在雅虎上买到了更多的《古文真宝》注本，如毛利贞斋编撰的《古文真宝后集合解评林》五卷，山崎保春、生驹登的《新增评注古文真宝后集》十卷。这些书我以前都闻所未闻，却在雅虎上与它们不期而遇。看到其书影后，发现正是我上穷碧落下黄泉要找的宝贵文献，于是立即进场“搏杀”，几轮加价，终于捧得“美书”归。如今这些书都已经收入我编的《中国文集日本古注本丛刊》

中了，也不枉对我雅虎的一片痴情。

五

在雅虎上淘书，也有一些趣事。比如，有一次在雅虎看到一部《赵志集》写本，立即下标。《赵志集》可是中国已经失传的唐代文献，目前仅有写本藏于天理图书馆，我从前在《天理图书馆善本丛书》中见到影印本，不想还有另一个写本存世。快落札的那天，登录雅虎一看，价格已是翻了好几番，想到自己囊中羞涩，还有更多需要买的书，只好放弃。过了一段时间，碰到友人金程宇兄，说到此事，程宇笑言，此书最终花落他家。原来和我不停竞价的竟是自己的熟人！没有买到《赵志集》写本，心中颇为怅怅，一直想买部日本汉籍的古钞卷。2019 年国庆期间，我也没闲着，继续在雅虎上寻宝，果然发现有部《冥报记》卷上古钞卷的复制品在卖，该写卷原为高山寺所藏，从照片上看，该复制品下真迹一等，古意逼人，遂果断下标。又是一番竞价，最后幸落囊中。几天后，去韩国高丽大学参加东亚汉籍交流学术研讨会，在会上碰到立命馆大学芳村弘道先生，他说，他也看到此书，并参与了竞拍，不想最后被我买走。

在雅虎上买书几年来，已经着了迷，上了瘾，仿佛染上了鸦片烟瘾，一天不看一下雅虎就觉得这一天过得不充实，一周不拍几本书就觉得对不起自己的钱包。有一段时间，沉迷太深，不能自拔，每周都要花不少钱，每次买完之后，先是喜不自胜，转而就是自责，告诫自己不能再买买买，再买就真的要剁手了。可是看到好书，又实在忍不住下单、血拼，最后自己的心情在欣喜与自责中周而复始，在痛苦与纠结中循环往复。

说起来，为了在雅虎上买书，我做了一个不合格的家长！孩子还小，每天晚上都要听睡前故事，而睡前的时间正是雅虎落札竞拍断杀最激烈的时候，几乎一分钟就是一个价，所以我不得不一边讲故事，一边刷手机，讲着讲着，故事被迫中断，这导致儿子严重不满，对我抗议多次。好在雅虎一般是每周日晚上拍卖结束，不是天天如此，不过每到那时，我早已是心猿意马，嘴上讲着故事，脑子早已跑到雅虎上了。

雅虎一般是一周竞拍一次，周日落札，前面几天看不看无所谓，最关键的是周日落札前的十分钟，真正的买家可能这时才入场，拍品的价格也可能从 1000 日元一下子飞涨到几万，成功拍到书与否就在那几分钟。那几分钟也是最煎熬人的时刻，需要一直刷新电脑，价格随时在变，可能一分神不注意，宝贝就落入他人囊中。有一次我正在追一部“明刻本”《洛阳伽蓝记》，从照片上也看不出来是不是明刻本，但至少是清刻本，清刻本在国内动辄上千上万元，而雅虎上的这部《洛阳伽蓝记》才 2 万多日元，所以我是志在必得，一直在加价。在最后一分钟时，我已经是排名第一了，不出意外，此书就要花落我家了。就在这时，家人突然叫我去拿一个快递，等拿完快递，走在楼梯时突然想到鏖战拍场之事，赶紧回家，刷新页面，看到大势已去，“流水落花春去也”，眼睁睁看着这部品相极好的《洛阳伽蓝记》以仅比我的出价高几百日元的价格被人买走，只能徒唤奈何了。这时何止是肠子都悔青了，以后我一直关注是否还有同款的《洛阳伽蓝记》在拍，但至今芳踪未遇。

六

在雅虎上买书除了靠经济实力外，心理素质过硬也是很重要的。拍卖一次次出价背后就是一次次交锋——为书而“战”，这是一场看不见对手的“战争”。竞价到最后，你会看到，竞拍的买家从几个人，变成了两个人的对决，两个人你来我往，见招拆招。加价从最初的 100 日元，变为 500 日元一个量级，这时你加 500，对方也不急不忙在临结束 1 分钟前再加 500，时间又顺延 10 分钟，拍卖大战进入胶着状态。如果你选择退场，那么你竞逐已久的好书，就可能花落他家，这时就必须沉着冷静，看看对方出价的频率和时间，如果你加完价，对方立马跟进，可见对方是志在必得，这时必须采取阻击战，可以一下子按自己的心理价位加价到底，可能是一下子加几千或上万。雅虎有一个好处，每次加价只能是 100 日元或 500 日元，如果加价几千，还是显示 500，对方跟进后，系统会自动再加 500 入札。如果对手出手后，发现你这里不停在自动入札，这时对方就不知虚实，跟了几次后，可能就会主动放弃。我就是通过这一招，吓住了不少对手，最后探囊取物。但我遇到更多的是职业买家，他们资本雄厚，不差钱，也不差时间，有的是时间和金钱陪你玩，你加几千，对方马上跟进，最后突破你的心理防线，让你乖乖缴械投降，立马退场。“热闹是他们的，我什么也没有。”这一类买家有一个明显特征就是网名后的评价数值特别高，大多是几千或上万，评价数值越高代表买的书越多，能够达到这个级别的，岂是我等散户，肯定是书商或代拍的人，其中大部分可能是中国人。所以每次买书，我可能不是在与日本买家竞争，而是在与自己的同胞过招，可我是玩不过这些资本大鳄的。

若问我雅嗜雅虎以来，买到最得意的拍品是什么，应该是我买到的 30 多幅日本画家所画的《寒山拾得图》。因为我有段时间在研究寒山诗的日本古注本，遂对日本的寒山拾得图也关注起来，结果一搜，发现雅虎上有很多寒拾图，有的画面精致，有的画笔粗糙，有的画风古怪，有的号称是著名画家长泽芦雪、曾我萧白所画，但也不知真假，有的索价过万，有的则仅要千元。我不是艺术史研究者，也不懂艺术，不过因为这些图像资料对研究古典文学有用，所以我也是尽自己所能能收就收，不久就收集到了30多幅。

现在不像刚开始玩雅虎时那么兴奋了，不会每天都盯着雅虎看，而是已经习惯成自然，进入常态化了。一般是周一雅虎上书时，浏览一下，对感兴趣的书下标，到周日晚上时开始竞标。现在也没有志在必得的心理了，看见喜欢的书就买，买不到也就随缘了。我刚开始像吸鸦片一样，每时每刻都在关注雅虎，生怕自己喜欢的书被人拍走，到现在以一种平常心看雅虎，倒也买到不少好书。

总之，我还会继续在雅虎上拍书，说不定哪天我会将我从雅虎上淘到的宝贝再编一套新的资料丛刊。让我们拭目以待吧！

2020年10月5日

第三辑　我来海外交有神：
海外的书与人

康科德的静与慢

——三游瓦尔登湖

20世纪下半叶以来，美国文学中兴起了所谓的“生态文学”，文学批评中也顺势产生了“生态批评”（eco-criticism），其领军人物便是哈佛大学英语系教授劳伦斯·布依尔（Lawrence Buell）。布依尔教授撰有《环境的想象：梭罗、自然书写和美国文化的形成》（*The Environmental Imagination: Thoreau, Nature Writing, and the Formation of American Culture*）、《为濒危的世界书写：美国及之外的文学、文化与环境》（*Writing for an Endangered World: Literature, Culture, and Environment in the U.S. and Beyond*）、《爱默生》（*Emerson*）、《环境批评的未来：环境危机与文学想象》（*The Future of Environmental Criticism: Environmental Crisis and Literary Imagination*）等大著，其不遗余力地推广文学的生态批评，据说已经发展到第三阶段了。他的书目前已经有一些翻译

为中文并在中国出版，对中国的生态文学批评也产生了很大的影响。

2008年，我在哈佛燕京学社访学时，学社每周都要组织学术活动，轮流邀请哈佛校内著名的学者与学社的访问学人交流。布依尔教授亦在邀请之列，从而我也得以亲自聆听到布依尔教授关于“生态批评”的阐述。记得讲座的当天，布依尔教授发给我们每人一张白纸，上面只有几个单词，是他理论的几个关键词，他的演讲也就围绕着这几个词来展开。我对“生态批评”一知半解，没想到不久，此理念在中国已经风起云涌，而且出版了大量的研究专著。美国生态批评的主要倡导者彻瑞尔·格劳特费尔蒂（Cheryll Glotfelty）将生态批评简单明了地定义为：“探讨文学与自然环境关系的批评。”（见 Cheryll Glotfelty 与 Harold Fromm 编 *The Ecocriticism Reader: Landmarks in Literary Ecology*, Athens: The University of Georgia Press,1996）如果深掘的话，中国古代讨论这种关系的著述也非常多，如陶渊明的诗，只是没有系统化与学理化。美国之所以会出现“生态批评”与美国存在大量的“生态文学”书写有关，而美国“生态文学”中最出名的，就是梭罗写的《瓦尔登湖》（*Walden*；*or Life in the Woods*），很多中国人都知道这本书。光读《瓦尔登湖》对梭罗思想的了解也只是浮光掠影，不如亲自去瓦尔登湖看看。于是，就有了我三次畅游瓦尔登湖的美好记忆，而且是在不同的季节，让我充分领略到了瓦尔登湖在不同光影中的美。

瓦尔登湖位于新英格兰麻州的一个小镇康科德（Concord），离我所住的剑桥（Cambridge）不远，而且两城之间有定时的城际火车，坐车大概一个小时左右即可抵达。这种城际火车有点像中国的特快，上下两层，硬件虽然没有动车或高铁好，速度也不快，但是坐起来很舒服，坐车的人也不是很多，所以火车显得很宽敞。有的人还把自行车也扛到火车上来，乘务员也没有意见。至于车票，可以在车站买，既可以买单程的，也可以买往返的；如果没有时间买，上车以后也可以补票。上车前买好票的，就将车票插在前排座位的背上，乘务员就知道你已经买过票了。火车开动后，就会有乘务员来检票，而且是人工检票，咔嚓咔嚓在车票上打孔。之所以铺叙这么多关于火车的事，实在是因为去瓦尔登湖，坐这趟城际车亦是旅行的重要部分，而且很享受。火车每停一站就是一个小城，这些小城都值得一游。路上的景色非常漂亮，特别是秋天去的时候，正值新英格兰最美的时节，层林尽染，红色的枫叶一路相随，地上铺着黄色的落叶，色彩绚丽至极，很有印象派油画的感觉。铁路两边的溪水与山林保持着原始状态，未经人类开发。还没来得及欣赏好路边的美景，就听见乘务员在车厢里大声宣布：Concord! Concord! 康科德到了。

二

下了车，顿觉康科德的空气比剑桥的还要清新，毕竟康科德是一个只有几万人的安静小镇。据说，当地的居民还十分不满游客过多破坏了他们平静的生活，所以并不希望发展旅游业。第一次去康科德是在 2008 年 10 月，虽还是仲秋，但地处美国东北部的麻州已经颇有凉意。天气出奇的好，阳光并不是很强烈，天蓝得像水晶，枫叶恰到好处地变红——红得比较盛了，但还没有到凋落的时节。其他的树开始变黄，但还没有完全变黄，还留着些许绿色，所以整棵树有青有黄。再过十几天就是万圣节了，所以小镇上每家门前都放着南瓜，有些还有意挂着一副骷髅架，或鬼怪，以营造恐怖的气氛。

康科德很安静，一家家都是独门独户，有的房子上面还标着原来是哪位名人住过的，日期也写在上面，有的是 19 世纪，有的还是 18 世纪的。康科德是一座有历史的小镇，可以说美国的历史就是从康科德开始的。美国独立战争，美国人和英国人的第一仗就是从康科德打响的，地点就在北桥（North Bridge）。

北桥离康科德镇中心不远，步行约十五、二十分钟即可到。北桥旁就是美国一代文豪、思想家爱默生 (Ralph Waldo Emerson，1803—1882) 的故居。孤零零的只有一座房子，房子旁有一个自家的渡口，系着一条船。想来，文

北桥旁的爱默生故居

豪写作累了，就乘上小船，在溪流中泛舟。

小溪并不宽，水也不是很急，静静地流淌，可能正值秋天的枯水期。枯黄的树叶或漂在水上，或沉入水底，水清澈见底，一点污染都没有。枯树枝落在水中，也随水漂流，一切都保持着自然而然的状态，看不见一点人为的痕迹。人的痕迹就是架在溪水上的那座木桥，即所谓的北桥。

1775 年 4 月 19 日，那还是大清乾隆年间，大清帝国依旧沉浸在康乾盛世的自我陶醉中，没有人也不可能有人注意到发生在遥远新大陆上的一场规模并不大的战争。事情的经过就是几百名美国居民袭击了守卫在北桥的英国士兵，并杀死了三人，两位美国人也牺牲于此。我们去的那天，正好遇到几位当地的老人，他们兴致勃勃地向我们讲述了这段他们烂熟于胸的历史。说起打死三名英军士兵的过程也颇为详细，他们先是受伤，被美国人拖过来活活砍死。后来，他们就葬在了北桥之侧，我们也看到了他们低矮而简陋的坟茔。这场战役规模虽小，但也开启了美国独立战争的序幕。爱默生的家离战场很近，睹景生情，写出了下面的这首诗：

简陋的拱桥边下河水流淌，
旗帜迎着四月的微风飘扬，
从戎征战的农夫，
在此打响了声震全球的一枪。

敌人早已死去，
征服者正在安息；
时光把桥梁的残骸扫入了
那缓缓流向大海的暗淡江河小溪。

我们今天奉献上一座石碑，
在碧绿的岸上，在深沉平缓的河边；
愿人们的缅怀重现他们的伟绩，

直至我们的子孙，永远。
激励英雄拼死搏击、
换来儿辈自由的神灵啊，
嘱咐时光和自然慷慨保存下来
我们为英雄、为你竖起的这座丰碑。

康科德小镇北桥“第一个美国人”青铜雕像

如今北桥之畔还立着一座青铜雕像，手里提着枪，仿佛随时要开战的样子。他被称为“第一个美国人”。美国的历史就是这些人揭开的。战争的硝烟早已散去，康科德之战早已成为历史遗迹，除了英军的小坟和那座雕像，如此静谧的地方绝不会让人将它与战争联系在一起。溪边有一排椅子，如果没事，拿一本书坐在这里读上一天也不会觉得厌倦。景色真的怡人心目，我喜欢北桥甚至超过瓦尔登湖，可能去湖边游览的人太多了吧。

三

去瓦尔登湖是要考验人的脚力与意志的，从康科德中心走到瓦尔登湖要足足半个小时左右，而且除了开车，只有步行一途，没有任何公共交通工具可到那里。虽然路途遥遥，但由于路边的景色实在太漂亮，走走也不会觉得累。特别是在秋天的时候，风景已经超过了图画。通往瓦尔登湖的路就叫“梭罗路”，路名就让人感到这个小镇的文化底蕴。其实，这条路上的人不多，车也不多，所以走起来很是舒服。走到一个岔路口，看到路边一株很高的枫树，树叶几乎全红了，立在路边，仿佛燃起了一堆火焰，映衬着瓦蓝的天空和树下的碧草。视觉冲击非常之强烈，让人惊叹于自然景色之秀丽，竟舍不得移步，纷纷拍照留念。

再往前走不远，过了一条高速公路，就到了瓦尔登湖。湖的旁边是复建的梭罗故居，房子极其简陋，也极狭小，仅能容一人而已。据说当年梭罗建造他隐居的小屋

从康科德前往瓦尔登湖时所见的路景

时，也只不过花费了28美元。梭罗是不是想最大限度地减少物质上的需求，而与自然做切近的接触？他在《瓦尔登湖》一书中写道：

我愿意深深地扎入生活，吮尽生活的骨髓，过得扎实，简单，把一切不属于生活的内容剔除得干净利落，把生活逼到绝处，用最基本的形式，简单，简单，再简单。

简单的生活才是最本真的生活。现在我们活得都很累，主要就是欲望太多，还不能“把一切不属于生活的内容剔除得干净利落”。

房子门口有一尊梭罗的铜像，作疾行状，手里仿佛还拿着书，边走边思考。当然这不是梭罗故居的原址，原址在湖的另一边，他的小屋已经散作一堆乱石了，不过远离大路，更加幽静。

我想，梭罗时代的人口肯定比现在还少，所居又偏僻，在如此人迹罕至的地方隐居确实需要一点勇气。《楚辞·招隐士》中说“嵚岑碕礒兮硱磳磈硊，树轮相纠兮林木茷骫。青莎杂树兮薠草靃靡，白鹿麏麚兮或腾或倚。状貌崟崟兮峨峨，凄凄兮漇漇。猕猴兮熊罴，慕类兮以悲”，极力渲染山林不宜居的气氛。但可能梭罗并不介意于此，他要的正是远离尘嚣。《瓦尔登湖》写道：“城市是一个几百万人一起孤独地生活的地方。”这一句话说得很深刻，切中现代人的痛处。

要作一介隐士，实在需要很大的决心与毅力。遥想当年，梭罗每天驾一叶扁舟，漂荡于湖中，或读书，或沉思，任小舟之远去，随水而荡漾，其心亦若不系之舟。《瓦尔登湖》一书可能就是在荡舟过程中，随感而发，爰手而记形成的。这可能只是个人心灵的独语，但要心有灵犀的人去品味，缺乏共情的人很难参透。

天气好，瓦尔登湖畔的游人也不少，但绝没有喧嚣之

瓦尔登湖旁重建的梭罗小屋及雕像

感。遇到一对美国夫妇，他们对我们说："梭罗的思想是美国心灵的一部分，对美国人非常重要。"我们常说中国的思想是所谓的"天人合一"，人与自然和谐共处，而西方是人与自然二元对立，这恐怕是很久之前的观念。西方进入后工业社会以后，对自然环境的保护与珍视，已经成为一种价值观，其原因之一就是有梭罗这样的思想家把健康的理念注入人们心灵之中。

其实我们中国并不是没有这样的湖，可惜都开发成商业性的旅游景点了，人一多，什么都变了，失去了自然状态。所以，我很理解为什么康科德的居民反对开发旅游业，也理解了中国的道家为什么反对人为。我也理解了为什么古人写的游记亲切动人，充满发现的乐趣，盖古人之游乃真游也，一切亲力亲为，为到一地走上几天也不惜；而今人之游实乃大阵仗的“游行”，一大群人乘车到一地，扎堆拍照，随即散开，更不会欣赏路途的景致。这次一路凭脚力走到瓦尔登湖，充分体会了到“游”的趣味，游的乐趣就在于过程，一路走过，一路看过，方是自己的。

此时此地的瓦尔登湖，安静如斯，青山和红红的枫树

瓦尔登湖秋景

环湖一周，蓝天映着碧水，红叶漂在湖里，随波而流。湖水清澈见底，湖底的石头亦清晰可见。忍不住，想掬一捧湖水喝下去。我很喜欢湖边的枫树，鲜艳的红叶在阳光下红得泛着金光，真可用赏心悦目来形容。沿湖走上一圈，是很好的选择，你可以在路边看到很多青绿的苔藓，这是水土保养很好的标志。湖边有人在钓鱼，而且真的钓上来一条花斑大鱼。从各个角度看瓦尔登湖，你都可以发现自然的纯净美。

四

也许早点离开是一个明智的选择，留一点记忆给下次的重游。我计划着冬天时再来一次，看看冰天雪地中瓦尔登湖的模样。次年一月，家人前来探亲，就在农历除夕的那天，我们又一次去了康科德和瓦尔登湖。

大波士顿地区刚下了一场暴雪，积雪还没有融化，气温还十分低，但天气很好，阳光充足。冬日的康科德小镇，别有魅力。早晨十点，小镇还很安静，仿佛整个镇子仍在休眠中，所有的店铺都没有开门。秋天来时所见的景色不见了，到处覆盖着大雪，一片萧瑟，不见一点绿色。

第一站依旧是北桥，大雪早已把北桥前的空地覆盖得严严实实，北桥下的溪水亦已凝结，冰面上还覆盖着积雪。有些地方冰面稍有融化，可以看到溪水也静静地定格在那里，仿佛一面镜子，倒映着蓝天。此时此地，银装素裹，白雪皑皑，周边没有其他人，远离了尘嚣，远离了人迹，似乎整个世界就是我们两个人的。

所有的树都是光秃秃的，爱默生故居在大雪中无言地矗立着，从房顶垂下长长的冰棱，在阳光下闪着银光——由于暖冬，南京已经多年没看到过冰棱了。记得小时候每年冬天家里的房檐下总会挂着几串冰棱，太阳一出来，融化后会像下雨一样滴下来，形成一道水帘。

瓦尔登湖已经不见了，整个湖面完全结冰，与大地融为了一体。湖上冰面形成一片空地，风特别大。冰面足够坚实，所以有人在冰面上滑雪。整个瓦尔登湖这时变成一个雪世界，一个纯美的雪世界。

从北桥回到康科德镇中心，正好 11 点，赶上一间教堂礼拜的时间，遂体验了一次美国教堂做礼拜的全过程。游览那天恰好是中国的除夕，中国日益强大的影响，竟然也辐射到美国的这个小镇上，在礼拜前，牧师还特别指出中国的新年就要到了，为了营造节日气氛，教堂还特地准备了舞狮表演，当然舞狮者皆为美国人。目睹这个舞狮节目，我不禁哑然失笑，原来与中国的舞狮完全不是一回事。可能受到场地的限制，狮子舞得绝没有中国的灵活动感，而且前面还有一个胖娃娃拿着一柄纸扇来引导狮子，怎么看都觉得像日本的舞蹈。可能美国人把中日两种文化元素融合起来了吧。礼拜中，唱了很多诗，本以为都是充满宗教意味的赞美诗，可唱的竟然是英国诗人彭斯（Robert Burns）的诗。整个礼拜过程充满感性，坐在我前面的一位亚裔老太太竟然感动得流下了眼泪。礼拜结束后，所有的人都到楼下的客厅中茶叙。感觉国外的教堂并不仅仅是一个宗教的场所，更是一个社区的社交空间。在这个场域中，大家相互交流，相互倾诉，相互倾听，化解了不少内心的郁积。

中午时分，康科德小镇仿佛醒来了，店铺纷纷开张，不过路上的人还是不多。我们来到一家餐厅里吃午饭，坐在窗边，看着小镇缓慢地苏醒，太阳正好照在身上，立刻充满了暖意，一时竟忘了正身处异乡。

五

再次踏访瓦尔登湖竟然是七年之后了。

已经欣赏了瓦尔登湖秋冬时节的美，我想看看夏天的瓦尔登湖是什么样子。正好 7 月 4 日是美国的独立日，选择这一天造访康科德是极有意义的。

通往瓦尔登湖的梭罗路依旧人很少，车也很少，路边的丛林郁郁葱葱，雨后空气潮湿温润，置身其间，感觉就像在一个天然的氧吧。七年在一个人的脸上可以留下很多岁月的痕迹，但瓦尔登湖几乎没有发生任何变化，还是像从前那样秀美，不过多了一点夏日的热烈。这时的瓦尔登湖竟然变身为一个大泳池，很多人在湖中划定的区域游泳，更多的人在湖畔沙滩上休憩。能在瓦尔登湖中畅游一圈，一定是极别致的体验，这可与在湖上荡舟感觉完全不同。一开始我还认为众人在瓦尔登湖中游泳有一种煞风景之感，但后来转念一想，畅游湖中不正是人与自然亲近的最好方式么？研究生态文学不能纸上谈兵，还得“下海”啊！

小镇康科德安静如昔，没有成群结队的旅游团，小镇的人已经习惯了缓慢的生活节奏。镇上没有疾驰而过的汽车，有的是不少爱好自行车的骑行一族停在路边饮水。路过一片菜地，竟然看到几家人男女老少齐上阵，冒着烈日在房子附近的地里除草、松土、栽种。看得出，这些人并不是纯粹的农民，可能就是住在这里的中产阶级。这种一家人一起从事园艺活动，不但可以促进家庭成员之间的感情，锻炼孩子的动手能力，而且对于舒缓生活与工作压力亦有裨益。

美国独立日，怎么能错过美国独立战争的发源地之一的北桥呢？这一次竟然走错了路，怎么走都找不到，于是向在路边停车的一对美国夫妇求助，这才知道我们走到另一个方向去了。如果再折回去，肯定要错过回剑桥的城际火车。这时，美国夫妇似乎也为我们着急起来，最后男士说我开车送你们去吧。于是就有了一次坐在皮卡后面，在小镇康科德兜风的经历。

赶到北桥时，正碰上当地居民举办纪念活动。他们穿

康科德小镇北桥在美国国庆时的表演

身着旧日服装的康科德居民

着两百多年前华盛顿将军麾下将士的军服，正在表演列队行军，这可能是当地每年固定的节目。扮演美国士兵的居民中，既有年纪较大，操演熟练者，还有可能是第一次参加表演的年轻小伙，虽然动作还不熟练，可能还有一点小紧张，但可以看出他对他担当角色的投入。他们的表演再现了两百多年前美国独立战争时的部分场景，从穿着的衣服到手持的武器，都极其逼真地重现了历史的原貌。表演结束时还真的放了几声“炮”，轰隆隆的炮声在寂静的小镇上空回荡。这个纪念活动出动了很多人，可以感到当地居民对每年这一活动的重视，也可见当地人对他们这段历史的自豪。

人群散去后，康科德又恢复了宁静，路上依旧看不到太多的人。在回剑桥的火车上，我真的有点享受康科德宁静而缓慢的生活了。

2016 年 6 月 9 日改定

本文部分内容原载程章灿编《南雍随笔》，南京大学出版社 2014 年版

My Nanking Home, 1918—1937
——有关金陵大学校史的一部新书

一

2016年新年伊始，突然收到耶鲁大学东亚系讲座教授孙康宜先生的来信，向我推荐一本美国作者写的有关母校南京大学的新书，问我是否愿意翻译，或找人来翻译这本书。在信中，她又附载了自己阅读此书后深受感动的文字，这激发了我阅读此书的兴致。孙先生非常好心地愿意请作者方面寄一本样书给我，毕竟这本书与我生活工作的地方密切相关。我对南大的校史一向感兴趣，同时对美国人写的在华回忆录也是能收就收，这都是研究汉学的好资料。

过完春节，刚开学，我果然收到了Mark Eaglesfield先生（他是作者弟弟继女之子）寄来题为“*My Nanking Home, 1918—1937: A Very Personal Memoir*”（《我的“故

乡”南京[1918—1937]：一部非常私人的回忆录》）的小书。书不厚，只有168页，共有12章，作者是Nancy Thomson Waller女士，由美国Willow Hill Publications在2010年出版。收到书之后，我便一口气读完书中有关南京、有关金陵大学的部分，深感这是一部研究南京现代史以及金陵大学校史的好资料。

Nancy女士的父亲James Claude Thomson（1889—1974）教授，是美国生物化学家、营养学家，在哥伦比亚大学

My Nanking Home 封面

获得博士学位后，受到美国长老会外国差会（Presbyterian Board of Foreign Missions）的派遣，于1917年来到南京的金陵大学化学系任教，并担任系主任以及理学院院长。其时金陵大学为中国13所教会大学之一，被美国评为中国唯一的一所A类教会大学，即本科生毕业后可以直升美国的研究生院。作者Nancy就在父母到达中国的第二年，即1918年出生在南京，她在中国生活了差不多20年，一直到1937年日寇侵占南京前才离开中国到欧洲学习。除了随父母短暂回美国休假，1927年到日本避难，以及在上海美国学校（Shanghai American School，简称SAS）读书的几年时间，Nancy一直生活在南京，高中毕业后，还就读于金陵女子大学。正是在这个意义上，她才称南京为其“家”（home）的。

二

1949年之前，来中国任教、经商、传教、公干的美国人很多，很多人回国后也都出版了有关中国的回忆录。这些回忆录，大致可以分为两类，即“爱中国”和“恶中国”。如果归类的话，这本《我的“故乡”南京》可以归为“爱中国”一脉，这从作者称南京为其“家”也能看出来。从书中的记述能够看到，作者对中国有比较深的感情，对南京也有浓浓的乡愁。作者在1937年离开南京后，

1940 年代一度打算重返南京，但因为战争的原因未能实现；而作者再次回到“故乡”南京时，已是在 43 年之后的 1980 年了，其间世事白云苍狗，人间已换。

Nancy 生活在南京的 20 年，可谓南京历史上变迁最为剧烈的时期。1912 年，孙中山在南京成立中华民国，南京成为首都，但随着孙中山的下野，南京的首都地位

本书作者 Nancy 女士在南京时的旧影

很快失去。1927 年，国民革命军北伐成功，南京再次成为中华民国的首都。1927 年至 1937 年是南京城市发展史上著名的“黄金十年”，出色的规划和精心的建设，使得当时的首都南京渐渐成为东方又一大都会。一百年前的南京，还是一个相当“中世纪”（medieval）的城市（第 16 页），城市被 24 英里的城墙围绕着。从《我的“故乡”南京》书中所载的 20 世纪前 20 年的南京照片来看，当时的南京基本还是一片田园风光，甚至今天南京人引以为傲的城市“绿肺”钟山景区在当时几乎寸草不生，可谓童山豁岭。但情况在 1927 年之后发生了变化，“当蒋介石和国民党军队从军阀手中夺取南京后，这座沉睡的城市（sleep city）变成一个充满活力的国际化热点区域（a lively and cosmopolitan hotspot）”（第 20 页）。Nancy 在书中附录了一封其母 1936 年写给其友人的信，信中说：

南京变化太大了，以至于我们都不能赶上她的发展了。随着外国使馆和政府机关的迁入，吸引了大量中国人和外国人来南京。就商店而言，人们几乎可以在这里买到任何想要的东西，而在 1917 年，我们刚来时，想要买罐头食品，还要到上海去买，或从美国捎来。一直到 1927 年，南京的变化都不大。（第 150—151 页）

在少女 Nancy 眼中，“（1927 年之后的）南京，是一个迷人的城市——非常国际化”（第 137 页）。正当南京发展蒸蒸日上之时，战争的阴云开始笼罩在古城的上空，当时的国际形势也成为 Nancy 一家饭桌上谈论的主要话题。从书中可以看出，当时的国民政府对日本军国主义的狼子野心不是不知晓，而是一直在积极准备应对，“中国花费数百万经费在武装上，特别是买了很多飞机，一切都是为了备战”（第 149 页）。联系当时国民政府在南京市中心的新街口摆放一个巨型的炸弹模型，以此来提醒国人战争的迫近，可见国民政府的备战一直在进行之中。

Nancy 一家在南京的大部分时光就住在平仓巷 4 号。平仓巷这个地名直到今天还在，就在南京大学旁边，但 4 号是什么地方？直到看到书中所附的照片，我才恍然大悟，原来我天天路过的南大体育部小楼“健忠楼”就是 Nancy 家的故居啊！一股亲切感立刻在胸中荡漾开来。Nancy 家的房子地势极佳，就在金陵大学校内，地势高，可以俯瞰整个金大的操场，隔街就是金大校长陈裕光教授的寓所（今南京大学工程管理学院），而与邻居赛珍珠夫妇（Pearl and John Lossing Buck）家只有一篱之隔，“跨过篱笆，我就到赛珍珠家的玫瑰花园，这是我的乐趣之一”（第 45 页），Nancy 如是说。

赛珍珠在金陵大学的故居曾经是南京大学中文系的办公室，2012 年，南京大学 110 周年校庆时，被修缮一新。从赛珍珠故居走到健忠楼不过数步，对照 Nancy 的回忆录，布局历百年而未变，让人感到百年世事沧桑中的变与不变。Nancy 家的小楼是她童年及少女时代生活的地方，也是她梦牵魂绕的所在，她甚至想象自己在小楼举办婚礼的情景。Nancy 家刚入住时，家门口有一株白玉兰树，这株白玉兰也无数次进入 Nancy 的梦乡，可以想见她在 1980 年重返故居，再次看到这株白玉兰时的激动心情了。2005 年，她的外孙女再次探访故居，也特地在这株白玉兰下拍照留念。路过健忠楼时，我经常看到这株白玉兰，没想到其背后还有这么多故事。如今这棵树依旧枝繁叶茂，摇曳在南大校园。

本书作者 Nancy 在金陵大学的故居，今南京大学体育部健忠楼

三

《我的“故乡”南京》以一个私人的视角，记录了20世纪初一个美国知识分子家庭在中国的个人经历。书中记载了这个美国家庭在南京生活的点滴，写了她们一家在南京紫金山、灵谷寺、玄武湖等处游玩的故事，书中所附的老照片具有珍贵的影像价值。虽然这本书对当时的历史事件记载不多，但还是留下了不少历史的细节。对Nancy一家生活影响比较大的事件，是北伐军进入南京之后的劫掠（第6章“The Looting, March 24, 1927”）。北伐军赶走了北洋军阀，重新统一了国家，我们基本持正面的看法，王国维却在北伐军进入北京之前，毅然投湖自尽，留下了“经此世变，义无再辱”这样的遗言。在Nancy这本书中，我们看到北伐军打进南京后，军纪混乱，公然在金陵大学校内杀人放火，肆意抢掠。书中详细描绘了突如其来的北伐军散兵闯入平仓巷4号时的情景，当时这个家庭充满了恐惧，作者说“我在80多岁时，依然能够感到那种寒意及纯粹的恐惧使我的胃隐隐作痛的感觉”（第75页）。这个美国家庭遭受了三四波散兵游勇的洗劫，家里也没有什么东西可以拿走了。Nancy的外祖母与她们住在一起，她的结婚戒指戴在手上至少已经40年了，她担心会被抢走，甚至还可能被剁掉手指。不过，Nancy弟弟的一个工具盒吸引了这些士兵的注意，他们拿走了这个工具盒，而没有抢走老太太的戒指。士兵们没见过抽水马桶，非常好奇，认为是淘米的好地方，真的拿米一试，结果水一冲，米也消失得无影无踪。他们还用养蜜蜂的蜂箱做装战利品的箱子。这些细节的描写，还原了当日历史的原态。

金陵大学老照片（现为南京大学鼓楼校区北大楼）

虽然有这些不美好的记忆，但 Nancy 之所以称南京为“家”，正是因为南京给了她很多温馨美好的记忆。这些记忆来自于她所接触的中国人，主要是她家里的中国佣人。本书第 4 章“Our Servant”特别回忆了在其家工作的多位中国佣人。20 世纪美国人的中国观，很大程度上是由1894年美国传教士明恩溥（Arthur Smith）所写的《中国人的素质》（*Chinese Characteristics*）一书奠定的，美国当代汉学巨擘费正清（John King Fairbank）称这本书云“美国人心目中对中国的印象的幻灭，是由一本读者甚多的著作来加以完成的，即明恩溥牧师所著《中国人的素质》”（费正清1985年在美国历史协会成立一百周年纪念大会上的讲话）。之所以“幻灭”，是因为这本书描绘了中国人性格中很多负面的东西，如“漠视时间”“心智混乱”“麻木不仁”“轻蔑外国人”“缺乏公共精神”“缺乏同情”“互相猜疑”“言而无信”等。这可能是19世纪末中国人给外国人的一种印象。不过，在《我的“故乡”南京》一书中，Nancy对中国人的描写基本都是正面的。比如在1927年3月北伐军的劫掠中，金陵大学的师生很快就行动起来，尽他们最大的力量去保护外国侨民（第76页）。

Nancy家雇用了好几位中国佣人，有一位厨师、一位保姆、一位园丁，还有一个侍童，而实际上负责她们家家务的是一位“徐嫂子”，她曾经在赛珍珠家服务过，据Nancy说赛珍珠的小说《母亲》（*The Mother*）就是以其为原型的。徐嫂子在干完活后，就会找Nancy聊天。她虽然文化程度不高，但是这个家的信息中心，“她知道南京城和侨民社区里的所有八卦以及其他的消息”（第50页）。徐嫂子不谙英文，却很能与Nancy的外祖母谈得来，老太太经常用她英国腔的英文与徐嫂子聊天，徐嫂子不管听不

南京大学鼓楼校区内重修后的赛珍珠纪念馆，

原为中文系办公室

听得懂，都会用她仅会的英语单词“Yas Su Mu”（“Yes Madame”）回答她。徐嫂子与 Nancy 一家结下了深厚的感情，Nancy 的幼弟 Jimmy 后来成为美国著名的中国问题专家，能够说一口流利的中文，而 Jimmy 就是由徐嫂子从小带大的。所以当 Jimmy 5 岁返回美国时，Nancy 说这次分别对他们来说都是一次“创伤”（第 51 页）。

Nancy 对家中其他佣人的记忆都很正面，如家里的厨师李华（Li Wha），他也是徐嫂子的丈夫。李华不但外表英俊，而且做的西餐也很棒。他虽没有学习过西餐做法，但在 Nancy 母亲一本菜谱“*The Fannie Farmer Cookbook*”的指导下，竟然可以烤很好的面包，做很好吃的派。家里的园丁老孙也是一个可爱的人，他“温和、有才华和想象力”（第 53 页），家里吃的菜几乎都是他种的，而且他还喜欢种菊花，一到夏末，家里的门廊和台阶上都摆满了菊花。老孙还是位绘画能手，Nancy 和弟妹们最喜欢在雨天时，到老孙住的小屋中，请老孙给她们画武士。这些都是极其温馨的场景，也永远沉淀在了 Nancy 的记忆深处，直到晚年她仍念念不忘。在有关中国佣人的描写中，我们看不到明恩溥描写的中国人丑陋的一面。

四

本书有关金陵大学的描写中，我觉得最有价值的部分是关于赛珍珠的回忆。金陵大学文理农三院嵯峨，力量很强，赛珍珠第一任丈夫卜凯当时就是金大农学院教授，赛珍珠家与 Nancy 一家比邻而居。因为这一层关系，两家有比较多的交集，Nancy 书中也有一些关于赛珍珠的“秘辛”。书中记载了赛珍珠从事文学创作的起因。赛珍珠与卜凯育一女 Carol，但很遗憾，Carol 天生有脑疾，故为了支付女儿长期的医药费，赛珍珠不得不开始写作赚钱。《大

金陵大学大学生旧照

地》(*The Good Earth*)是赛珍珠的代表作，也是获得诺贝尔文学奖的名著，就写作于居住在南京的时期。当初赛珍珠写成后，打算在美国出版，但屡屡碰壁。有家名为 John Day Publishing Company 的出版社愿意出这本书，但前提是，赛珍珠要缩减这部书。Nancy 的母亲 Margaret 与赛珍珠是“闺蜜”(dear friends)，赛珍珠将书稿给 Margaret 看，Margaret 看后说：“一个字都不要删!”(Don't cut a word!）正是这句话救了这部一千多页的巨著。没想到，这部以中国为背景的小说竟然成为美国的畅销书。不过，这时赛珍珠与卜凯的婚姻也走到了尽头。书中说，卜凯最先提出离婚，为的是与一个中国女人结婚；而赛珍珠也再婚，嫁给了出版《大地》的出版商，后来两人的婚姻都很幸福。尽管赛珍珠、卜凯夫妇后来劳燕分飞，但 Nancy 对两人都没有负面的回忆，回到美国后，Nancy 还与赛珍珠通信联系。在她印象中，赛珍珠是一个热情而体贴的人（a warm, thoughtful person）。与赛珍珠一家的交往成为 Nancy 一家在南京的美好记忆。

1936 年，Nancy 从上海美国学校高中毕业后，回到南京入读金陵女子大学，本书第 12 章“My Ginling Year, 1936—1937”，记载了她在金女大一年的学习经历。金陵女子大学与金陵大学一样皆是美国基督教会支持的教会大学，其时金女大的校长是著名教育家吴贻芳先生，1980 年 Nancy 重返中国时，还特地去拜见了老校长。由于中文不够好，大一的 Nancy 只能选修大二、大三用英文讲授的英国文学课及哲学课。Nancy 在大学中结交的中国同学不多，交往比较多的只有一位 Rosamond Kung，Rosamond 英语流利，Nancy 只知道 Rosamond 的父亲是中国的财政部长，对其背景并不完全了解。有一天，Rosamond 邀请 Nancy 去家里吃饭，说她的姨父也要来。Nancy 一开始还不以为意，不想吃饭时，竟然看到当时中国的最高领导人蒋介石走了进来。原来这位 Rosamond 同学，就是孔祥熙与宋霭龄的大女儿孔令仪（1915—2008）。

饭间，蒋介石就像普通人的姨父那样，问了 Nancy 在中国过得如何，是否喜欢金女大的生活，然后就退到自己的思绪中去了。这段对蒋介石的描写很有意思，也可见家居时蒋介石的侧面。孔令仪从小寄居在蒋介石、宋美龄南京的官邸中，甚至可以不敲门直接进入蒋介石的卧室。她与宋美龄情同母女，深受宋美龄的信任，宋美龄晚年生活在纽约，其生活也一直由孔令仪负责照顾。后来 Nancy 与孔令仪的交往就中断了，但这段短短的友谊给她留下深刻的印象。甚至多年后，她还记得在孔家用高脚玻璃杯喝

金陵大学在民国时的旧影

葡萄汁以及吃蛋挞的情景。Nancy 对孔令仪印象颇好，而对她的妹妹 Jeannette（孔令伟）印象比较差，称其专横而无情（imperious and cruel），想将中国历史引向她自己任意的地方（made history in China wherever she went），这个评价与外界对孔令伟的印象非常接近。

五

1937 年，在战争即将来临的阴影之下，Nancy 离开了生活近 20 年的南京的“家”，前往瑞士留学，不久便回到美国。她的父亲 James Claude Thomson 教授一直在国外教书，曾在伊朗、日本、韩国等国教授营养学，1974 年在美国宾州逝世。Nancy 一家的生活与中国息息相关，Nancy 的家人也对早年在中国的生活念念不忘，甚至中国研究也成为他们一生的事业。特别是 Nancy 的小弟弟 James C. Thomson Jr.（1931—2002，Nancy 在书中称他为 Jimmy）后来还成为美国著名的中国问题专家。

Jimmy 后来就读于耶鲁大学，1961 年获哈佛大学历史学博士学位，博士论文研究的是民国时期在中国的美国改革者（后来以 *While China Faced West: American Reformers in Nationalist China, 1928—1937* 为名在哈佛大学出版社于 1969 年出版）。20 世纪 60 年代，他曾任职于美国肯尼迪和约翰逊政府中，是有关远东事务的特别顾问，还是美国国家安全委员会中的中国问题专家。1966年，他因反对越战从政府辞职。1967—1972年，他任教于哈佛大学，为本科生主讲美国与东亚的关系。1972—1984年，Jimmy成为哈佛大学著名的尼曼基金会（Nieman Foundation）主管，该基金会主要是为支持新闻学发展而设立的，目的是为了“提升新闻品质，培养新闻精英”。1984—1997年，他任教于波士顿大学，主讲新闻学、历史学和国际关系。他还经常在《大西洋月刊》（*The Atlantic Monthly*）上发表有关中美关系的文章。在中美建交前，他就积极推动中美关系的正常化，主张美国与中国的和解，显出他超前的战略眼光。1972年尼克松访华时，他还在美国电视台ABC上充当了十天的解说员。他成为美国的中国问题专家，与他幼年生活在南京的经验密切相关。

彼时，中日关系紧张，国际关系错综复杂，《我的“故乡”南京》中多次写到，当时的国际关系是她们家饭桌上经常谈论的主题。正是南京的生活经验，奠定了Jimmy一生事业的基调。因为早年家庭与赛珍珠的交往，他比一般人对赛珍珠有更亲近的认识，在赛珍珠百年诞辰的纪念会上，他甚至将赛珍珠形容为“自马可·波罗以来，写作有关中国题材最有影响的作家”（见其"Pearl S. Buck and the American Quest for China"一文，载Elizabeth Johnston Lipscomb, Frances E. Webb and Peter J. Conn. 编 *The Several Worlds of Pearl S. Buck: Essays Presented at a*

Centennial Symposium, Greenwood Press, 1994 年）。如今 James Claude Thomson 和 James Claude Thomson Jr. 父子的所有档案全部入藏耶鲁大学神学院图书馆，如果有心人去努力发掘的话，一定会发现更多有关南京的、有关中国现代史、有关中美关系的宝贵资料。

Nancy 后来没有从事中国研究，1940—1945 年她在纽约的美国援华联合会（United China Relief）工作，她又在法国住过几年，后来一直在美国康州的南肯特（South Kent）中学教法语。不过她对中国一直未能忘情，晚年写作的这本《我的"故乡"南京》无疑是一部研究 1918—1937 年间有关南京、金陵大学的重要史料。Nancy 女士今年已经 98 岁了，现在住在美国纽约州。

写罢此文后，我特地又去了一趟 Nancy 的故居，南大鼓楼校区平仓巷旁的健忠楼。春天已经到了，楼前的白玉兰花不久就要开放了。

2016 年 2 月 26 日

补记：2017 年 1 月 27 日，我收到 Mark Eaglesfield 先生来信，告知 Nancy 女士在本月于纽约州去世，享年 98 岁。Mark 在信中还说，除了史景迁教授在一篇关于赛珍珠的书评中简短地引用过《我的"故乡"南京》外，很少有人关注到 Nancy 的这本回忆录，而史迁景教授之所以知道这本书，也是因为他与 Jimmy 相识。

本文在微信上发表后，得到了较多的关注，不但 Nancy 女士知道了我撰写的这篇文章，她的家人也与我联系并表示感谢。网友“风中离人”留言指出：“Nancy 1940—1945 年参与的美国援华联合会正是赛珍珠和她的第二任丈夫创办的，为抗战时期的苦难中国提供了很多及时和有效的帮助！”还有更多的南大校友对拙文表示感兴趣，南京出版社的几位编辑也先后与我联系，希望我能接手翻译此书。我也渐渐动了翻译此书的念头，希望下面几年有时间能将此书翻译出来，也以此纪念对南京怀有极大温情的 Nancy 女士。

2020 年 12 月 1 日

本文删节版载《东方文化周刊》2016 年第 28 期

以文会友

——在海外参加学术研讨会

一

周勋初先生在《艰辛与欢乐相随——周勋初治学经验谈》（凤凰出版社 2016 年版）中认为“参加学术会议的好处”在于“以文会友，多闻博识”，此言不虚。从事学术工作以来，特别是近几年，我每年都参加好几次学术会议，在会议上结识了很多志趣相投的朋友，同时也交换了学术信息，自己的论文也得到了指点，可谓收获多多。除了经常参加国内的学术会议之外，我还有机会参加过若干次海外的学术研讨会。在国外参加学术会议相比于在国内开会还是有另一番风味的，所以我也很乐意和大家一起分享一下。

国内的学术会议一般人数都比较多，动辄上百号人，规模很大，需要分很多场次，同时分很多组，每组也有很多报告人，每人报告的时间差不多十分钟，有的会议不设一对一的评议人，只让一位学者评议。我比较怕参加这种会议，也最怕担任评议人一职，再博学的人也不可能对所有议题都有发言权。其实国外也有这种大型的会议，称为conference，人数甚至比国内的会议还要多，有时甚至会达到一两千人。不过，这种 conference 不是指这一两千人都在同一个会场开会，而是根据主题分为很多 panel，而每个 panel 一般会有一个 chair（主持人），四五个 panelist（报告人），还会有一个 discussant（讨论人）。一般先由主持人简短介绍一下会议的主题以及报告论文的学者，然后就是每个报告人的发表，报告完之后，由讨论人进行评议。评议之后，报告人可以对讨论人的评论进行回应。下面就进入自由讨论的时间，旁听的听众也可以就自己感兴趣的话题和报告人进行交流，也可以对报告人的观点进行质疑。一般一个 panel 就是一个上午或下午，所以讨论的时间还比较充足。

我最早参加的国外学术会议就是美国亚洲研究协会（AAS）年会，那是 2009 年 3 月在芝加哥喜来登酒店举办的，当时我在哈佛燕京学社做访问学者，学社全额资助了访问学者参加本次年会。参加 AAS 必须是其会员，成为会员必须要缴纳会员费，缴纳过会费后，会有一个胸牌，这样就可以进入任何一个你感兴趣的会场旁听会议。如果没有这个牌子，就只能在偌大的酒店里闲逛了。因为得到学社的资助，2009 年我缴纳了不菲的会费后，得到一个胸牌，然后找自己感兴趣的 panel 随意旁听，听到不感兴趣的地方，就随时离开转到另一个会场。我就这样在不同的会场间转换，听到了很多场不同主题的精彩报告，并对一些学者的发言产生深刻的印象。2015 年 3 月，我到芝加哥大学东亚系做访问学者，这一年的 AAS 年会正好又在芝加哥喜来登酒店举办，因此我又去旁听。2009 年参加 AAS 时，我认识的汉学家很少，这一次我见到了很多熟人，特别是很多年青的汉学新秀。

AAS 除了有很多专题的 panel 之外，美国很多的汉学协会也会在 AAS 期间举办读书会或例会，如美国中古中国研究会、唐研究协会等都会在 AAS 期间举办会员大会。2015 年，我就参加了美国唐研究协会的活动。会议由主席田安（Anna Shields）教授主持，她向会员报告了协会的财政情况以及会刊《唐学报》（T'ang Studies）的编辑情况。会上还宣布授予梅维恒（Victor Mair）教授为“终身荣誉会员”，大家一起热烈地鼓掌，表示祝贺。让我难忘的是，可能人太多，这次会议全程大家都是站着听的。会议不长，之后大家就留下来相互攀谈交流。

其实美国这种 conference 和中国的大型会议一样，除了学术交流功能之外，还一个很重要的功能就是 social（社交）。因为美国难得有这么一种大型会议能让几乎所有的汉学家齐聚在一起，这提供了一个很好的平台，让不同学科、不同领域的学者进行对话。同时，这也是一个出版社和学者交流的机会。在酒店的地下一层，很多出版社带来了最新出版的亚洲研究专著供学者购买或图书馆订购。我欣喜地看到很多中国出版社也来到会场，积极推销他们的出版物，让我印象最深的是广西师范大学出版社几乎每年都会来参加 AAS 年会，并在年会上设展，推销图书。

很可惜，我在这两次会议上都没有发言，只是一个旁听者。AAS 除了每年一度在美国本土的年会之外，近年来还和亚洲地区的大学合作，举办 AAS-in-Asia 年会，会议的模式一如 AAS 正式的年会，只不过举办的地点在亚洲，时间在 6 月底。规模比 AAS 年会要稍小，但人数亦达到 500 人以上。2016 年，我参加了在日本京都同志社大学举办的 AAS-in-Asia 年会，参与了会议从申请 Panel 到召开的全部过程，故对 AAS 的运作模式有了一点了解。

2015 年 10 月，AAS 开始筹划 2016 年京都 AAS-in-Asia 年会的活动，向相关研究者征集 panel 的选题，如果选题通过，就可以在年会上设置一个单独的讨论组。本次选题由好友美国 Kenyon 大学的孙承娟教授策划，她擘划了一个题为“The Delight of Stretching the Norms：In Praise of Playfulness”，大致与“以文为戏”有关，她邀请西雅图华盛顿大学康达维教授担任讨论组的主持人，普林斯顿大学田安教授为讨论人，并邀请西雅图华盛顿大学王平教授以及我作为报告人。承娟说，如果能再找一个日本的大学教授可能会更多元一点，我遂邀请早稻田大学河野贵美子教授加盟，加上承娟，共有 4 位报告人。我们在规定时间内，提交了论文的英文摘要，并在 2016 年 1 月 20 日收到 AAS-in-Asia 组委会的来信，告知我们的选题获得通过，并让我们在当年 4 月 1 日前在网上注册并缴费。会议在当年 6 月 27 日于同志社大学召开，会议召开得很成功，康达维教授的主持风趣幽默，田安教授的评议深入犀利，报告人也围绕文学与游戏的主题从各种角度切入东亚文学的肌理。会后，与会议同仁一起去岚山游览，我又参加了哈佛燕京学社在京都举办的招待会，见到很多哈佛燕京的旧雨新知。故本次会议给我留下深刻的印象。

二

这种大型的 conference 有好处，当然也有弊端，那就是会议规模太大，不利于深入交流，如果想深入交流，就要参加一些专题的 symposium（研讨会）或 workshop（工作坊）。工作坊一般人数不会超过 20 人，都有明确的主题，报告的时间也比较长，报告后还有较长的讨论时间。不过，这种学术研讨会或工作坊对报告人的语言能力要求比较高，一般都要求用英语发言。我的英文水平一般，但为了学术交流的需要，也只能通过练习来弥补。

2010 年 5 月 1 日，哈佛燕京学社为了感谢宇文所安教授为哈佛燕京学社特设的“World Literature and Comparative Literature”training programme 做出的贡献，邀请宇文所安教授在 2008—2010 年两年内培训的 8 位中国学者和若干哈佛大学东亚系、比较文学系的青年学者召开一次小型研讨会，主题为“Culture at Intersection”，题目很开放，所以可发挥的地方也很多。因为这次会议需要提交英文的论文，所以我也第一次开始尝试写作英文论文。

2006 年毕业留校工作后，有一次去南大图书馆看书，南大图书馆的副馆长史梅老师带我去看一批老金大的藏书，其中有很多英文书，其中有一本 *Modern Chinese Poetry*。于是，我对这本出版于 1936 年的中国现代诗的译本产生了兴趣，一直记在心里。后来 2008 年到哈佛访问，遂从哈佛图书馆中将此书借出，然后好好研究了一阵。所以参加这次研讨会的论文，我写的就是关于这本书及其译者哈罗德·艾克顿（Harold Acton）和陈世骧的故事。2010 年 5 月 1 日，我报告了这篇题为“Muse Travels Far Away: The First Anthology of Modern Chinese Poetry Translated for the West”的论文，由宇文所安教授担任评议人。这是我第一次用英文写作论文，同时作英语口头发表，似乎还算成功，这也增加了我的信心。

2014 年秋，我又重返哈佛，在哈佛东亚系做访问学者。当年 10 月 30 日—11 月 1 日，在美国南部的埃默里大学（Emory University）要举办一次学术研讨会，主题是“China：Tradition and Transformation”。因为研讨会由该校孔子学院院长蔡蓉老师负责，而蔡老师又毕业于南京大学外国语学院，故蔡老师也邀请了一些南大的学者参加，南大文学院院长徐兴无教授、高研院院长周宪教授就派我出席。本次研讨会在 Tradition 部分有一个 panel，由该校俄语与东亚语言与文化学院的赵美玲（Maria Franca Sibau）老师负责。我遂与赵老师联系，原来她在本次会议上组织了一个关于“Loyalty & Betrayal, Martyrdom & Survival”的 panel，需要一个研究宋代文学的学者参与，因缘际会找到了我。后来我才知道，赵老师是意大利人，但毕业于哈佛大学东亚系，师从于伊维德（Wilt Idema）教授，而我在哈佛时也听过伊维德教授的课，所以见面后一见如故。

参加这次会议，我经历了美国学术研讨会的另一种模式，即不用提交论文全文，仅需提供摘要，会议时在会场直接报告 PPT，同时还要提供报告人的简历。因为我整理过南宋遗民蔡正孙等编的《唐宋千家联珠诗格》，蔡氏是福建人，但长期生活于杭州，南宋灭亡后，离开杭州，回到故乡福建建安，在当地组织了诗社，交结诗友，编纂诗学著作，他所编的《唐宋千家联珠诗格》中有强烈的遗民意识。我遂以“Nostalgia for the West Lake：Cai Zhengsun and His Poetic Activities in Song-Yuan Dynastic Transition”为题，报告作为小人物的蔡正孙及其诗学编纂活动中呈现的大历史，正切合 panel 的主题“Loyalty”。为了准备这次会议，我撰写了比较详细的 PPT，并将 PPT 上的中文都翻译为英文，报告时我就读 PPT 上的英文，这样听众也能知道我在讲什么了。我报告的内容比较偏僻，不过美国学者都知道西湖，所以会后还有学者和我讨论了西湖的问题。

会议如期召开，我 10 月 30 日上午从波士顿飞往亚特兰大，一路顺利，到达埃默里大学时正值中午，而会议在我到达后不久的下午 2 点就正式开始。下午会议的主题由莱斯大学（Rice University）的著名学者、美国著名期刊 Positions：East Asia Cultures Critique 主编白露（Tani Barlow）教授做一个关于向期刊投稿的演讲（“Submission, Revision, Publication of Your Essay and its Impacts on Journal Readers”）。原来，不只是中国高校喜欢请著名期刊的主编来演讲，美国学术界亦是如此。白露教授在演讲中介绍了 Positions：East Asia Cultures Critique 的审稿、用稿程序，对听众来说，帮助确实很大。晚餐后又特别安排了白露教授的主题演讲“China in the World, the World in China”，她介绍了她的个人经历，特别是她与中国的渊源。尽管我第一次参加晚上都要开会的研讨会，不过我觉得会议主办方安排得很好，与其晚上在宾馆里消磨时间，不如进行学术交流。

下一次参加美国的研讨会，并用英语发言已是 4 年之后了。2018 年 9 月，我受加拿大英属哥伦比亚大学陈金华教授邀请到加州大学伯克莱分校参加“从‘丝绸之路’到‘书籍之路’：中亚与东亚之间贸易、艺术品与书籍的网络”国际研讨会（From the Silk to the Book Road（s）：Networks of Commerce, Artifacts, and Books Between Central and East Asia）。这次会议的特色是与会的中美双方学者数量差不多，而且讨论的话题涉及“书籍流通”“佛教艺术”“物质文化”“域外汉籍”等前沿性问题。

因为时差的关系，在伯克莱的那几天，晚上总是睡不好，夜里醒来后，就完全睡不着，只能起床工作，趁机把 PPT 翻译为英文。本来参加这次会议的中国学者比较多，可以用中文发表，但为了锻炼自己，我还是选择用英文报告。我报告的题目是《汉籍东传与异域阐释——论中国诗僧文集的日本注本》，题目非常偏僻，而且也偏于文献，还牵涉到我研究的“域外汉籍”。我被安排到第 6 个讨论组中，主题是关于“物质文化，书法与诗歌”，与我一起报告的有浙江大学张涌泉、斯坦福大学黄爱伦、北京大学史睿、旧金山大学斯定文（Stephen Roddy）等学者。这次会议不设专门的评议人，每组全部报告完之后，所有报告人又被拉回讲台，接受听众的提问，所以这时英语的听说能力就显得尤为重要了。没想到，我的报告也引起了一些学者的兴趣，如亚利桑那大学的吴疆教授就问了注释中国文集的日本僧人与黄檗宗的关系，因为他是研究黄檗宗创始人隐元隆琦的专家，故对此问题感兴趣。

这次研讨会是一次纯粹的学术会议，与中国很多研讨会的会场豪华万千不同，本次会议仅在下榻酒店的一个小型会议室中举行，会议室的桌子也没有几张，大家就坐在那里听，记笔记也只能用包垫在腿上记。甚至连放 PPT 的电脑都没有，报告人要用自己随身携带的电脑才可以报告。条件之简陋和我国某些会议之奢华形成强烈对比。

不过，最令我难忘的还是 2017 年在莱斯大学参加的一次国际学术研讨会。2016 年，张伯伟师和莱斯大学钱南秀、司马富（Richard J. Smith）教授一起向美国人文基金（National Endowment for the Humanities）申请经费，召开一

参加加州大学柏克莱分校举办的“从‘丝绸之路’到‘书籍之路’”国际学术研讨会，与本场讨论组学者合影。从左至右为余欣、史睿、衣丽都、卞东波、张涌泉、黄爱伦

次有关东亚汉文化圈的国际学术研讨会。该计划后来得到美国人文基金 6.5 万美元的资助，伯伟师和钱南秀教授遂邀集中国大陆、中国香港、中国台湾、日本、韩国、越南、新加坡、美国、加拿大、英国、荷兰等地多位专研东亚汉籍与东亚研究的学者于 2017 年 3 月底齐聚莱斯大学，召开题为“重思汉文化圈：汉字书写在东亚文化中的运用之批评性考察”（Reconsidering the Sinosphere：A Conference to Critically Analyze the Literary Sinitic in East Asian Cultures）的会议。这次会议的论题主要有以下五点：

1）汉籍在东亚诸国（含越南）的流传与本土化；
2）文学艺术形式的流变与传衍；
3）文化身份的演变与融合；
4）文化交流与跨国关系；
5）文化代言人与文化产品形成过程中的性别因素。

美国不少大学都建立了东亚系，但系内仍然分为中国、日本、韩国、越南等国别研究，很少有将东亚作为一个整体加以研究。美国对日本、韩国的研究也偏于对日文、韩文的研究，很少会关注东亚的汉籍、汉文学与汉文化，故本次会议可以说第一次在美国召开的聚焦东亚汉文化圈的研讨会，意义非常重大。这也是伯伟师努力将东亚汉籍研究从东亚推广到欧美的尝试。这是我第一次听到这么多用英语发表的关于东亚汉籍、东亚汉文化圈的报告，会议也是东亚学者和欧美学者就东亚汉文化圈的深度交流。

从前美国的东亚研究，只是集中于东亚某国的研究，很少会将东亚统合起来综合研究，而本次会议无疑在这方面做了绝佳的示范。如魏朴和（Wiebke Denecke）教授研究诗歌的发句，视角直接是从中日韩三国出发。衣若芬教授研究的“潇湘八景”本是中国文化的产物，但东亚诸国却出现了类似的现象，其文化意义值得从东亚汉文化圈的视角总体观照。钱南秀教授研究《列女传》在东亚的流衍，就注意到了日本、朝鲜半岛东亚汉文学中《列女传》叙事的新变。曹虹教授研究朝鲜半岛汉文学，但关注的是陶渊明对韩国赋体文学的影响。邱培培教授研究“狂”这种现象，也将视野从中国扩展到日本。

本次会议在莱斯大学所谓的“奠基者屋”（Founders’ Room）召开，这是莱斯大学的标志性建筑，屋内悬挂着创校校长及历任校长的画像，1990 年第 16 届七国峰会（G7）也是在这里举行。所以本次会议在这间屋子里举行，也平添了很多历史的意义。其最大的意义可能就在于，东亚的学者与欧美的学者就东亚汉文化圈内的汉籍、汉文化展开了实质性的交流与研讨。据伯伟师说，会议的英文论文集，2020 年已在 Cambria 出版社出版。这可以说开辟了美国东亚汉籍研究的新纪元，而我也有幸见证和参与了会议的全程，非常值得纪念。

三

在日本、韩国参加学术研讨会（日韩学者一般简称为“学会”，下文也用此词）又是另一番感觉。日本、韩国的学会规模一般都比较小，报告人不会超过 10 人，基本一天开完，会议之后都会有丰盛的“恳亲会”（即招待会）。

2011 年，我受聘在京都大学人间环境学研究科担任客座教授，当年 5 月将在同志社大学召开“第 15 回宋代诗文谈话会”，内山精也教授邀请我参加。这是我第一次参加日本的学术研讨会，故也好好准备了一番，提交了《欧阳修〈庐山高〉〈醉翁亭记〉在朝鲜汉文学中的追摹与变形》一文。这时我初涉东亚汉文学研究，所以也很想听到日本学者的意见。会议之前，内山精也先生与我多次沟通会议细节，体现出日本学者的认真、细致。

日本的学会一般都是学者个人组织的，基本没有学校的资助，所以经费非常有限。不但午餐要由大家走到学校外面自己找地方解决，而且会后的“恳亲会”也要参加者自掏腰包，不过报告人可以免除“份子钱”。甚至报告者会上发表的论文也要由报告人自己打印带到会场。我第一次遇到这种极简式的会议，反而对这种杜绝非学术交际的、纯粹的学术研讨感到亲近。

日本的学会与中国的研讨会有点相似，每一场都会有“司会”（即主持人），也有评议人。这次的研讨会不但吸引了来自京都周边的学者，还有不少来自东京的学人，济济一堂。日本学者很少用PPT，就是纯口头报告自己的论文，因为我不谙日文，故只能讲中文，好在与会者都懂中文，可以自由讲中文，这也是我在日本参加研讨会感到放松的地方。我报告论文后，由好友京都大学绿川英树教授评议，之后是自由提问。记得当时有一位学者问我，你的论文研究了欧阳修文学在朝鲜半岛汉文学中的影响，你有没有研究过欧阳修与日本汉文学的关系。我只能承认，我在《五山文学全集》中只找到一条关于《庐山高》的资料。不过，日本保存着很多有关欧阳修文集的珍贵版本，这方面以九州大学东英寿教授的研究最为出色。说罢，下面就有不少学者在发笑，后来我才知道，向我提问的学者正是东英寿先生。而内山精也教授问我，除了《庐山高》《醉翁亭记》，欧阳修还有什么作品在朝鲜汉文学中有影响。我回应说，欧阳修在《梅圣俞集序》中所言的“诗能穷人”之说在朝鲜也有较大的影响，但因为时间的关系，我还没有作深入研究。

时隔一年之后，2012年9月我再次受内山精也教授邀请到日本参加“第二回江湖派学术研讨会”。和内山精也教授熟悉后，知道他这几年正在做“江湖派研究”这个科研项目，并且每年在日本召开一次学会，邀请中日学者共同研讨，之前已经召开过“第一回江湖派学术研讨会”。第二回研讨会在京都同志社大学召开，除了我之外，复旦大学王水照教授、北京大学钱志熙教授、四川大学罗鹭博士也应邀参加，日本研究宋代文学的学者也几乎悉数出席。我在会议上报告了《域外汉籍所见南宋江湖诗人新资料及其价值》，这是一篇纯文献类的文章，评议人是东英寿教授，他在评议后就问我是如何找到这些资料的，我当时的回答还记得很清楚：因为日本的文献大部分没有数字化，也没有什么数据库，这些资料都是我在图书馆里一本本书中翻出来的。多年后，想到这个问题，我还是有点感慨。现在很多人认为，找资料还不简单嘛，到图书馆里翻一下，或用数据库检索一下就能找到，似乎只要有耐心就可以。其实这完全是想当然的，就我个人的亲身经历而言，在日本搜集资料的难度不亚于写一篇论文。很多资料并不是想象中的唾手可得，特别是日本很多文库和寺庙并不对外开放，能申请到这些地方阅览可能就要大费周章。如我在本次报告中利用的京都建仁寺两足院所藏的《续锦绣段抄》写本，就是我访得的第一手资料，学术界也从未有人揭示过。

记得这次研讨会我们住在同志社大学校内一幢明治时期的楼房 Amhrest 馆中。虽然该馆条件一般，房间里没有独立的卫生间和浴室，但该馆属于历史文物，整栋楼都是木结构建筑，客房里弥漫着木质原料的香味，凌晨时还能听到旁边相国寺的钟声。我常常就在相国寺的钟声中醒来，相国寺是室町时代“五山”之一，很多五山文学史上的著名人物曾在此谈诗论学。我现在从事“东亚古代汉文学史”的研究工作，不知是否受到 Amhrest 馆清晨钟声的启发？会后，内山教授又带与会的中国学者一起游览比叡山，大家边欣赏美景，边谈论学术，又在山上远眺琵琶湖；晚上又到京都四条品尝正宗的京都料理，大家听着潺缓的鸭川流水，席地而坐，继续讨论学问，洵为人生最难忘之经历之一。

2013 年 6 月，我在早稻田大学文学学术院做交际研究员，同年“第 17 回宋代诗文谈话会”也在早大召开，我受内山精也教授邀请再次参加本次研讨会，这是我第二次参加日本“宋代诗文谈话会”。就在这次会议上，内山精也、浅见洋二先生宣布，日本“宋代诗文谈话会”停止活动，日本“宋词研究会”继续活动，正式成立“日本宋代文学学会”，由浅见洋二教授担任会长，新的学会每年召开一次研讨会。日本“宋代诗文谈话会”的会刊《橄榄》也将停刊，同时创办新的《日本宋代文学学会会报》。从 2014 年起，日本宋代文学学会先后在京都大学、九州大学、东洋大学、冈山大学、早稻田大学、金泽大学等校举办，成为日本研究中国古典文学的重要学术机构。

2014 年 2 月 1 日，我又参加了京都大学人文科学研究所举办的“中国中古的学术与文献国际学术研讨会”。我多次赴京大访问，但还是第一次参加京都大学举办的学术会议。我对这次会议记忆犹新的原因就在于，会议的日期正好是中国农历年的大年初一，正是中国阖家欢聚的日子，而我却忙于学术研讨会。其次，我对这次会议报告按发表人的年龄从小到大的顺序印象深刻，这显示出对青年学者的重视。本次会议有两位北京大学中古史中心的博士生参加，年龄最小，故由他们先行发表；而北大中文系傅刚教授年纪最长，则在最后发表，也算是为本次会议画上了完满的句号。

通过参加这几次日本举办的学术研讨会，我发现，中国学者特别是年轻学者越来越活跃，每次研讨会，中国学者参与的人数都在半数以上，这表明很多中国学者的学术水平受到日本汉学界的认可。同时，我也发现，日本中国古代文学研究界的情况不容乐观，每次开会见到的都是老面孔，新面孔不多，年轻学者似乎没能成长起来。日本的一些中坚学者，如内山精也、浅见洋二、东英寿先生不但学术水平非常高，而且积极与中国学者互动合作，共同推动学术发展，对中国学者照顾也颇多。日本学者办会细致认真、考虑周到让我印象极其深刻。记得 2012 年去同志社大学参加“第二回江湖派研讨会”，关于机票的事情，就经常接到内山精也先生的国际长途电话，而且到了之后，从就餐到游览，内山先生都安排得井井有条。

参加韩国的学术研讨会与日本的情况差不多，只不过韩国的学会都由学校官方组织，经费比较充足，食宿都比较好。2010 年，我受到首尔大学奎章阁韩国学国际研究院的邀请，赴首尔大学参加第二届奎章阁韩国学国际学术研讨会。2009 年，我在哈佛燕京学社访学时，认识了学社的韩国访问学人卢京姬博士，她从京都大学博士毕业后，到首尔大学工作，她知道我研究东亚汉籍，遂邀我参加本次会议。这是我第一次到韩国参加学术会议，故准备得也比较郑重，提交了一篇三万多字的论文《朱子〈斋居感兴

在高丽大学“东亚汉籍交流国际学术研讨会”上报告论文

诗二十首〉在东亚社会的流传与影响》，首尔大学还出资请人将我的论文翻译为韩文。这次韩国学会议范围广泛，既包括古代的，也有现代的韩国研究，与会的国外学者基本都是研究现代韩国的。我的论文比较生僻，即使翻译为韩文，理解起来也不容易。我用中文进行报告，由当时在首尔大学读博的许放兄作口头翻译，然后由卢京姬博士评议，她显然做了很多准备工作，也提出了很好的问题。会议之后，她带我去看了奎章阁所藏的存世最早的蔡模《感兴诗注》的版本——朝鲜清州牧本，我不但看到了原书，而且还允许我用相机拍照。2019 年，我在上海古籍出版社出版的《朱子感兴诗中日韩古注本丛刊》所收蔡模《感兴诗注》的底本就是奎章阁本，9 年前的缘分终于开花结果。我出版此书的机缘之一，可谓肇始于 2010 年的那次会议。

2014 年起，南京大学域外汉籍研究所和韩国高丽大学汉字汉文研究所、日本立命馆大学白川静纪念东洋文字文化研究所轮流举办“东亚汉籍交流国际学术研讨会”，至 2019 年已经举办了六届。又与韩国成均馆大学大东文化研究院轮流举办《燕行录》研究国际学术研讨会，至 2019 年亦举办了四届。我也参加了这些国际学术会议，受益良多。

四

总结十年来参加国际学术研讨会的收获，我觉得专心治学与参加学术研讨会并不冲突，特别是国际学术研讨会规模都比较小，论题都比较集中，与会学者都是这个领域的专家和新锐，每次研讨会不但会有信息交流，而且还能进行思想碰撞，不经意间就会产生思维的火花。即使在会后的交流与闲聊中，也能得到不少宝贵的意见。同时，参加学术会议也是一个自我展示的机会，如果你提交的论文比较有新意，自然会得到与会学者的关注。通过学术会议结识学友也非常重要，2019 年我在安徽教育出版社出版了《中国古典文学与文本的新阐释——海外汉学论文新集》，收录了一些海外青年汉学家的论文，这些学者如王平、张月、胡秋蕾、陈婧博士等，都是我在 AAS 年会认识的，后来都成为很好的朋友。

参加海外的学术研讨会，我也受到不少“刺激”，当然这些“刺激”都是正面的，促使我对自己的学术方向和方法进行反思。我有时也痛感自己的视野还不够开阔，知识面还有待拓宽，同时也深觉自己的语言能力欠缺太多。参加研讨会，我见识到很多世界顶尖的学者，他们出类拔萃的学术能力表现之一就是掌握多门语言。让我印象最深的是 2017 年的“重思汉文化圈”国际学术研讨会，与会的大多数学者都精通几门语言，如魏朴和教授懂 15 门外语；衣若芬、王小林等华人学者也直接用英语发言，而且衣老师还精通韩语，王老师则是京都大学的文学博士；稻畑耕一郎、崔溶澈教授虽是日、韩学者，却以流利的中文发言。

我在哈佛燕京学社和东亚系访学时，认识了不少哈佛东亚系的博士生，她们虽然都是研究中国古代文学的，但在博士阶段都要学一门第二外语，很多学习了日语，所以她们学成之后，很容易在欧美和日本汉学界产生影响。外语的学习相当于为学者打开另一扇窗户，通过这扇窗户可以领略到更多的风景。所以我觉得国内博士生培养应加大专业外语的学习，这将直接有助于他们将来的学术研究。如果博士生在学习期间，能够得到出国留学的机会，应该努力参加或旁听国外大学的学术会议，这也是将来走上学术道路的预演。

2020 年 10 月 3 日

美国汉学的开山之作

——卫三畏及其《中国总论》

2006年新年伊始，就喜出望外地读到陈俱先生翻译、复旦大学陈绛教授校阅的美国汉学之父卫三畏(Samuel Wells Williams)所著的《中国总论》(*The Middle Kingdom*，上海古籍出版社2004年版中译本)。煌煌两大册，极其厚重，不禁对两位陈先生付出的艰辛劳动由衷敬佩。我见到此书出版，心情格外激动，因为我也曾经有兴趣将此书译成中文，并已翻译了一部分，后因此项工作实在太艰巨，只得作罢。2002—2003年我曾受到香港浸会大学林思齐东西学术交流研究所的资助前往该校专门研究此书，当时就为此书没有中译本而苦恼，所以现在读到中译本，自然喜不自禁。

相比于20世纪及当代美国著名的汉学家，如费正清、史华兹、魏斐德、艾尔曼而言，卫三畏的名字是比较陌生的，中国学界对其关注也比较少。但卫三畏却是美国汉

卫三畏晚年时的照片

学的开山祖师，是美国第一位汉学教授，而且他的代表作《中国总论》从一开始就为美国汉学奠定了很高的起点。2003 年广西师范大学出版社出版了顾钧与江莉翻译的、由卫三畏之子卫斐列（Frederick Wells Williams）编纂的卫三畏传记《卫三畏生平及书信：一位美国来华传教士的心路历程》（*The Life and Letters of Samuel Wells Williams, LL.D.*），才使中国学界对卫三畏的生平有了初步的了解，但卫三畏的代表作《中国总论》一直没有翻译出版，相对于开展得如火如荼的美国当代汉学翻译而言有点反常。所以陈俱先生翻译出版的这部《中国总论》，对于我们省视美国汉学的起源及其发展都具有重要的价值与意义。下面略谈笔者对卫三畏及《中国总论》的管见。

一、卫三畏与美国汉学之发轫：耶鲁大学汉学讲座的建立

1938 年出版的美国汉学家马森（Mary Gertrude Mason）所著的《西方的中华帝国观》（*Western Concepts of China and the People*，杨德山译，北京时事出版社 1999 年版）主要研究的是 1840—1876 年这 36 年间西方著作中的中国观，他说："但是迟至 1875 年，美国的学院和大学中的汉语研究并没有取得真正的进展。"（第 75 页）他选择 1875 年这个断限可能是有所考量的，也是非常有眼光的，因为次年（1876）正是卫三畏结束在中国长达 43 年的生活回到美国的年份，同时也结束了他在中国兼具传教士、外交官及汉学家多重身份的传奇生涯。1877 年，卫三畏就任耶鲁大学第一位中国语言及文学讲座教授，成为美国首位汉学教授，从此美国的汉学有了实质性地进展，并且发展出独立于欧洲汉学的传统。这都与卫三畏的开创之功密不可分。

美国对中国的记述在卫三畏之前就开始了。早期的商人，如赛缪尔·肖（Samuel Shaw）及此后的外交官，如罗伯兹（Edmund Roberts）和罗森伯格（W. S.

W. Ruschenberger），他们的著作中都有记载中国的内容。1842 年美国成立了美国东方学会（American Oriental Society），同时创办了《美国东方学学会会刊》（季刊）。1850 年，美国科罗拉多妇女学院开始研究中国的宗教和政治。1869 年，美国政府向清政府提出以种子交换清朝文献的要求。清政府指派恭亲王出面，以《皇清经解》数十种一百三十函回赠美国，这成为美国国会图书馆收藏汉籍之始。第一位来华的美国新教传教士裨治文（Elijah Bridgman）对美国的汉学发展也做出了一定的贡献，这主要体现在他编辑《中国丛报》（*Chinese Repository*）上，但他对美国汉学的影响远远没有卫三畏大。

随着中美贸易及人员往来的增多，开设中国语言及文化讲座成为时代之需。1876 年卫三畏回到美国，定居在耶鲁大学所在地纽黑文，使这一需要成为现实。耶鲁大学一直有设立汉学讲座的设想，也讨论过多次，但由于设置讲座的基金一直不能落实，所以迟迟未能实现，直到 1877 年大学得到一笔基金，才正式设立了中国语言及文化讲座。卫三畏担任耶鲁大学的汉学教授是众望所归，他有众多的优势胜任此职。第一，他长期生活在中国，对中国的历史与现实有切身的体会；第二，他编纂了多部英汉字典，对中国语言非常熟悉并有研究；第三，他著有《中国总论》等对中国总体研究的巨著，对汉学已经有精深的研究。

1842年中英《南京条约》签定后，五口通商，中国的封闭状态被打破，进一步了解中国和与中国打交道成为西方列强的现实需要，西方大学和研究机构的汉学讲座基本上都是十九世纪末和二十世纪初建立的。欧美早期主持汉学讲座的教授都曾是传教士，有在华传教的经历，或曾为驻华的外交官，长期生活在中国，对中国有切实的体验。这些汉学教授身上体现了传统传教士汉学向现代学院汉学过渡的轨迹，这一转变可以卫三畏为典型，二十世纪以后欧美的汉学家基本上都是学院派的教授。

卫三畏与同时代的汉学家都有一定的交往。如与哈佛大学首任中文教师戈鲲化之间就有一段佳话。1879年，戈鲲化到达哈佛大学任教后，卫三畏曾送给他自己编纂的英汉字典。1881年暑假，戈鲲化曾到耶鲁大学拜访卫三畏，可惜恰好卫氏外出，未遇。这一年的12月20日，戈鲲化又致信卫三畏希望于圣诞节期间相会，并随信寄了一首诗给卫三畏："皇都春日丽，偏爱水云乡。绛帐遥相设，叨分凿壁光。"戈鲲化去世当天，戈的朋友就向卫三畏报告了他去世的消息，卫斐列在《卫三畏生平及书信》中称赞："戈教授是一位和蔼、有教养的绅士，他的温文尔雅和正直的品质直到今天还留在坎布里奇的人们的记忆中。"（第306页）

卫三畏与英国剑桥大学首任汉学教授威妥玛（Thomas Wade）之间也有深厚的友谊。二人结识于1849年。卫三畏去世后，威妥玛写信给卫斐列，对卫三畏有较高的评价。他认为卫三畏宗教感很强，是极少从没有忘记“先求祂的国”（Seek ye first the kingdom of God，见《马太福音》）的人；其次是他有非常好的自我控制能力，特别是当他人的观点及行为与他不合时。他认为卫三畏的一生虽然简单与平静，但却是伟大的。（此段《卫三畏生平及书信》未译，见 *The Life and Letters of Samuel Wells Williams*，*LL.D.*，P476—477）。他们在学术和政治上有很多观点不尽相同，但并不妨碍他们之间相互尊敬，卫三畏编著的《汉英韵府》中的汉字排序就是根据威妥玛的汉语罗马化拼音方案。

总之，时代际会与个人造诣使卫三畏成为美国汉学的奠基人。

二、《中国总论》的出版

《中国总论》是美国汉学的奠基之作，法国学者考狄在《西人论中国书目》中将《中国总论》放在第一部《中国总说》的第一类《综合著作》中，这是放入这一类别中的第一部美国著作（参见顾钧《卫三畏与〈中国总论〉》，载台湾《汉学研究通讯》第 83 期，2002 年 8 月），也是十九世纪一部关于中国的全面研究著作。

1844 年 11 月，卫三畏返美度假，途经欧洲，为了编

1848 年版《中国总论》扉页

辑《中国丛报》的需要（卫三畏来华最早的任务就是负责印刷及发行《中国丛报》），在伦敦买了一套满文字模，并准备再购买一套新的汉文字模，为了筹集资金，他在美国各地发表演说，介绍中国的社会生活、历史及社会制度。演说很成功，从 1845 年至 1846 年，他一共演讲了一百多场，有时一场演讲听众多达二百多人。卫三畏的演讲获得关注，一方面是由于他对中国已经有了广博而准确的知识，另一方面也由于公众对刚刚发生的中英鸦片战争十分关心，并且知识分子也十分想知道这个封闭许久而刚刚打开国门的国家的情况。这些演讲便是《中国总论》的缘起与雏形。当时这些演讲词并没有写出来，只有一些提纲和材料。但他认为，“演讲的内容是说教性多于趣味性，因为演讲者旨在向态度严肃的听众提供信息，用仔细搜集的事实和自己的亲眼观察来论证用福音推动中国发展的伟大目标”（《卫三畏生平与书信》，第 82 页）。从中也可见卫三畏演讲以及后来著书的态度。他精心收集了大量资料，并且很多是第一手的资料，所以 1846 年他决定写一部关于中国的概要性著作，以满足美国对中国进一步了解的需要。

经过卫三畏的一番辛苦，这部题名为《中国总论：中华帝国的地理、政府、教育、社会生活、艺术、宗教及其居民概观》的书终于在 1848 年出版。这本书的出版过程中有许多曲折，最初很多出版公司不愿出版，最后由纽约 Wiley & Putnam 公司出版。特别是书后所附的中国地图，甚至在英国出现了盗版，中文版在中国也有出售（不过，现存《中国总论》的两个版本中皆未附地图）。卫三畏因这本书被美国联合学院授予了荣誉法学博士学位（LL.D）。《中国总论》先后多次印刷，1876 年卫三畏回美国后即着手修订此书，这时距初版已经过了三十年。尽管三十年时光流逝了，那时还没有一部著作在讨论问题的深度和广度上超过《中国总论》。由于书中的一些资料不够全面，一些观点从后续发生的事情来看也不够准确，不但新的资料和研究成果不断涌现，而且研究对象也发生了巨大变化，正如他在修订版的序言中说的，“这一段岁月里，中国在政治上与思想上的发展可能超过先前历史的任何一个世纪”，所以修订此书显得非常必要。

晚年的卫三畏疾病缠身，不但偏瘫，而且近视，此外还饱受失眠之苦，在修订的过程中又遭遇了丧妻之痛，这一切都没有打消他完成这部伟大著作的宏猷。在爱子卫斐列襄助之下，他于 1882 年 3 月完成了修订工作。1883 年 10 月，《中国总论》的修订版终于出版，四个月之后，卫三畏也遽归道山。修订版仍叫《中国总论》，但副标题改为“中华帝国的地理、政府、文学、社会生活、艺术、历史及其居民概观”，虽然总体框架一仍其旧，但新增加的内容占到三分之一。新的版本对中国的论述一直论述到当下，参考了大量汉学研究成果；卫斐列也参与了最后三章的修订，并且为全书制作了索引，从而使此书达到了一个新的高度。

卫三畏写作此书主要是基于美国认识中国的需要，他希望通过“进行朴实无华的描述，将他们放在适当的位置”，给美国民众一个理智而满意的回答，即阐明中国在思想和行为上的奇特性，以及他们的文明持续数千年的原因。同时他在第一版和修订版的序言中都说到，此书是要“为中国人民及其文明洗刷掉如此经常地加予他们的那些奇特、几乎不可名状的可笑印象”，因此在书中“致力于展示他们民族性格中更美好的品质”。但这并不是他的最终目的，他的理想仍是“增进基督教会在中国人中间传播福音的兴趣”，希望《中国总论》一书“对在中国人中推进基督教文明的事业将有所帮助”（《中国总论》初版序）。也希望“让人们更多地了解中国，使在华传教事业争取更多的同情和支持”（《卫三畏生平及书信》，第 91 页）。这是他一贯的心态，在给未来的妻子的信中，他也说：“我们应该向中国人宣讲我们的教义。现在中国的政治日趋混乱，鸦片和国民道德的沦丧正使整个民族日趋堕落。只有福音能够拯救他们。”（《卫三畏生平及书信》，第 86 页）这是基督教传教士自利玛窦来华以来共有的普世心态的反映，他们认为基督教是“放之四海而皆准”的普遍真理，只有基督教才能救中国于列强侵略的水火中，卫三畏也概莫能外。尽管如此，《中国总论》仍是一部学理性较强的著作。

三、《中国总论》与欧洲汉学

欧洲汉学中第一部总论中国的著作是西班牙人门多萨（Juan Gonzalez de Mendoza）的《中华大帝国史》（或称《大中华志》），门氏并没有到过中国，他只是依靠来华传教士的二手资料写成此书。而卫三畏的《中国总论》完全基于其亲身经验，所以有学者认为美国汉学一开始就有“非常强烈的个人色彩”（顾钧《卫三畏与〈中国总论〉》）。在卫三畏之前，西方汉学界总体研究中国的著作很少，只有曾为香港第二任总督的德庇时爵士（Sir John Francis Davis）的《中国人：中华帝国及其居民概述》（*China: A General Description of that Empire and Its Inhabitants*）两卷（1836），其他关于中国的专题著作也显得很少且不尽人意。正如卫三畏之子卫斐列所说：“此书问世以前，还没有一部作品能提供关于中国的确切可靠的消息；除了德庇时的《中国人》以外，还没有一部详尽地描述中国的作品可供人参考查阅。”（《卫三畏生平与书信》，第90页）卫三畏《中国总论》这本书共两卷，1200多页，凡二十六章，分别是：

全国区划与特征，东部各省地理，西部各省地理，满洲、蒙古、伊犁、西藏地理，人口与统计，中国博物志，中国法律与政府概略，法律的执行，教育与科举考试，中国语言文字的结构，中国经典文献，中国的雅文学，中国人的建筑、服装与饮食，中国人的社会生活，中国工艺，中国科学，中国的历史与纪年，中国宗教，基督教教会在中国人之中，中国商业，中国的对外交往，第一次对英战争的起因，第一次英中战争的进程及其结果，太平军叛乱，第二次英中战争，中国近事。

从上可见此书囊括了中国研究的方方面面，确实是一部关于中国的百科全书。不过作者本人希望在百科全书与关于中国的入门书之间达到一种平衡，用作者自己的话说是一种“中庸”（golden mean）的状态，因为“详尽的论述可能使一般读者感到厌倦，而想调查研究的人又对省略感到不满足，内容太贫乏不足以进行理性探讨，过于简短甚至不能引起深入研究的兴趣”（《中国总论》初版序）。所以卫三畏也希望他这本书能够提供给有志于中国研究的学生和学者用作教学和研究的参考书，成为“一部可供参考的资料而不是一本消遣性的读物”（《卫三畏生平及书信》，第 90 页）。此书出版后，一些中英学校确实以此书为教材。

《中国总论》不但是一部关于中国的百科全书，也是一部十九世纪国际汉学的集成之作，书中参考和征引了大量国际汉学的著作，代表了十九世纪国际汉学的较高成就。从《中国总论》中论中国经学、史学和文学的两章，即《中国总论》第十一章和第十二章来看，《中国总论》对国际汉学研究成果的吸收非常充分且广泛。

《中国总论》在这两章中引用的汉学家著作基本上是欧洲汉学家的著作，主要以法国汉学为主，这是因为法国汉学在“传教士汉学”时代就处于执牛耳的地位，十九世纪更是出现一大批汉学大师，如雷慕沙 (Abel Remusat)，法国法兰西学院首任汉学讲座教授，《中国总论》引

《中国总论》中的插图

用了其所著的《新亚细亚杂纂》(Nouveaux Melanges Asiatiques, 1829年);毕欧(Edouard Biot),他翻译了“三礼”之一的《周礼》(1851年,在他去世后出版),这部书的翻译水平非常高(见戴密微《法国汉学研究史》,载耿升译《法国当代中国学》,中国社会科学出版社1998年版),卫三畏称其“保持着他的学术研究的里程碑”。此外引用到的法国汉学家的著作还有纪尧姆·鲍狄埃(Guillaume Pauthier)的《中国》(*La Chine*, 1830年)。谈到中国古典文学翻译时更是法国汉学家的天下,卫三畏书中提到了德理文(Le Marquis D'Hervey-Saint-Denys)翻译的屈原《离骚》(《纪元前3世纪的诗歌——〈离骚〉》)

及其所著的《唐代诗歌》（*Poesies de l'Epoque des Thang*, 1862 年）；马若瑟（Pere Premare）翻译的《赵氏孤儿》，此书对欧洲文学产生了巨大影响；巴赞 (Antoine Bazin) 翻译的《琵琶记》《伯梅香》《合汗衫》《货郎担》和《窦娥冤》；儒莲（S. Julien）翻译的《灰阑记》。他还提到一些传教士早期的汉学著作，如被称为“18 世纪法国最伟大的汉学家”宋君荣（Antoine Gaubil）翻译的《尚书》，以及雷孝思 (Jean-Baptiste Regis) 关于《周易》研究的论文。

英国汉学家中他引用最多的是理雅各（James Legge），他是英国牛津大学首任汉学讲座教授，卫三畏多次引用了其翻译的《中国经典》（*Chinese Classics*），即《四书》《五经》的翻译。卫三畏对理雅各的翻译赞不绝口，如谈到《尚书》时，他说：“理雅各在译本的导言中作了认真公正的评论，对本书的起源、价值以及古代中国这一珍贵遗物的特点，提供了最令人满意的结论。他的学术性著作《中国经典》一书，已赢得每一个研究中国经学学者的衷心感谢。”（《中国总论》，第 440 页）其次是德庇时的《中国人》。此外他还引用了莱顿大学首任汉学讲座教授施古德（又译作薛力赫，Gustave Schlegel）关于《周易》的研究，以及德国汉学家李希霍芬（Ferdinand von Richthofen）的《中国》（*China*）。

从上可见，以卫三畏《中国总论》为代表的美国汉学一开始受到欧洲汉学极大的影响，这是因为美国汉学起步较晚，基础也十分薄弱；但从《中国总论》来看，美国汉学的起点是比较高的，卫三畏本人也从一个传教士变为一个有职业修养的汉学家。

从《中国总论》也可以看出美国汉学的一大特点就是穷尽式研究，即汉学家在研究之前，尽量穷尽本课题的所有资料，从而站在比较开阔的视野开始研究。卫三畏在介绍中国的经学时，他总提到欧洲汉学在这一方面已做出的成绩，然后再评论。如他在介绍《周易》时就指出他所读到的论文大约有1450篇，并择要提及一些法国、德国、英国及美国学者重要的研究。讲到《尚书》时也是如此。这种方法既符合学术的规范，又避免了重复劳动，同时也使美国汉学成为真正意义上的“国际汉学”。卫三畏这样做的另一个目的便是他自己所希望的这本书可以用作教科书，他说：“脚注中列出文献目录，使更感兴趣的学者可以找到更详尽的研究所需的资料。”（修订版序）可以说，《中国总论》在十九世纪国际汉学史上也是一部里程碑式的著作。

四、《中国总论》与美国汉学

《中国总论》对美国汉学也产生了巨大的影响。这本书出版后不但被用作教材，而且也“成为数代美国人认识中国的英文模板”（*Dictionary of American Biography*,

Charles Scribner's Sons ,New York ,1929）。费正清曾说："把中国作为一个整体文明进行研究的传统的中国学早就具有跨学科的性质。"（费正清《70 年代的任务：研究美国与东亚的关系》，载《费正清集》，天津人民出版社 1992 年版，第 401 页）卫三畏的《中国总论》可称为这方面的代表作。美国汉学在二战后兴起了所谓区域研究（the regional studies）的范式，而这可以从《中国总论》上找到根源，费正清就说过《中国总论》"颇像今日一门区域研究课程的教学大纲"（同上）。全面论述《中国总论》对美国汉学的影响，不是笔者能力所能做到的，下面以两部美国汉学代表作为例，看一下《中国总论》的影响。这两部著作分别是明恩溥的《中国人的素质》及马森的《西方的中华帝国观》。

明恩溥（Arthur H. Smith）（1845—1942）是美国公理会的传教士，1872 年来中国传教，先后居住于天津、山东、河北等地，特别熟悉下层农民的生活。他的代表作是《中国人的素质》（*Chinese Characteristics*，秦悦译，学林出版社 1999 年版），出版于 1894 年。明恩溥和卫三畏一样都对中国持同情的态度，卫三畏在 1878 年华北大饥荒时，曾建议美国国会退还中国赔款；而明恩溥是最早向美国政府提议归还中国庚子赔款的人，并获得了美国国会的通过。卫三畏和明恩溥都是传教士，故而都具有基督教的普世主义心态，卫三畏曾明言希望他的《中国总论》有助于中国的传教事业，《中国总论》反复强调的一个观点是：中国人不仅需要西方文明的技术，而且需要耶稣基督的教义。明恩溥《中国人的素质》一书的最后一句话便是："我们发现，中国的各种需要只是一种需要。这种需要，只有基督教文明，才能永恒而又完整地给以满足。"（第293页）

据笔者统计，明恩溥在书中至少五次直接引用到卫三畏及其《中国总论》的观点。明氏对卫三畏的观点基本上都持肯定态度，如在谈到中国的"礼"时，他说：

人人都会同意卫三畏博士对这段话的评论，他认为："把中国的'礼'翻译为英语的 ceremony 不够全面，因为'礼'不但包括外在行为，同时也包括所有礼仪的正确原则。"（《中国人的素质》第十九章《孝行当先》，第150页。）

卫三畏的这段话见于《中国总论》第十一章《中国经典文献》，原话是：

以 ceremony 一词来移译中国人关于"礼"的观念是多么浅薄，因为"礼"不仅包含外在行为，而且包括一切真实的道德规范和教养所依据的正确原则。（《中国总论》，第449页）

这应该说是非常精彩和深刻的观点。明恩溥的有些观点虽然没有直接说来自卫三畏，但我们也可以看到《中国总论》的影响，如：

中国古籍之中，根本没有任何会使人们的心灵变得低级下流的东西。人们经常指出这个最重要特点。这也是与古印度、古希腊、古罗马各种文献作品的最大区别。(《中国人的素质》第二十六章《多神论　泛神论　无神论》，第 253 页)

卫三畏很早就有这样的看法：

中国人对双重力量的思考是阴阳，从来没有堕落成为印度教对“林伽”与“约尼”的邪恶崇拜，也没有像底比斯废墟所画的阿蒙－喀姆那样。虽然中国人在语言和行为上是放荡的人，但没有力图变成追求欢乐的信徒，走上通过庙宇的小径，置身于女神的保护之下以求洗清罪孽，从而进一步陷入毁灭的道路。(《中国总论》第十八章《中国宗教》，第 717 页)

卫三畏另一位同胞马森的著作同样受到卫三畏较大影响。据笔者统计，《西方的中华帝国观》中直接引用《中国总论》的地方多达 64 处。在进行文献回顾时，在《一般的描述性著作》中，马森提到《中国总论》并对其评价甚高，他说：

> 也许有关中国问题的最重要的一本作品是卫三畏的《中国总论》，它在西方广为传阅并受到好评……这部描写中国人生活方方面面的著作，是对这一时期普通作品中所涉及的问题的范围和种类的最好说明，卫三畏用如此清晰、系统、博学的方式为读者呈现了他的资料，以至于他的著作在今天的有关中国问题的美国文献中仍占有令人尊敬的地位。（《西方的中华帝国观》，第38—39页）

谈到中国的宗教和哲学时，马森认为："卫三畏是一位来自美国、相当博学的新教传教士，他对中国的宗教作了准确和相对公正的研讨。"（《西方的中华帝国观》，第286页）这是比较客观的意见。《中国总论》论中国的宗教时，虽然到处流露着基督教的普世主义和西方中心论，但他的论述又是基于学理和欧洲汉学家的研究成果的，所以有不少可取之处。如马森就引用了他论孟子的话，称孟子为"亚洲最伟大的思想家之一"。卫三畏的原话是："他（孟子）表现出思想的独创性，目标的坚定性，观点的广泛性，在许多方面还超过孔子，因此必须看作亚洲国家所产生的最伟大的人物之一。"（《中国总论》第十一章，第463页）卫三畏的《中国总论》在西方的中国观形成的过程中发挥了非常大的作用，当然这种作用既有积极的，也有消极的一面，但它还是比较真实地反映了十九世纪下半叶美国汉学家心目中的中国人和中国社会的形象。

《中国总论》对国际汉学也有巨大的影响，如德国社会学大师马克斯·韦伯（Max Weber）完全不懂汉语，却写了一部关于中国的名著《儒教与道教》（*Konfuzianismus und Taoismus*），他主要是依靠二手资料来写作的，其中就有卫三畏的《中国总论》。

中国人最早提到《中国总论》的是鲁迅，他在《华盖集续编·马上支日记》中就提到"威廉士的著作《中国》"。后来莫寅东在《汉学发达史》中对其也有一段简要的介绍。现在《中国总论》的中译本终于出版，我想，此书不但对于了解美国汉学史的源头，而且对于了解美国人的中国观的形成都具有重要的意义。

《中国总论》，［美］卫三畏著，陈俱译、陈绛校，上海古籍出版社 2005 年 12 月版。本文原发表于《博览群书》2006 年第 4 期

探寻诗何以为诗

——川合康三教授访谈录

川合康三教授，1948年生，日本静冈县浜松市人。1967年考入京都大学文学部本科，1976年修完博士课程，并在京都大学任助手。1979—1987年任教于东北大学文学部，1987—2012年任教于京都大学文学部，先后任助教授、副教授、教授。2012年从京都大学退休，并任京都大学文学部名誉教授，2015年起任国学院大学文学部教授。2011年4月—2015年3月，任日本中国学会理事长。川合教授又曾于1981—1982年，在中国南开大学进修；1987—1988年、2015—2016年在美国哈佛大学哈佛燕京学社、东亚系做访问学者；2008年，在法国法兰西学院访问；2012—2013年任台湾大学文学院客座教授；2014—2015年，任美国Brandies大学客座教授。长期从事唐代文学、中国诗学研究，特别是中唐文学研究，曾组织日本中唐文学研究会。主要著作有《曹操：横矛赋诗》《中国的自传文学》《终南山的变容：中唐文学论集》《中国的Alba——谱系的诗学》《中国古典文学彷徨》《中国的恋歌：从〈诗经〉到李商隐》《杜甫》《白乐天》《桃源乡：中国的乐园思想》等等。

一、坐镇京大，游历欧美

卞：川合先生您好！很高兴能在哈佛大学遇到您！我在中国时，就已经拜读过您的多部著作了，我在教学和研究过程中，也经常参考您的研究成果。听说您2012年从京都大学退休了，没想到这次能在哈佛大学碰到您，真是非常幸运。您长期执教于日本汉学中心京都大学，先后两次访问过美国汉学重镇哈佛大学，又访问过欧洲重要的学术机构法兰西学院，还在台湾大学担任客座教授，并在南开大学进修，您的学术经历之丰富，视野之开阔，在日本学者中也可以说是比较少见的，在世界汉学家中恐怕也不多，能不能先简单谈一谈您的学术经历？

川合：我也很高兴遇到你。我与南京大学出身的学者有很密切的联系，蒋寅先生、张伯伟先生都是我很好的朋友。我1948年出生在日本的静冈县浜松市。1967年考入京都大学文学部，1971年从京大文学部中国文学科本科毕业，1973年在京大获得硕士学位，同年又考上京大博士课程，1976年修完博士课程，但我拿到博士学位很晚，2000 年我以《中国自传文学研究》取得京都大学的博士学位。日本的博士学位有两种，一种是课程博士，博士论文不必很厚重；一种是论文博士，基本上博士论文就是一本专著，很多学者都是出版了专著之后，拿着书去申请论文博士。我申请的就是论文博士。1976 年修完博士课程后，我就在京都大学做助手。1979 年到东北大学文学部任专任讲师、助教授。1981—1982 年，我曾在中国南开大学进修，与孙昌武教授成为很好的朋友。1987 年，我又回到京大任助教授。1988—1989 年，我到美国哈佛大学哈佛燕京学社做访问学者。1995 年，我开始任京都大学大学院（相当于中国的研究生院）文学研究科教授。2008 年的时候，我曾短期到法兰西学院（Collège de France）访问两个月。2012 年 4 月，我从京大退休，前后在京大任教 25 年。同年，我的朋友台湾大学柯庆明教授邀请我去台湾大学文学院担任白先勇文学讲座教授。2014 年秋，我受美国 Brandeis 大学东亚系邀请，在该系任 Madeleine Haas Russell 访问教授，在 Brandeis 大学开设两门课，讲授东亚古典诗学与近代日本文学。2015 年 6 月—2016 年 3 月，哈佛大学东亚系又邀请我做访问学者。我的情况大体是这样的。

卞： 很多汉学家走上中国古典文学研究道路都有很多故事。哈佛大学东亚系宇文所安教授因为小时候在巴尔的

2015 年 7 月，作者和川合康三教授在哈佛大学 Widner 图书馆前合影

摩的图书馆中读到中国古诗的翻译，产生兴趣，才有志于中国古典文学研究。兴膳宏先生刚入读京都大学时，听到吉川幸次郎先生讲杜诗，受到了感动，才决定追随吉川先生研究中国古典文学。我也想知道，您是怎么爱好上中国古典文学，并走上研究道路的？

川合：我很早就对中国古典文学产生兴趣。在中学时就读到中国的古诗，并打算研究它，所以一心一意想报考日本中国古典文学研究最重要的机构京都大学文学部，跟随吉川幸次郎先生学习。但就在我考上京大的那一年（1967 年），吉川幸次郎先生退休了。虽然没有能在京大的课堂上聆听到吉川先生的授课，但吉川先生在退休后，定期举办研读杜诗的读书会，我都参加了。我在读书会上跟吉川先生学到很多东西，所以我是吉川先生不是入室弟子的弟子。我的另一位老师是小川环树先生，我也参加过他组织的读苏东坡的读书会。吉川先生和小川先生的读书会风格很不一样，小川先生的读书会，他一般不怎么讲话，但偶尔发表一两句意见就很具有启发性；而吉川先生在读书会上则会发表很多意见，虽然讲的是杜甫，但他常常能从杜甫发散到其他方面。我觉得，日本读书会这种研究方式非常好。很多学者在一起研读某部书，然后共同发表意见，最后形成一个研究成果。日本很多学术著作其实都是读书会的结晶。所以，我自己教学时，也采用读书会这种方式。学生们反应很积极，不停地发表自己的意见。有时候两个小时的读书会，我一句话都不用说，坐在那里听学生们讨论。

卞：您曾经在京都大学任教 25 年，又在中国台湾、美国、法国讲授过中国文学和日本文学，您在世界各地讲学，一定有很多不同的体会与感受吧？

川合：确实世界各地的学风不同，教学方式也不同。我在日本不同层次的大学教过书，日本的公立大学，如东北大学、京都大学的学生素质非常高，学习非常认真，一半以上的学生以后会成为研究者。从前我做学生时，老师的观点，我们都不能反对，现在学生的思想很开放，可以自由地批评老师，我觉得这是很好的现象。在日本教中国文学，有几种形式：第一种叫“讲义”，有点像中国的演讲课，主要给学生讲中国文学的概论。还有一种叫“特殊讲义”，有点像中国的专题研究课，结合老师研究的内容来讲专门的课题，有些课程的讲义，后来我都整理出版了。最后还有一种叫“演习”，有点像美国的seminar，就是课堂上的读书会，大家一起来读某个特定的文本，如我们读过《文选》、杜甫诗、李商隐诗、苏轼诗、唐代的文论。在美国教书，我很喜欢老师与学生之间的那种活泼的讨论，学生可以坚持己见，老师也不必把自己的观点强加给学生。台湾的学生很安静，很认真地听课，记笔记，很少提问，恐怕中国大陆的学生也是这样。最近，我打算申请一个研究课题，就是探讨一下中国文学在日本、中国、美国的教学法以及未来的展望，这也很有意思。

二、中唐文学研究的新展拓

卞：刚才我们谈了您的教学工作，您在东北大学和京都大学培养了很多中国古典文学的研究者，现在活跃于日本的中国古典文学研究界的很多中青年学者都是您的学生，如浅见洋二、和田英信、副岛一郎、绿川英树先生等等。除此之外，您又是一位杰出的学者，出版了很多中国文学的研究著作，在日本学者中属于比较多产的。您的主要研究范围是唐代文学，特别是中唐文学，您为什么会对中唐文学特别感兴趣？您和松本肇先生组织的日本中唐文学会也是日本专门研究中唐文学的学会，现在已经发展壮大，但您后来为何不参加中唐文学会的活动了？

川合：我觉得中国的唐诗很精致。我很早就觉得中唐文学在唐代文学中有不一样的特质，当然也受到内藤湖南先生“唐宋变革说”的影响，所以我认为中唐文学反映了文学上的唐宋变革。我在我的书中认为，中唐是“中国历史上一个精神活跃的时代”，是“开辟宋代以后文学之路的有划时代意义的时期”。中唐文学发生了很大的变化，而且这种变化是中唐诗人有意发起的变化。盛唐诗似乎达到了完满，所以中唐诗人需要新变。引领中唐文学的韩愈、柳宗元、白居易、元稹、刘禹锡等人，他们在政治上也是具有代表性的人物，与他们在文学上的代表性一致。他们与李德裕出身于世家大族不同，他们是出身于中下层的士人，基本上是进士出身，所以在思想上比较自由，这导致了中唐文学出现了很多新变因素。从前日本研究中唐文学的学者不多，所以我们就联合一些学者一起做这方面的研究。成立学会时，我们就规定，超过 50 岁就不参加学会活动了。

卞：很多中国学者认为，您的研究与宇文所安教授有异曲同工之妙，特别是你们都研究过中唐这个时段的文学，您写过《终南山的变容——中唐文学论集》（研文出版 1999 年版）；而宇文所安教授也出版过《中国“中世纪”

的终结——中唐文学文化论集》(斯坦福大学出版社 1996 年版)。这两本书，都以中唐为研究对象，出版时间也比较接近，而且你们不约而同地都提出过相似的观点，如您从内藤湖南提出的唐宋变革论出发，指出“被称为唐宋变革期的这一转变，即使在文学领域也能于中唐看到”；宇文所安教授也认为：“中唐既是中国文学中一个独一无二的时刻，又是一个新开端。自宋以降所滋生出来的诸多现象，都是在中唐崭露头角的。”

川合：确实，我的研究与宇文教授有相近之处，但也有很多不同之处。我觉得，我与宇文教授最大的共同之处就是，都将中国古典文学放在世界文学中加以观察，找到中国古典文学的世界性，用英文说就是找到“How poetry can be poetry”的东西。探寻“文学何以成为文学，诗何以成为诗”是我努力研究的最重要的课题，这应成为我们的研究目的，但我知道这是永远不可能达到的。

卞：我读完您的《终南山的变容》之后，让我印象最深的是书中展现出的纯粹的文学研究方法。因为日本学者给我们的印象就是特别重视实证和考据，同时也给人有点琐碎的感觉，但您的研究给我完全不同的感受。就如书中《终南山的变容》这篇文章，从《诗经》、汉赋一直写到盛唐、中唐诗歌中呈现的终南山，讨论的都是文学，但能以小见大，折射出唐代文学变化这样一个很大的课题。这让我们很佩服。

川合：你提到《终南山的变容》这本书，还有一个小故事。当初翻译出版时，出版社让我改换书名，因为他们认为，读者会以为这是一本有关地质的书，而不是文学研究的书。中国古代的文学观念与西方的文学观念很不一样，中国的文学观念比西方的要广，而日本的文学观念来自于西方。所以在日本喜欢文学的学者都去研究西方文学了，研究中国古典文学的不多。你提到的那篇文章，我发现了一个很好的视角，通过文学中终南山的变化，考察唐代人观察世界方式的不同。我在阅读唐代文学作品时，发现盛唐、中唐诗歌中描写的终南山很不一样，所以就以两篇具体的作品（盛唐王维的《终南山》与中唐韩愈的《南山》）为例来说明这种变化。为了说明这种变化，我又做了一番谱系的梳理，从先秦的《诗经》开始讲起。我发现，唐代之前，终南山只是与长寿、隐逸联系在一起，但从唐代开始，终南山在中国的地位越来越高，所以我说“一座山的变容实际上预示着文学的变容”。

卞：《终南山的变容》中的论文都非常有意思，在中国也激起了很多反响。比如论李贺诗中“未分化的感觉”，得到了很多中国学者的好评；还有韩愈“以文为戏”（《游戏的文学——以韩愈的“戏”为中心》）的问题，给我们揭示了韩愈文学的另一面。当然给我印象最深的还是《诗创造世界吗？——中唐诗与造物》这篇文章。

川合：我最近和日本一些学者正在做一部关于韩愈的比较有学术性的书，主要是译注韩愈的诗文（东波按：即陆续出版的川合康三、绿川英树、好川聪编《韩愈诗译注》第1册、第2册，研文出版2015年、2017年版）。我在读杜甫《醉时歌》《茅屋为秋风所破歌》时，对诗中表现出的"自嘲"特别感兴趣，就写作了《游戏的文学》那篇论文。韩愈诗中也有"自嘲"的幽默，这是他从杜甫那里学的。中唐时期，最早评价杜甫的是元稹、白居易和韩愈。元稹在《唐故工部员外郎杜君墓系铭并序》中说杜甫是集大成式的诗人，"上薄风骚，下该沈宋，言夺苏李，气吞曹刘，掩颜谢之孤高，杂徐庾之流丽"；白居易说杜甫的诗是批判社会，而韩愈则说杜甫以诗创造了世界。韩愈的理想就是以诗创造世界，所以他特别佩服孟郊，因为孟郊确实用诗在唐代创造了一个世界，特别是他的《寒溪》八首。韩愈知道自己的诗才比不上孟郊，所以他在自己的诗中喜欢将孟郊"戏画化"，比如说孟郊没有生活的能力等等。

卞：说起杜甫，2012年是杜甫诞辰1300周年，京都大学文学部编辑的《中国文学报》也出版了杜甫纪念专辑（第83辑），您提交的论文是关于杜甫之贫的，这个话题很有意思，您是怎么想到这个问题的？

川合：我提交的论文题目是《杜甫の「貧しさ」を

めぐって》(《论杜甫之贫》)。杜甫的诗中经常写到自己的“贫穷”，在中国、日本文学中，“贫穷”被看作是“清贫”，有一种精神上的高洁之意。但在杜甫那里，贫穷就是贫穷，并没有更深的精神内涵。不过，杜甫伟大之处就在于，他想到还有比他更贫穷的人，在自己一无所有的情况下，想象着“安得广厦千万间，大庇天下寒士俱欢颜”。同时，我们在《茅屋为秋风所破歌》中还可以看到杜甫的幽默感。在诗中，杜甫想象着有另一个杜甫在看自己。而且我认为，杜甫的心中有好几个自己，有好多自己不同的形象，其中就有一个在嘲笑自己，看着自己。我们还可以比较一下白居易写贫穷的诗，我们发现白居易这些诗没有幽默感。虽然白居易也写贫穷，但他只是模仿杜甫夸张的想象而已，没有杜甫的诗感人。白诗就是白诗，不能成为杜诗。白居易想象自己有一件很大的衣服，可以庇护其他的人；而杜甫则是自己没有衣服，却想着别人的饥寒。日本研究白居易的学者从不批评白居易，不过，从我的角度来看，白居易的文学是一种闲适的文学，一种“自我满足”的文学，这种文学不可能有幽默感。

卞：您说到杜甫形象多重性的问题，宇文所安教授也有同样的看法。他说，今天我们接受的杜甫形象经过了宋代人的“中介”，形成了“一饭未尝忘君”、忠君爱国的儒者形象。其实在唐代的语境中，杜甫的形象是多元的。他会去礼佛访道，他也会出入朱门，也会干谒求售，也会裘马轻狂，并不是成天皱着眉头的儒家形象。我曾经翻译过宇文所安教授的一篇论文《唐人眼中的杜甫——以顾陶〈唐诗类选〉为例》，揭示了唐人选唐诗《唐诗类选》所反映出的本朝人对杜甫的品味，其中所选的唐诗与我们今天理解的杜诗经典有一定的差距，比如其中选了杜甫拜谒洛阳老子庙的诗（《冬日洛城北谒玄元皇帝庙》）。您说的杜甫还有幽默感的一面，正可以看出作为活生生的人的杜甫是非常复杂和多元的。说到“贫穷”的问题，在中国文学史上，似乎比较早将贫穷的生活写到诗中的是陶渊明，他在诗中不但写了“箪瓢屡空”“瓶无储粟”、乞食为生的无奈生活，而且还写了《咏贫士》这样的诗，礼赞这些“贫士”。

川合：你说的很对。杜甫除了写贫穷的诗之外，还在诗中写自己的孩子，如写到他的孩子宗文、宗武。日本奈良时代文人山上忆良（680—733）也写过关于贫穷以及自己孩子的诗。他写了很多和歌，汉诗只有两首，但都很有意思，其中有一首《贫穷问答歌》。这首诗以“贫”“穷”两者的问答形式结构而成，最后还有一个“反歌”作为总结。这首诗一开始就写了在一个“风兼雨”“雨兼雪”的夜晚，化身为“贫”的角色说自己饥寒交迫，只能吃“黑盐”，喝“糟汤酒”，身穿“麻衣”，在这种情况下，他还想着比自己更穷的人：“较我更穷人，寒夜如何济？父母饥且寒，妻子求且泣。试问当此时，如何度斯世？”这种思想境界就与杜甫很是相似。山上忆良生活的年代比杜甫（712—770）略早，可以看作同一个时代的人。这就非常有意思了，为什么在相同的时代，不同的空间中，中日两国诗人的诗中会有相同的思想？我们可以确信，不可能是山上忆良影响到杜甫，但何以两人之间出现惊人的相似？我认为，他们有一个共同的文学祖先——陶渊明。你可以看到，山上忆良《贫穷问答歌》在形式上与陶渊明的《形影神》如出一辙。陶渊明在《乞食》中写到他的贫穷，他去乞讨，他也是文学史上最早将自己的孩子写进诗歌中的，如《责子》《命子》《与子俨疏》等。虽然山上忆良与杜甫之间没有交集，但他们有共同的文学渊源，即陶渊明的诗。陶渊明的文学传入日本，可能与《文选》东传有关，毕竟《文选》收了陶渊明 8 篇诗 1 篇文；我觉得更大的可能是，《陶渊明集》的单行本在奈良时代或之前就传到了日本，山上忆良读到陶渊明的作品，才会写出他的汉诗。9 世纪成书的《日本国见在书目》“别集家”第一种就著录了《陶潜集》十卷。这些都是陶渊明作品早期在日本流传并发生影响的证据。

卞：您讲到的这个话题非常有意思。从前我们研究比较文学，喜欢中西文学的比较，其实汉文化圈内的东亚汉文学的比较更是值得研究的课题。日本学者喜欢研究“和汉比较文学”，比较和歌与中国古典文学，但我觉得中日比较文学其实还有更大的空间有待开拓，这就是日本古代汉文学与中国古典文学之间的关系。

川合：你说得很有道理，我也认为日本的汉文学很重要，但在日本研究者很少，这是因为日本研究者的中国古典文学知识不足。我认为，日本文学包括两个层面，一是汉诗汉文，一是假名文学，我称之为和文学，以前主要是女性文学。明治之后，日本受到西方文学观的影响，注重小说、戏曲等文学形式，而对传统的汉诗汉文不再重视。江户时代，井原西鹤（1642—1693）写的小说，如《好色一代男》《好色一代女》比较通俗，老百姓也很喜欢；另一位作家近松门左卫门（1653—1725）的戏剧也非常受欢迎，比如写到一对男女为了在一起而选择自杀，很有现代的意味；松尾芭蕉（1644—1694）的俳句也很流行。其实在江户时代，汉诗汉文比这些戏曲、小说更重要，明治以后受到西方文学观念的影响，对上面所说的戏曲、小说的研究则越来越多。最近，日本也开始重视对汉文学的研究，如日野龙夫先生研究江户时代的汉诗，取得了很大的成绩。我觉得日本还要加强这方面的研究，所以我们在日本中国学会内也专门开辟了发表日本汉学的小组。

三、治学的各面向

卞：虽然您主攻唐代文学，但我们阅读您的著作，发现您的学术兴趣非常广泛，对曹操、《文选》、杜甫、李商隐都做过研究，而且对中国古代文献学也有过深耕。您和兴膳宏先生合著的《隋书经籍志详考》（汲古书院 1995 年版）是非常厚重而且有影响的书，葛兆光先生对此书有比较高的评价（参见《评兴膳宏、川合康三〈隋书经籍志详考〉》，载《域外中国学十论》，复旦大学出版社 2002 年版）。在日本研究目录学书，一般都是书志学家做的工作，您和兴膳先生当初为何会写作这部书？

川合：目录学对于学术研究而言非常重要，日本汉学传统也比较重视中国的目录学，如内藤湖南先生写过《中国目录学》，仓石武四郎最后的讲义也是关于中国目录学的。兴膳宏先生授课亦很重视目录学的训练，特别给京大的学生开设了《隋书·经籍志》的“演习课”，由博士生轮流担当《隋书·经籍志》的翻译注释工作，然后由兴膳先生汇总修改。当时，我是听课博士生中年纪最大的，就由我来整理博士生们的翻译。注释的过程中也融入了兴膳宏先生本人的研究成果，如他曾写过《隋书经籍志道经序之道教教理——特别是与〈无上秘要〉之联系》（《京都大学文学部研究纪要》第 32 辑，1993 年）一文，我们在注释时就参考过这篇论文的观点。

卞：中国读者最早知道您，可能是通过蔡毅先生翻译的《中国的自传文学》一书。这本书在中国出版后，很多中国学者都很感慨，为什么这么好的题目，中国学者都没有想到。这本书的文笔也非常优美，如行云流水，一点都不像高头讲章式的学术著作。译者蔡毅先生也说，他的翻译都没能完全传达出您的文笔。您怎么会想到这个课题的？《中国的自传文学》只写到唐代为止，很多中国读者都想知道您会不会写宋代以后的部分。

川合：写作这本书完全是巧合。这本书本来是林田慎之助先生主编的"中国学艺丛书"之一。我一开始领的题目是"中国的随笔文学"，但写了一段时间之后，发现无法深入，所以就更换了"中国的自传文学"这个题目。我的出发点是西方的自传文学传统，我最早读到的是法国文学理论家菲利·路逊努（Philippe Lejenne）对西欧自传的定义，但我读到中国的自传文学文本之后，发现中国的自传文学与西方的完全不一样，无法用西方的定义来套中国的自传性作品。简单地说，西方的自传文学要写自己的变化，而中国的自传文学要写"我"与周围的人不同，要发现自我存在的特殊性。我还写过《中国诗歌中的自传》一文。我认为中国的自传诗分为两类，一类完全是自我心志的表达，一类是所谓的角色诗。中国从杜甫才开始写比较纯粹的自传诗，纯粹写自己的变化。我后来以《中国自传文学研究》为题，申请京都大学的文学博士，可以说这也是我的博士论文。论文中也有宋代到清末的部分，包括明清时期的自传、近代时期的自传（如梁启超的自传），但要修改后才能出版。顺便说，邀请我写这本书的林田慎之助先生是一位非常好的学者，他从前也担任过九州大学的中国文学教授，我觉得他对学术界最大的贡献就是特别注意培养年轻人，他对年轻人的提携不遗余力，对我如此，对其他学者也是这样。你认识的浅见洋二教授，在他的博士论文后记中只感谢了一个人，就是林田先生。他在退休的时候，我们共同为他出版了纪念文集《中国读书人的政治与文学》（创文社 2002 年版），我提交了一篇论文《宦游与吏隐》。

卞：在您的著作中，还有一部书比较有意思，就是您编的《中国的文学史观》（创文社 2002 年版）一书。20 世纪 90 年代以来，中国学界开始讨论重写文学史的问题，也有学者对中国的文学史观作过研究，如戴燕先生的《文学史的权力》（北京大学出版社 2002 年版）。您怎么会关注到这个课题的？

川合：我要讨论的不是文学史，而是文学史观。这是我在京都大学召开的一次会议的论文集。简言之，我就是想研究一下，中国文学史的写作是怎么开始的。在 19 世纪 80 年代的时候，日本人受到西方近代学术的影响，产生了文学史的观念，开始写作最早的《日本文学史》，19世纪90年代的时候，又在世界上最早地写作了《中国文学史》（但现在也有人说是俄国人最早）。当然，日本最早写作《中国文学史》，也与日本悠久的汉学传统有关。从平安时代开始，中国文学就深刻影响了日本文学，日本也很早就开始研究中国文学。另一方面，19世纪产生文学史观念的同时，也正是进化论产生之时。我注意到中国学者的文学史观念是一种达尔文主义式的进化观，认为文学是进化的，现在的文学是最好的。我与这种看法相反，文学并不是线性进化的。所以，我们要写新的文学史，就要否定这种机械的文学进化史观。

卞：蒋寅先生所编的《日本学者中国诗学论集》（凤凰出版社2008年版）收了您三篇论文，其中有一篇《无常观——日中文学比较一端》非常有意思，您写这篇文章有什么心得？

川合：《无常观》这篇文章，是我1999年在北京大学的一次演讲，但也有很多人不同意我的观点。我认为，吟咏人生的短暂无常是世界上任何国家文学共有的主题，在古希腊文学、阿拉伯文学中都有，我举到的例子是阿拉伯的奥玛尔·海亚姆《鲁拜集》，这本书认为人世无常，万般皆空，只有饮酒可以忘记人生的无常。《古诗十九首》可以代表中国的无常观，这组诗中经常写到“人生忽如寄，寿无金石固”这类表现人生短暂的句子。但中国后来的诗人，如陶渊明、杜甫、苏轼等都能克服这种无常观，肯定人生，肯定世界。我在演讲中也说到，日本文学是在咏叹此世之无常中发现抒情，我举到花的例子，日本人视花为无常零落之物，因无常从而认识到美。日本对中国的无常观很了解，而且日本人的无常观比中国的更精细，比如中国学者经常提到的“物哀”（もののあわれ）观念，其实也反映了无常观的美感。继续说花的例子，中国人喜欢灿烂盛开的花，而日本人则喜欢快凋谢的花。讲起中日两国文学的不同，我还可以再举月亮的例子，中国人喜欢满月，只有鲍照诗中偶尔出现过缺月，而日本人则喜欢缺月。日本人对月亮分得很细，满月以外的每一种月亮都有名字，比如十七日的月亮称为“站起来的月亮”，十八日的月亮称为“坐起来的月亮”，十九日的月亮称为“躺着的月亮”。我曾经研究过中国古诗中“月色遍在”的问题。中国古诗写月色有两种，一种是空间上的遍在，中国古人看月亮，一般是甲地的人看月亮，想象着乙地的人也在看月亮，如杜甫《月夜》中写到的，他自己在长安看月想念远在鄜州的妻子，同时想象妻子也在看月想自己，他们在不同的空间看的是同一轮明月。另一种是时间上的遍在，即同一轮明月在不同的时间上遍照，这在初唐时张若虚《春江花月夜》中就已经有了，如诗中写道：“江畔何人初见月？江月何年初照人？人生代代无穷已，江月年年望相似。”日本诗人也写月，但在看月亮的方式上，日本比中国复杂。我在《中国的恋歌：从〈诗经〉到李商隐》（岩波书店 2011 年版）中举过一个例子，平安时代诗人西行法师（1118—1190）写过一首和歌：“月見ばと ちぎり おきてし 故郷の人もや 今宵 袖ぬらすらむ。”说的是，一对男女恋人一起看月，但他们知道将来一定会分开。将来男的在京都，女的则在故乡，男的想象他们将来分开后会看到今宵看过的同一轮明月，而女的会哭泣。这首和歌牵涉到时空上的转换，虽然同是看月，但其中的感情流变非常复杂。

卞：您多次说过，要将中国文学放到世界文学中来看。我觉得，这种研究方法很吸引人。您还有一本书没有翻译为中文，就是《中国的 Alba——谱系的诗学》（汲古书院 2003 年版）。书中《中国的 Alba——或论乐府〈乌夜啼〉》一文就讨论了类似于西方骑士文学中 Alba 一类的诗歌。通过您的介绍，我们知道了，Alba 是指骑士与情人相会，长夜将尽，不得不分别时所唱的离别的歌。您也讨论了中国古典文学中类似的诗，如汉乐府《有所思》、李商隐《无题》，以及《乌夜啼》。但您也指出，中国最后没有形成一种像 Alba 这样的文类。这些观察都很有趣。

川合：其实并不是我最早用 Alba 这个概念的，最早的是阿瑟·魏理（Arthur Walley）。很多日本学者一辈子就研究一个人，比如研究陶渊明就一直在研究陶渊明。我不喜欢研究一个诗人，就一直看这个诗人的作品，喜欢从一个地域、一个时代，以及诗人的合体来看某个诗人。就好像，仰望星空时，你只看一颗星星，孤零零的一颗星星，就很没有意思。如果看一大片熠熠发光的星星，研究星星之间的关系，会有意义得多。我最近在思考中国叙事诗的问题。从西方 epic（史诗）的观念来看，希腊有《伊利亚特》这样的荷马史诗，但反观中国诗歌，就发现没有类似的这么长的史诗。但并不是说中国没有叙事诗，我认为中国有一种反映女性历史的叙事诗，如蔡文姬的《悲愤诗》，其他像《孔雀东南飞》《木兰辞》、白居易的《琵琶行》、杜牧的《杜秋娘》中都有女性自叙的部分。而且我认为，这些女性叙事诗的接受者应该也是女性。

卞：说到女性文学，您还专门写过一本《中国的恋歌：从〈诗经〉到李商隐》这么“风花雪月”的书。您为什么会写这本书？而且这本书为何写到李商隐就结束了？

川合：我受到日本的和文学（用假名创作的文学）的启发。如果离开了恋爱的题材，和文学就不是和文学了，而且很多和文学的作者就是女性。这一点与中国很不一样，由于受到士大夫文学的压力，中国的恋爱文学不是太发达，但不是没有。所以我就写了这本书来讨论这个问题。我觉得，文学中的男女关系很重要，因为可以反映许多复杂的社会关系。宋词也写美丽的恋情，但我认为很多都是虚构的，代言的成分更多一点。至于写到李商隐就结束，是因为我认为李商隐的恋歌是独立的存在，也是无法复制的，后世的诗人如宋代西昆诗人怎么模仿都不像。

四、古典的旧与新

卞： 几年前就听说，您和几位日本学者在翻译《文选》，不知翻译工作进展如何？

川合： 几年来，我和广岛大学富永一登教授、大阪大学浅见洋二教授、御茶之水女子大学和田英信教授、神户大学釜谷武志教授、京都大学绿川英树教授一起译注《文选》中诗的部分。在我们之前，日本就已经有了两种《文选》的译本，但我们都不是太满意，所以打算重新翻译，由岩波书店出版。我们基本上每个月都会见一次面，开一次读书会，讨论《文选》翻译中的问题。目前，译注工作已经完成，正在由我来做最后的打磨工作。（东波按：川合先生等学者译注的《文选·诗篇》全六卷已于 2019 年 6 月全部出版。）

卞： 多谢您送给我刚刚出版的《新编中国名选诗》（岩波书店 2015 年版）。完成这部书后，下面您打算研究什么课题？

川合： 我打算研究苏东坡。另外，南宋以后的诗也很有意思，觉得很新鲜，我在做《新编中国名诗选》时也选了这个时段的诗，但数量比较少。以后如果有精力，打算对南宋以后的诗下点功夫。早稻田大学的内山精也先生和他的朋友正在研究南宋的江湖派诗人，你也知道，他已经编好了一部江湖诗派的论文集《南宋江湖诗人》，作为《亚洲游学》特辑，马上就要出版了。（东波按：内山精也教授所编的《南宋江湖诗人——中国近世文学之黎明》[南宋江湖の詩人たち - 中国近世文学の夜明け -] 已于 2015 年 3 月于勉诚出版社出版。）我研究苏轼，不光打算研究苏轼的诗，还要研究他的文章和学术。我之所以选择研究苏轼，主要觉得苏轼代表了中国文化。我希望从世界文学和文化史的角度来研究苏东坡，将苏东坡的文学放到世界文学中去看他的普遍性。东坡的一生可以说是命运多舛，遭遇到很多打击，但他从不悲观。

卞：吉川幸次郎先生的《中国诗史》说过："宋以前的诗，以悲哀为主题，由来已久。而摆脱悲哀，正是宋诗最重要的特色。使这种摆脱完全成为可能的是苏轼。"又说苏轼的人生观是"扬弃悲哀的宏观哲学"。

川合：你说的不错。但我觉得，文学上的悲哀其实和实际生活中的悲哀是不一样的，我甚至认为悲哀是一种快乐的感情。我觉得，苏轼认为，悲哀是一种纯粹的感情，甚至还有点"享受"这种感情。他不但在人生的悲哀中感到满足，而且还努力超越自己的悲哀。你知道叶嘉莹先生的一生也是比较悲惨的，她和丈夫到台湾后，丈夫被国民党抓了起来，关进监狱；她自己也受到牵连，坐过牢。中年的时候，大女儿和女婿又遭遇车祸去世。这种人生的打击对一般人，说不定很快就垮掉了，但她依然很乐观。叶嘉莹先生的侄媳妇是日本人，也是我的朋友。有一次她问叶先生："您一生经历过很多不幸的事情，为什么还能这么乐观？"叶先生回答说："因为我是研究中国古典文学的。你看看苏东坡吧，他遭遇到的打击更多，但他一直都很乐观。"我想正是苏东坡能给我以力量，所以我打算好好研究一下苏东坡。

卞：说苏轼很旷达，很乐观，这不是一种很常见的看法吗？您有没有什么新的意见？

川合：我对苏东坡其实并没有太多新鲜的看法，也没有利用新的资料。我觉得新的解释并不是最重要的。现在很多学者都会提出新的解释，但重要的是，解释之后，我们所看的世界能不能发生变化。吸引我的永远是东坡对人生的态度，这可以改变我们对世界的看法。我们平常看世界，其实很简单；但读了文学之后，我们看到的世界会发生改变。比如说樱花，平常看它就是一种花，但对日本人却有特别的意味，这是因为日本文学赋予了樱花特别的意义。

卞： 王阳明也说过："你未看此花时，此花与汝同归于寂；你既来看此花，则此花颜色一时明白起来，便知此花不在你心外。"自然界的花确实是客观存在的，但我们看到的花已不是现象界的花了，都经过我们思想的过滤。

川合： 正是这样。我可以再举唐代文学的一个例子，比如杜甫看花就与一般人看花很不一样。一般人看花，总会欣赏花的美，或者是惜花。我们读杜甫的《曲江二首》其一的第一联："一片花飞减却春，风飘万点正愁人。"你可以看到杜甫笔下的花与我们平常欣赏的花之美完全不同，杜甫诗中的花给人的感觉是生命力太强了，杜甫都觉得受不了；他感到花的力量正在压迫自己，所以他用了"愁"这个字。杜甫忘掉了自己，因为他不知道如何面对花的力量。

卞： 您对杜甫的解读非常有意思，而且解读后的杜甫与我们从前理解的杜甫有些不同。虽说古往今来，杜甫的研究已经汗牛充栋了，但仍然还有开掘的空间。最近中国人民文学出版社出版了萧涤非教授等编著的《杜甫全集校注》12 册，宇文所安教授也将杜甫诗全部翻译为英文，即将分 6 卷出版。可以说，这些著作的出版，都显现了杜甫研究的小小的高潮。

川合： 确实是这样。日本学界也重视杜甫的研究，吉川幸次郎先生生前也在做杜诗的详注，出版了4册，后来兴膳宏先生继续他的事业，又整理出2册出版。最近有家杂志向我约稿，要我写一篇关于中国古代战争诗的文章，我就写了一篇杜甫的战争诗，以他早年的诗歌为中心。我发现，杜甫早年写战争的诗，如《兵车行》特色并不明显，或者说没有杜甫自己的特色，杜甫只是用了乐府诗的传统，这首诗的内容也很传统，如写战争的场景“耶娘妻子走相送，尘埃不见咸阳桥。牵衣顿足拦道哭，哭声直上干云霄……边庭流血成海水，武皇开边意未已。君不闻汉家山东二百州，千村万落生荆杞”，这在汉乐府中已经出现过。我们看到杜甫似乎以一种近乎“残酷”的超然态度描写了这一切，虽然杜甫也有他的同情和感动，但他与诗中悲惨的事情仿佛有一定的距离。但我们发现，杜甫越往后的诗，这种距离越小。那些悲哀的事情不再是客观的表现，而是诗人不得不表现的内容，是诗人内心感情很自然的表现，这也最终成就了诗人杜甫，成就了杜甫的伟大。所以我觉得杜甫的文学生涯并不是线性的，而是有一个变化的过程。古人经常说，杜甫在秦州、成都、夔州时期，诗风都有很大的变化，其实杜甫的感情在诗中也有一个变化的过程。

卞：前面我们谈到中唐文学，现在又说到杜甫。为什么中唐诗人受到杜甫影响很大，而对李白的吸收则不多？

川合：上面我们谈到中唐文学的新变，其实这些新变的因子在杜甫那里就已经有了。中唐人开始将李杜并举，我觉得李杜好比站在山巅上的两位巨人。李白总结了过去的文学传统，我可以宴饮诗为例。李白写宴饮，如《春日宴桃李园序》沿袭的还是《古诗十九首》的传统，写到人生无常，如“夫天地者，万物之逆旅；光阴者，百代之过客。而浮生若梦，为欢几何？古人秉烛夜游，良有以也”。与《古诗十九首》的表达非常相似。可以说，李白在文学上是比较传统的诗人，而杜甫则是当时的“先锋”诗人，他开启了很多诗歌的新面向，他是开启未来的诗人。我也以他的宴饮诗为例，如《九日蓝田崔氏庄》，诗中说：“羞将短发还吹帽，笑倩旁人为正冠。”又说：“明年此会知谁健？醉把茱萸仔细看。”我们可以看到，杜诗没有人生短暂之叹，写的完全是个人化的感情，这在李白诗中是没有的。所以我说，李白写的是普遍的诗，而杜甫写的是个人的诗。

五、日本汉学与学术理念

卞：您曾长期在日本汉学重镇京都大学任教，又研究中国古典文学多年，您怎么看现在日本的中国古典文学研究？

川合：京都大学是非常好的大学，为日本培养了很多中国古典文学研究者。以前日本汉学界有京大、东大的区别，现在这种区别已经没有了，我们京都大学就有毕业于东京大学的学者。虽然现在日本的中国古典文学研究仍有进展，但也有一些令人不满意的地方。尽管现在在日本研究中国古典文学的学者已经很少了，但我还是觉得从业者太多，也就是说很多人不懂做学问的意义，为了研究而研究，为了发表而发表，而且无价值的研究也比较多。又因为现在电子检索非常方便，很多人写了很多很像论文的论文，但其价值仍有疑问。2009 年的时候，我曾在同志社大学发表过一次演讲，叫作《中国古典文学的存亡》，后来有台湾学者将其翻译成了中文，刊登在台湾的学报上（东波按：中译文见台湾《政大中文学报》第十五期，谢嘉文译，2011 年 6 月）。在这篇演讲中，我说现今日本的中国古典文学研究正面临“四重苦难”：第一，同样属于文科，但和社会科学不同，人文学科正处于苦不堪言之境；其次，在人文学科里，与历史、哲学相比，文学则在衰退之中；再次，文学领域之中，东洋文学又比西洋文学更冷门；最后，同样是东洋文学的范畴，相较于近现代作品，古典文学更不受重视。可见，中国古典文学不论如何分类，都处在衰亡的困境之中。我这样说，有点悲观和夸张的成分，现实中中国古典文学研究在日本确实有点衰落。其实在任何时候，人文学科都是冷门的，这是由人文学科的性质决定的。虽然我说古典文学有四重苦难，但我是相信文学的力量的。文学的世界与我们生活的世界是完全不同的，我们在饮食男女之外，还有更高的精神追求，有思考和感情需求，所以我们不可能离开文学、忘记文学。我认为，没有所谓“现在的文学”，文学就是从古代一直延续到现在的存在。今天从事文学创作的人，不能离开古典文学。我们不是研究过去的文学，而是研究普遍的文学。就日本的中国古典文学研究而言，还有两点可以强调一下，一是成立了很多新的中国古典文学研究会，如 2013 年刚成立了日本宋代文学学会；另一个是日本的读书会很多，如前一段时间一海知义先生组织了“读（陆）游会”，兴膳宏先生组织了《金楼子》读书会。这些都对日本的中国古典文学研究有助推作用。

卞：您除了在世界各地讲授中国文学之外，对日本近代文学也有精深的研究，在您有关中国古典文学研究的专著中，经常会看到从日本文学出发的比较视野。作为治中国古典文学的学者，您怎么又会同时研究日本近代文学的呢？

川合：我一直就喜欢读日本近代文学。其实所谓日本文学也是有很多种，如日本的“私小说”，是日本特有的文学。但这种小说并不是最好的文学，因为他感兴趣的主要是自己，世界观太小，观念也太狭窄。中国古代文人都有治国平天下的理想，文人基本也是学者，知识和识见都很广博。所以日本文人应该学习中国的古代文人。日本近代史上的作家，如夏目漱石、森鸥外等，他们的作品也是世界文学中比较好的精品。他们其实也是知识分子，对日本、中国、西方的古典都比较熟悉，这造就了他们较高的创作格调。日本当代作家中，川端康成的风格完全与西方不同，故得到诺贝尔文学奖委员会的赏识。我知道村上春树现在在中国非常流行，但我不认为他是很好的作家，甚至他的文学都不算是真正的文学，因为他写的日文并不是很好的日文，他只能算通俗性的作家。

卞：您虽然从京都大学退休了，但还在继续担任日本最大的汉学研究机构日本中国学会的理事长。您在日本中国学会任职的四年时间（2011—2015 年），主要做了哪些工作？

川合：我是 2011 年 4 月担任日本中国学会理事长的。我们学会是日本全国性的中国学研究会，成立于 1949 年 10 月。本学会主要由研究中国思想、哲学以及中国语言学、文学的学者组成，所以我们学会没有研究中国历史的学者。但是，我们也意识到以往划分方法上的缺陷，所以我们现在将学会定位为“对中国进行全方位研究”的学术机构。学会有理事长，还有两位副理事长，现在是神塚淑子与和田英信教授，另外还有干事长等人员。在理事会之下还设有全国大会委员会、论文审查委员会、出版委员会、选举管理委员会、研究促进及国际交流委员会、未来计划特别委员会及网站运营特别委员会等各专门委员会。学会从前有 2000 多位会员，现在有 1800 人左右。我们每年 10 月召开一次学会，一般分为四个专题：中国文学、中国哲学、中国近代文学、日本汉学。四年来，我组织了四次学会，分别在九州大学（2011 年）、大阪市立大学（2012 年）、秋田大学（2013 年）、大谷大学（2014 年）召开了学术会议。会员都可以参加，报告论文的学者只要提交论文摘要就可以了，不必提交全文，每人报告 20 分钟。学会每年还发行《日本中国学会报》，这在日本是极有影响的学术刊物，到 2014 年已经出版了 64 期。《日本中国学会报》实行非常严格的审查制度，一般聘请三位该领域的专家进行审稿，用稿率大概在三分之一。近年来，除了日本学者在日本中国学会上报告论文之外，一些中国留学生也开始在学会上发表论文。我们鼓励年轻人发表自己的研究成果，不但减少了研究生的会员费，而且还从 2011 年开始举办“中青年学术研讨会”。其实，日本学会的理事长或会长完全是服务性的，权力并不大，我主要做一些召集工作，然后在大会的开幕式、闭幕式以及晚会上发言。具体事务则由理事会下面的各委员会协助承担。

卞：有一些学者认为，您的学术著作非常吸引人，很耐读，读起不像一般的学术论文那么枯燥，与其说是学术著作，不如说是学术创作。

川合：确实有人这么说。2014年6月，我受邀去早稻田大学演讲，演讲会由内山精也教授主持，他在介绍我时，也说到这点。我想这与每个学者的风格有关，我不喜欢堆砌资料。在阅读诗歌时，只有在读不懂的时候，我才会去看注释。一般的日本学者做学问很琐细，但我认为那不是真正的文学研究。

卞：作为外国学者，您研究中国古典文学，觉得有什么体会？是不是像兴膳宏教授一本书的书名所揭示的那样，有一种“异域之眼”？

川合：日本学者研究中国古典文学有不少不利的地方，但也有一些优势。日本介于中国与西方之间，吸收西方的思想很快。从“异域之眼”出发，肯定能看到中国学者看不到地方。我比较强调西方文学观念的运用，从前我在京都大学编辑日本学界有名的《中国文学报》的时候，用的西方词汇太多，一些日本学者就不太喜欢。我觉得，京都大学的中国古典文学研究善于借鉴西方观念是很好的传统，这也是从吉川幸次郎先生那里继承下来的传统，吉川先生是位思想非常开放的学者。我还是那句话，研究中国古典文学一定要将其放在世界文学的脉络中加以观照。另一方面，我觉得将来的中国学研究应该不分内外，应该在同一平台上进行对话与研究，不应该分为中国本土的研究、美国汉学、日本汉学，应该就是一种整体的中国学。

2018 年 4 月，作者与川合康三教授在东京国学院大学合影

卞：与一般日本学者很少借鉴西方的理论不同，我们在您的文章中经常可以看到您援引西方的理论著作，特别是法国的著作。曾经中国学术界也有过那么一段时间，喜欢套用西方理论来研究中国文学，结果发现这条路似乎很曲折。那么您如何看中国古典文学研究与西方理论之间的关系?

川合：我在年轻的时候，看了比较多的法国文学理论的书，所以在文章中，有时也会引用一些，我对结构主义和新历史主义批评比较感兴趣。中国“文革”结束之后，很多中国学者写古典文学论文，引用了很多西方的文学理论，这些理论家的名字都是用汉语写的，满眼是这些没有意义的汉字人名，我看这些文章大有不知所云之感，可能是当时的中国人比较着急地要吸收西方理论。现在这种情况在中国好了很多。我认为，理论可以看，可以用，但用之前你自己要有自己的想法，不能让别人的理论在自己的脑袋中跑马，应该用理论去证明你的想法是正确的。我年轻时，曾研究过“阮籍的飞翔”就是受到法国学者加斯东·马拉什（Gaston Bachelard，1884—1962）的启发。加斯东认为，我们都有原始的想象力，所以我们能够移情（empathy）。比如我们都有运动的想象力，所以我们就想象我们可以像仙人一样浮游在天宇之中。但我发现，阮籍的飞翔与一般仙人的飞翔很不一样，仙人的飞翔是轻飘飘的，而阮籍的飞翔则是很有力量，像火箭一样一飞冲天，他很努力地想飞翔。阮籍笔下飞翔的有两种鸟，一种是大鸟，一种是小鸟。他羡慕大鸟的飞翔，但感到很不安全，而小鸟则可以很安全地生活。从前学者研究《咏怀诗》，很关心《咏怀诗》写的是什么政治事件，或者通过诗来了解其背后的事情。比如说，看到《咏怀诗》中的鸟，总想知道有什么象征意义，《文选》五臣注就做过猜测。我虽然知道这些是必要的，但我觉得这并不是很重要。重要的不是诗歌的背景或典故，而是诗歌的情感和想象。我们要像孩子念诗那样，回到诗歌本身，剔除心灵的杂念，回到我们最朴素、最纯真的感动，探寻诗何以为诗的真谛，这才是我们阅读诗歌的目的。这是我二十几岁时的看法，至今仍没有改变。

卞：川合先生，非常感谢您多次接受我的访问，在和您的谈话中，我不但对您个人的研究思路、研究成果有了更深入的了解；而且通过您的介绍，我对日本汉学的现状也有了更直接的认识。多谢！

川合：不用客气。我也从你那里知道很多中国学术界的信息。希望以后我们能合作研究，共同推动中国古典文学研究的进步。

2015 年 3 月 31 日

本文缩减版发表于《文艺研究》2015 年第 7 期；完整版本发表于林宗正、蒋寅编《川合康三教授荣休纪念文集》，凤凰出版社 2017 年版

第四辑　好探珍秘开茅塞：

汉籍与汉学

《寒山诗日本古注本丛刊》后记

2006年从南京大学中文系博士毕业留校工作后，受到业师张伯伟先生的影响，我将未来的研究方向设定为域外汉籍的整理与研究。进入这一研究领域之后，我不停地有发现新文献的乐趣，从而产生了将自己接触到的域外有关中国古典文学的新资料向中国学术界介绍的愿望。多年来，我一直期盼着将我收集到的多种寒山诗日本古注本影印出版。没想到，多年的愿望竟在一朝实现，真是欢喜莫名。

如今汇集在本《丛刊》中的四种寒山诗日本古注本和一种日本《拟寒山诗》单行本，是我进入域外汉籍研究领域十年间的陆续所得。最早是在项楚先生所著的《寒山诗注》中知道日本有多种寒山诗的古注本，但一直无缘见到原书。后来通过网络，在早稻田大学图书馆的网站上看到白隐慧鹤禅师的《寒山诗阐提记闻》。2008年，我到哈佛大学哈佛燕京学社访学，很幸运在哈佛燕京图书馆善本部见到了《寒山子诗集管解》一书。此书是四种寒山诗日本古注本中份量相对较大，也是学术水平最高的一部。当时读罢之后，一是感叹寒山诗这一在中国文学史上这么重要

《寒山诗日本古注本丛刊》，卞东波编，凤凰出版社 2017 年版

的文学经典，在中国竟然没有一部注本流传下来；二是觉得应该将这些寒山诗日本古注本收集起来，汇总出版。

2011 年，我又受邀到日本京都大学担任客座教授，京都大学附属图书馆以及京都大学文学部图书馆不但收藏了大量的中国善本珍笈，而且也富于日本汉籍的收藏。就在京都大学的图书馆中，我又见到了大鼎宗允的《寒山诗索赜》、白隐慧鹤的《寒山诗阐提记闻》以及隐元隆琦的《拟寒山诗》。后来又通过检索，得知东京的驹泽大学图书馆藏有非常珍稀的《首书寒山诗》一书，遂通过京都大学附属图书馆预约前往阅览。当年五月，终于在该馆读到梦想已久的珍本。在日本访学期间，还接触到一些日本的寒山诗假名注本，虽然价值也很大，但中国学者利用起来终不方便，同时成书时代也较晚，故本次影印没有收录这些寒山诗的假名注本。

2011 年以后，我又有机会多次访问日本，先后在东京的神保町旧书店中买到了三种寒山诗古注本以及隐元隆琦《拟寒山诗》的原书，本次影印出版的古籍底本即为我个人的藏书。收集资料的过程还算顺利，其间得到了很多朋友的帮助，特别是当时尚在早稻田大学攻读博士学位的张淘博士，筑波大学王连旺博士，以及好友京都大学人文科学研究所永田知之先生的襄助，让我感激不已。2014 年 8 月至 2015 年 8 月，我得到国家留学基金委的资助又至哈佛大学东亚系访学。在哈佛访问期间，我得到哈佛燕京图书馆郑炯文馆长以及善本部王系老师、流通部杨丽暄老师的优待，得以肆意浏览哈佛燕京图书馆善本部的藏书。遂向郑炯文馆长申请复制扫描哈佛燕京图书馆所藏的《寒山子诗集管解》一书，得到郑馆长的积极响应，并很快得到了该书的高清扫描照片。本次影印出版的《寒山子诗集管解》的底本就是哈佛燕京图书馆的藏本。本书即将出版之际，我特对郑炯文馆长、王系老师、杨丽暄老师的关怀与帮助，深表谢意。

在海外各图书馆调查以及从事域外汉籍研究的过程中，我发现除了寒山诗有日本古注本之外，唐代的杜甫、贯休，宋代的苏轼、黄庭坚、释惠洪、释重显、陆游、朱熹等诗人的诗集都有日本的古注本，有的还不止一种。在全部收集到这些古注本之后，2014 年我遂以“唐宋诗日本古注本与唐宋文学研究”为题申报国家社科基金项目，有幸得到各位专家的认可，当年获得立项。在后续搜集、复制相关资料的过程，得到了国家社科基金的资助，特此表示感谢。

2013 年初，南京大学文学院成立了“中国文学与东亚文明研究”协同创新中心，希望在更广阔的视野，特别是东亚汉文化圈的视野下观照中国古典文学研究。本书之出版，也正是因应了这一学术潮流，同时本书的出版也得到了南京大学文学院“中国文学与东亚文明研究”协同创新中心的资助。

2013年以后，我一直谋求影印出版这些寒山诗的日本古注本，联系了几家出版社，都未能遂愿。现在本《丛刊》能够最终面世，得到了南京大学文学院院长徐兴无教授的鼎力支持，以及凤凰出版社姜小青社长的青睐，兴无师还为本书题写了书名，在此对两位先生的提携与关心，敬致谢忱。好友孙莺女史以及本书责编樊昕先生在本书的出版过程中，助我颇多，多有操劳，这里也一并感谢。

本书的前言曾在2015年南京大学域外汉籍研究所与京都大学人文科学研究所、高丽大学汉字汉文研究所共同举办的“第二届东亚汉籍交流国际学术研讨会”上报告过，得到张伯伟师以及京都大学人文科学研究所土口史记先生的评议。后来该文又以《寒山诗日本古注本的阐释特色与学术价值》为题发表在《南京大学学报》（哲学·人文科学·社会科学）2016年第3期，得到了《南京大学学报》朱剑主编、责编张亚权先生、禹玲女史的帮助。2017年3月，我受孙英刚教授之邀，参加浙江大学东亚宗教文化研究中心主办的“唐代佛教社会的诸问题”国际学术研讨会，并在会议上又报告了本书的前言，得到了同门师兄浙江大学古籍所冯国栋教授的指教，得以订正文中若干讹误。门下研究生宋雨婷在本书出版之际，又帮我校改了前言。对以上诸位的帮助深表谢意。

在本书进入出版的后期，我有幸成为浙江大学人文高等研究院的驻访学者，每日徜徉于月轮山下、之江之畔，静心澄虑，为我阅读校样、修改前言提供了极好的工作环境。这里我郑重对浙江大学人文高等研究院的罗卫东院长、朱天飙院长、李菁老师等同仁表示衷心感谢！

本《丛刊》即将出版，内心在兴奋之余，也希望本书能为唐代文学研究提供一些新的文献，并进一步推动寒山诗研究的进步，也为域外汉籍与中国古代文学的综合研究提供更多的资料。本《丛刊》的出版，亦为研究寒山诗在日本传播与影响提供了一些基础文献。其实这些古注本还蕴含着很多有价值的学术课题，如寒山诗日本古注本产生的学术背景，寒山诗古注本与江户时代禅宗复兴的关系，都是值得深入探讨的学术话题，这也是笔者将来打算进一步探究的方向。所以，本《丛刊》的出版，并不是我寒山诗研究的终点，而是未来研究的新起点。

卞东波

2016 年 10 月 15 日记于金陵盋山无待有为斋

2017 年 3 月 15 日补记

《朱子感兴诗中日韩古注本集成》后记

芳华虽逝，初 / 痴心不改。

在丁酉年的岁末和戊戌年的初春，为自己持续近十年的工作作一总结，内心的激动可想而知。2018 年，于我而言，是有特殊意义的一年。一是个人四十初度，步入不惑之年；二是距我第一次接触到中日韩《感兴诗》诸多注本并发愿整理亦已十年飘逝。回想二十二年前，我考入南京大学中文系后，即矢志于学问。廿二年来，对学问的爱好、敬畏之心，终始未改。这份初心，也可以说是一种痴心。黄山谷在《小山集序》中尝称晏几道有四痴，正是这些“痴”成就了晏几道的词格，而我想做学问也需要一点“痴”的精神，更需要对学问的痴迷、痴心以及痴情。我很高兴，这么多来年，我一直能够从事我喜欢的古代文学研究工作，痴迷与醉心于自己的学问世界，能够将职业与志业结合在一起。这真的要感谢伟大的时代，感谢南京大学文学院为我提供的安心治学的良好环境，感谢家人为我无私的付出与牺牲，感谢学界诸多师友对我的帮助与照顾。

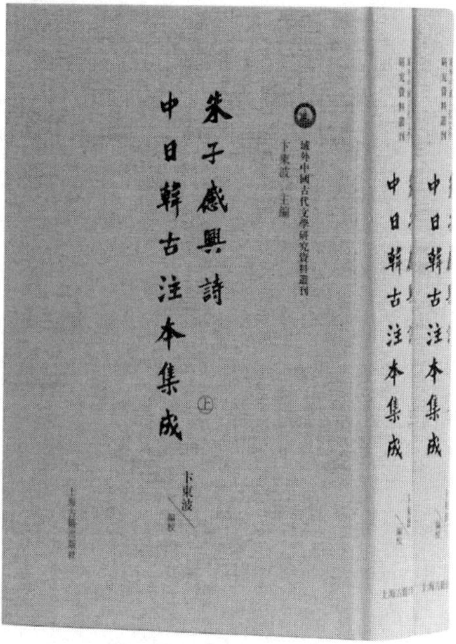

《朱子感兴诗中日韩古注本集成》，卞东波编校，上海古籍出版社 2019 年版

《朱子感兴诗中日韩古注本集成》一书，于我而言，附载了很多难忘的记忆，特别是见证了我学术转型的思考与挑战。2006 年，博士毕业留校工作后，有几年时间，自觉个人的学问原地踏步。我决心开始学术转型，将自己的学术轨道转换到域外汉籍研究上来，转型的契机就是其

时我在海外收集到多部朱子《斋居感兴二十首》的中日韩古注本。我内心不禁产生疑问：何以朱子这一组诗在东亚产生这么大的影响？这些注本之间的关系如何？这无疑在提示我，即使研究中国古代文学，也不能从单一的中国视角出发，而如将中国古代文学作品放到东亚汉文化圈的视域中加以观照，其意义就可能大不一样了。我决心从东亚汉文化圈的视角来研究朱熹这一组诗歌在中日韩三国不同的接受与反响，后来读到伯伟师写的《作为方法的汉文化圈》一文，深受启发，也与我的想法颇为契合，本书可以说是伯伟师这一理念的一个脚注。

本书收录了朱子《斋居感兴二十首》十几部中日韩古注本，整理与点校工作整整持续了十年。吴承学教授在随笔《微信万里校书记》(《古典文学知识》2017 年第 5 期)中曾说到我对海外材料的熟悉，并称我为“文献学专家”。其实“专家”我根本谈不上，而对域外文献的一点点熟悉，也得益于十年来多次在美国、日本、韩国访学时的调查与研究，并在访学的过程中又认识了很多志同道合的朋友，正是靠他们的帮助，我才能在万里之外，第一时间得到自己需要的资料。

2008 年 8 月至 2009 年 8 月、2014 年 8 月至 2015 年 8 月，我两度受邀在哈佛燕京学社以及哈佛大学东亚系访问，在哈佛燕京图书馆善本部中，我第一次读到山崎闇斋的《感兴诗考注》以及李宗洙的《朱子感兴诗诸家集解》,

进而知道了众多中国的注本。在哈佛访学时，我认识了卢京姬教授，她曾就读于韩国首尔大学，又在京都大学文学部攻读博士。她在哈佛访学结束后，在京都大学拿到了博士学位，并回到首尔大学工作。2010 年 8 月，首尔大学奎章阁韩国学国际研究院要召开第二届韩国学国际学术研讨会，京姬就邀我参加。我当时提交的论文就是《朱子〈斋居感兴二十首〉在东亚社会的流传与影响》。此文长约 5 万字，写作也持续了大半年时间。为了理解诗意，我一个字一个字将收集到的《感兴诗》注本输入电脑，此举的确加深了对诗歌文本的印象。这是我从前研究《唐宋千家联珠诗格》的方法，实践证明这种研究方法行之有效。

本来我以为《斋居感兴二十首》中日韩古注本只有几部，没想到越收集越多，不但有刻本，还有不少抄本。其时正在北京大学中文系攻读学位的都轶伦博士帮我申请到北大图书馆所藏的元代胡炳文《感兴诗通》明刻本的照片。在中国国家图书馆工作的罗瑛博士帮我复印了吴曰慎《感兴诗翼》的部分内容。同门卢又祯博士回韩国探亲时，帮我从韩国中央图书馆复印到任圣周的《朱文公先生斋居感兴诗诸家注解集览》。通过南京大学历史系杨晓春教授，我得到其时在日本九州大学留学的于磊博士的帮助，读到了九州大学附属图书馆所藏的久米顺利《感兴诗笔记》、加藤延雪《感兴诗考注纪闻》抄本以及任圣周《朱文公先生斋居感兴诗诸家注解集览》朝鲜版的原书。金程宇教授帮我在日本内阁文库复制到林鹅峰的《感兴诗考》抄本。后来在首尔大学会议期间，在京姬的帮助下，我不但得到奎章阁所藏的朝鲜清州牧刊本蔡模《感兴诗注》的复印件，而且还亲自读到了原书，这是存世最早的蔡模《感兴诗注》版本。当时在首尔大学留学的许放博士又帮我复印了宋时烈的《宋子大全札疑》全书。

除了调动各种资源获得《感兴诗》各家注本之外，查找、获得附录中的《感兴诗》的和韵诗、评论资料更为不易，花费了更大的力气，也有幸收获了很多友谊的果实。如我调查到台北图书馆藏有明初书林詹氏所刻的《选诗续编》后附有另一种版本的胡炳文《感兴诗通》，另外我需要核校的明人夏时所著的《守黑斋遗稿》原书也藏在台北图书馆中。2017 年末，在南京大学召开的第四届“东亚汉籍交流国际学术研讨会”上，有幸结识现在台湾大学中文系任教的佘筠珺博士，筠珺遂托其夫君东吴大学中文系赖信宏博士出手相助。在信宏的帮助下，我在千里之外很快就得了需要的资料，真是非常感激信宏与筠珺的鼎力相助。另外，张煜、陈昌强、商海锋、孙劼、刘杰诸学友在收集资料的过程中，都曾施以援手。我之所以要罗列这些旧事，一是心存感激之情，聊表谢意，此书不但是学术著作，亦是友谊的见证；二也是要说明从事域外汉籍研究在资料收集上的艰辛。为了编校此书，我拜托了中国大陆、台湾地区以及日本、韩国、美国等地的朋友，最后才得以将文献收集到目前这种程度。

写作本书的前言则完全是对自我的挑战。我贸然地闯入了东亚朱子学、东亚汉籍交流、东亚汉诗、东亚书籍史等从前比较陌生的领域，只能一边写，一边学习，直到现在也只能粗通大概，更精细的研究，还有待来日。不过，我于该文还有另一番记忆。2010 年，孩子刚刚出生不久，因为家里地方狭小，我一度只能睡在客厅，晚上也只能在厨房的餐桌上奋笔疾书。白天因为家中比较嘈杂，于是便到学校的教研室中去写作，写着写着就有同事来开会，只能再换地方。就这样断断续续写了大半年，终于在研讨会召开之前完成。承许放兄的大力襄助，将此文译成了韩文。当时在首尔大学报告此文时，我用中文演讲，由许放兄现场口译，卢京姬教授对拙文进行了深入的评议。她提出的一些问题，至今我还没有完全解决，需要进一步深入到朝鲜朱子学的脉络中。2010 年末，我还在徐雁平兄主持的南大文学院古代文学学科论坛第十三次讲习会上报告过该文，得到本学科同人的指教。2011 年，我到日本京都大学担任客座教授，又利用京大的藏书对该文进行了最后的充实订补，后承伯伟师不弃，发表在 2011 年出版的《域外汉籍研究集刊》第七辑上；又承首尔大学李锺默教授厚爱，韩文本发表于首尔大学奎章阁主办的《韩国文化》第五十四辑上。一篇论文辗转于中日韩三国，对我来说，洵为独特的人生记忆。后来生活条件有所改善，但写作此文的经历着实令我难忘，故特意在此表出，以志人生的雪泥鸿爪。我也通过首尔大学的会议与许放兄定交，以后凡我需要韩国的资料、翻译韩文文献，都得到他第一时间的援手，人生情谊见于文字之间，在此对许放兄特致谢忱。

2011 年以后，随着资料收集的齐备，点校工作也基本完成，遂谋求出版，但因为经费的原因一直未能付梓。点校稿也静静地存于电脑中很多年，我一直牵挂着此事，2013 还去国家图书馆校读了清代吴曰慎的《感兴诗翼》一书。2015 年末在安徽师范大学召开的“第九届东方诗话学国际研讨会”上碰到十年未见、当时尚在上海古籍出版社工作的郭时羽女史，谈到这部旧稿，她表示出了兴趣。至 2016 年末，上海古籍出版社建议以此稿申请 2017 年度的国家古籍整理出版专项经费资助。在上海古籍出版社和南京大学文学院的支持下，在国家古籍整理规划办专家的提携下，《朱子感兴诗中日韩古注本集成》有幸获得正式立项，这给了我莫大的鼓励，遂在 2017 至 2018 年将旧稿又重新仔细校订打磨了几遍。在项目申请过程中，得到上海古籍出版社奚彤云、刘赛诸友及郭时羽兄的青睐与帮助；而在文稿校对过程中，邓淞露、王茹钰、顾培新、靳晓岳、薛瑞丰、张晓琴、陈越、安生诸君又助我良多，特别是淞露帮我校对多遍，多所匡正。本书责编彭华细致耐心的工作，也使本书避免了不少错误，特此一并致谢。

2017 年，我的教学与科研工作特别烦剧，只有在校读《朱子感兴诗中日韩古注本集成》书稿时，我才能得到心灵的安放与对俗务的超越。我很喜欢《感兴诗》中“恭惟千载心，秋月照寒水”二句。每每在校稿时，我觉得我仿佛在和先贤对话，在努力接近朱子的精神世界。学者的心性确实应该像“秋月照寒水”般孤清冷寂，只有在这种心境中，才能理解古圣先贤的心灵世界。这也是我整理《感兴诗》东亚注本的最大感悟。

在此书进入到最后的定稿阶段时，我被各种烦琐的事务压得喘不过气来，日常的时间被切割得只剩下一块块碎片，急切想得到一段完整的时间，一鼓作气完成此书。非常感谢多年的挚友京都大学人文科学研究所永田知之教授邀请我到京都大学人文科学研究所访问，为我提供极好的工作环境，让我每日安心在世界有名的京大人文研中看稿、校稿。工作之余，眺望京大人文研本馆四楼窗外远处的山峦，总有一种澄心静虑的感觉，这大概就是学问的真谛吧。在京都客座期间，我在京大人文研的图书馆中看到该馆影照的台北图书馆原藏的元刻本《新编音点性理群书句解》，其中就有熊刚大所注的《感兴诗》。我又趁机去了名古屋的蓬左文库，在蓬左文库访到明初书林詹氏所刻的《感兴诗通》与《选诗续编补注》合刊本的朝鲜活字本。大阪大学文学研究科浅见洋二教授又邀请我去大阪大学访问，并至该校重建的怀德堂文库中看书，就在怀德堂文库中，我读到山崎闇斋的《感兴诗考注》和闇斋考订的《陈了翁责沈文》的合刊本，这亦是我从没有见过的版本。先后两次京大访学的经历对此书意义极其重大，不但让我收集到支撑此书整理出版的文献资料，而且也最终在京都完成了此书。此书的字里行间浸润了我在京都生活的难忘时光。

《朱子感兴诗中日韩古注本集成》是我研究域外所藏中国文集古注本系列工作的成果之一，也是我主编的《域外中国古代文学研究资料丛刊》的第一种。2017 年，我已经影印出版了《寒山诗日本古注本丛刊》，下面我打算整理出版规模更大的《中国文集日本古注本丛刊》《陆游日本研究资料汇编》等。配合文献整理工作，我还会撰写研究域外中国文学注释评论资料的专著。

《朱子感兴诗中日韩古注本集成》杀青之际，内心除了有马齿徒增的岁月飘忽之感外，更多的是心怀感激之情。除了感谢上面提到的帮助过我的好友之外，还要感谢南京大学文学院院长徐兴无教授支持我的工作，并慷慨为本书题签，业师南京大学域外汉籍研究所所长张伯伟先生对我的教导与引领，以及古代文学学科同人的相互砥砺，更要感谢母亲与妻子多年来的理解与支持。

因为水平有限，本书之整理肯定还有不少讹误，祈请读者诸君不吝赐教！

卞东波

2018 年春记于京都大学人文科研究所

《中国文集日本古注本丛刊》后记

每写 / 编完一部书之后，就像结束了一段旅行，在疲惫之余，也为能够饱览一路上的美景而回味不已，同时也会感到一丝遗憾：如果有再多的时间，就可以更从容、更细致地观看更多的景致。好在新的旅程即将开始，往时的遗憾也为新征程提供了某种契机。

2017 年夏，我在网上突然看到石立善、周斌先生主编的《日本先秦两汉诸子研究文献汇编》（上海社会科学院出版社 2017 年版）出版的消息，便与立善兄联系，问他是否有兴趣与我合作编一套日本研究中国集部文献的丛刊。这是我一个长久的想法，而且彼时我刚刚出版《寒山诗日本古注本丛刊》（凤凰出版社 2017 年版），正在整理《朱子感兴诗中日韩古注本集成》，另外也收集了大量中国古代总集、别集的日本古代注本，打算一次性编成一部大型丛书全部出版。立善兄对我的提议和计划很感兴趣，我们俩有段时间为了此事经常打电话，一聊就是半小时以上。经过多次电话沟通之后，我发现我和立善兄对于日本汉学的想法和理念很是相近，加之我对他的学问非常佩服，遂决定与他合作编纂这套丛书。

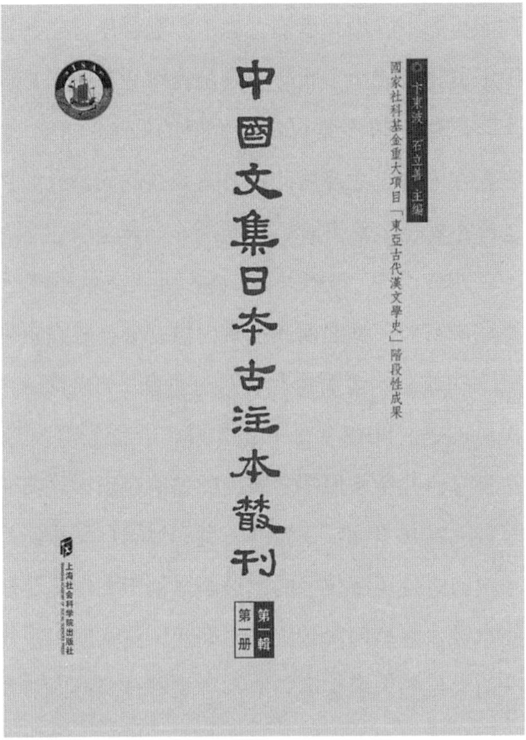

《中国文集日本古注本丛刊》，卞东波、石立善主编，上海社会科学出版社 2020 年版

我们的合作比较愉快。学术上的事务主要由我来负责，包括收集需要影印的资料，撰写学术性前言，给每部书写解题；而立善兄则负责联系出版，撰写序言，同时还支持我购买了若干需要影印的底本，他在日本访问期间还亲自到东京大学综合图书馆和东京的旧书店帮我申请复印和购买原书，助我良多。为了推进合作，立善兄介绍我认识了黄曙辉先生。曙辉兄既是古籍专家，又是著名的出版人，出版了很多具有传世价值的好书。2017 年底，我们三人在上海见面详谈此事，听了我的简单介绍后，曙辉兄立即拍板玉成此事。

2017 年底，这套《丛刊》所载文献虽然已经大体收罗完毕，但毕竟之前并未全力做此事，故在资料收集上还有一些缺憾，还需要赴日再进行新一轮的资料收集工作。幸运的是，2018 年 2 月至 4 月，我受到好友京都大学人文科学研究所永田知之教授的邀请在京大人文研担任客座教授；2019 年 6 月至 7 月，我又受到早稻田大学文学学术院河野贵美子教授的邀请赴早稻田大学高等研究所做访问学者。在这两次访问日本期间，我又购买、复印了不少从前未见的中国文集日本古注本资料，遂形成现在的规模。这里非常感谢永田兄、河野老师对我的大力帮助。

本《丛刊》所影印的绝大部分资料未曾影印出版过，故可视为研究中国古代文学、域外汉籍与日本汉学的新材料。本《丛刊》所收之书，一部分为我个人的收藏，还有一部分是哈佛大学哈佛燕京图书馆、日本国立公文书馆、京都大学文学部图书馆、关西大学图书馆、山梨县立图书馆等藏书机构的藏本。在此对这些藏书机构惠允我影印出版诸书表示万分感谢。在资料收集过程中，好友京都大学文学部绿川英树教授多次帮我申请复制京大的藏书，并帮我联系京都朋友书店社长土江洋宇先生申请授权影印《陆诗考实》；浙江大学人文学院王连旺博士不但经常帮我翻译申请信，还亲自陪我到各图书馆访书，也帮我购买了一些原始文献。所以，我要特别感谢绿川兄、连旺兄在收集资料过程中给予我的各种帮助，也感谢土江社长慨允我影印《陆诗考实》一书。本《丛刊》收入的不少书都是通过学习院大学文学部段宇博士、立命馆大学文学部靳春雨博士、华南师范大学文学院翁筱曼教授、河南农业大学文法学院王睿教授、陕西师范大学文学院蒋旅佳教授购买的，没有他们的帮助，很难形成本书。

资料收集工作毕其功于一役谈何容易，很多资料虽知其收藏地，或因为收藏机关授权与个人能力所限，故暂时未收入到本《丛刊》中。不过，本《丛刊》是一个开放性的资料汇编，目前出版的是四辑，以后还会有第五辑、第六辑……我们也欢迎各位学者、读者提供相关文献的线索。

编纂资料汇编提供给学界参考固然是好事，但最终目的仍然是研究。我们在资料收集齐全之后，对本《丛刊》所收的文献也进行了初步的研究，主要体现在我撰写的《前言》以及我们研究团队写作的五十篇解题上。当然，我们撰写的《前言》和解题还很薄弱，亦不敢自是，故在 2019 年 10 月 27 日，我通过南京大学人文社会科学高级研究院组织了一个“东亚汉籍与中国古典文学研究”青年学者工作坊暨《中国文集日本古注本丛刊》解题审稿会，邀请上海师范大学哲学与法政学院石立善教授、华东师范大学中文系刘成国教授、苏州大学文学院曾维刚教授、复旦大学中文系侯体健教授、上海师范大学人文学院李贵教授、西南大学文学院杨理论教授、信息工程大学洛阳外国语学院刘芳亮教授、浙江大学人文学院王连旺博士、南京大学文学院童岭教授，以及南京大学文学院博士生王园瑞、刘慧婷、邓淞露、方舒雅等同仁帮我们把关、会诊。经过一天热烈的研讨，各位专家和青年学者对我们撰写的《前言》和解题提出了很多建设性的意见。北京师范大学文学院李小龙教授虽未出席审稿会，但也寄来了详细的书面审稿意见。在后期的修改中，我们都已经吸收了诸位同仁的意见，故对以上诸友的协力致以万分的感谢，也要感谢南大高研院周宪院长、陈勇、马敬、郁霞老师对本次审稿会的支持。2019 年 11 月 8 日至 9 日，我又参加了山东大学文学院伏煦博士组织的“山东大学中国古代文学理论青年论坛”，在论坛上又报告了本《丛刊》的前言，得到了四川大学文学与新闻学院张淘博士的意见和建议，也十分感谢。

在本书的编辑过程中，美编崔明老师不厌其烦地帮我处理图片、扫描原书、编辑文稿，做了大量而繁琐的具体工作，如果没有崔明老师的帮助，本书很难高质量地完成。这里也对崔明老师表达特别的敬意和谢意。

本书虽是我和石立善教授共同编纂的，但仅凭我们二人之力，实难完成这么多的工作，本《丛刊》的完成也是我们南京大学域外汉籍研究团队，特别是我门下各位博士生、硕士生共同努力的结果。王林知、李晓田、薛瑞丰、王茹钰、顾培新、靳晓岳、张晓琴、陈越、李心畅、林小溪、周之易、张新雨帮我撰写和修改了多篇解题，特别是晓琴、心畅出力尤多，我对大家的努力也深致谢忱。晓岳、心畅、小溪、之易还帮我扫描了不少原书。晓田、晓岳、陈越、晓琴、之易又帮我校读了《前言》和《后记》。总之，本书也是我们师门集体合作的结晶。同学们在参与研究的过程中，也纷纷以本《丛刊》所收的文献作为自己学位论文的研究对象，所以我们相信本《丛刊》的出版并不是我们研究的结束，应该是我们进一步研究的起点。

在从事科研的过程中，我发现要将所“想”变为所“成”，没有学校和学院的支持很难实现。这几年我“想”做的事，先后有“成”，完全得益于国家对高等教育以及“双一流”建设的投入，最后一定要感谢南京大学文学院“中国文学与东亚文明研究”协同创新中心、南京大学文学院国家“双一流”拟建设学科“南京大学中国语言文学艺术”项目对我的支持。特别感谢南京大学文学院院长徐兴无教授长久以来对我工作的支持与鼓励，兴无师也亲自为本《丛刊》题写了书名，为本《丛刊》增色很多。

在日复一日、年复一年埋首故纸的日子里，我领略到很多书海中的美丽景致。我想，本《丛刊》就是我欣赏风景的某种定格，希望它能成为永恒。

卞东波

2019年11月18日记于金陵盋山无待有为斋

再记

今年11月到12月，崔明老师发来影印本的校样，我们研究团队一直在紧张地核对校样，修改《前言》、解题。12月4日，我把写好的《后记》初稿发给石立善兄审阅，他看完后，提了一些意见，我又作了进一步的修改。当天晚上，他很晚又打来电话，叮嘱我几件事情，而且一定要我记在本子上，如封面、护封的设计等等。我当时觉得他有点异样，但从话语中，听得出他的郑重。电话中，他的声音也异于往日，有点嘶哑，但并未显出疲病之状。这是在编纂此书两年多时间里，我们之间无数次通话中的一次，也是最后一次。第二天早晨，他还发来信息，然而，未曾料到我手机上他发来的信息就永远定格在 2019 年 12 月 5 日了。

12 月 18 日，是我主讲的南京大学研究生课程的最后一次课，下午五点下课后，陆续接到一些朋友打来的电话和发来的信息，告知立善兄的事情。我一开始还不敢相信，随着信息汇聚得越来越多，我才不得不接受立善兄突然离开的事实，可是我甚至到今天都不能接受这个事实——我们前几天不是还通过电话的吗?！怎么说走就走了？我突然才意识到，12 月 4 日夜里他那通电话的深意所在。

立善兄走后 5 天的 12 月 23 日，我和徐兴无院长、童岭兄、黄曙辉兄一起到立善兄家吊唁。这是我第一次到立善兄家，看到书房、卧室、客厅中堆满了各种学术书籍，才真正体会到他经常对我说的“我们都是读书人”并不是一句空话。我们向他工作过的书房鞠躬致敬，而我此时心里泛起的不仅是悲痛，更多的是悔恨。我后悔我的工作推进得太慢，没能让我们合作的书在计划中的今年年底出版。实际上，我的工作已经到了收尾阶段，如果立善兄不那么匆匆离去，在 2020 年初，我们一定会一起分享新书出版的喜悦，还有说好的新书发布会。可是，世上哪有这么多“如果”……

2012 年 5 月，南京大学域外汉籍研究所召开“东亚汉籍的研究方法”学术沙龙，立善兄应邀前来参会，这也是我与他定交之始。后来又在几个会议的场合见面，真正交往多起来还是在 2017 年我们开始合作编纂本《丛刊》之后。两年间，我们通过无数次电话，一点一点地商量编纂过程中遇到的各种情况。今年 10 月，我在南大组织召开《丛刊》解题审稿会，正在北京大学人文社会科学研究院驻访的立善兄也前来为我们的稿子号脉、把关。在其他学者讲完之后，他才开始徐徐道来，指出了不少我们知识范围之外的错误，让我大为佩服。正是在这次审稿会上，我得知他身体有恙的讯息。10 月份之后，我们又通过好几次电话，他说一直在治疗。不曾想，12 月 4 日通话后竟是天人永隔！

《丛刊》的编纂进入到最后阶段后，我一直催促立善兄写一篇高屋建瓴的《序言》放在我写的《前言》之前，他也慨然允诺，说很快就会写好。但可能他的学术活动太多（我在网上还看到，他患病后的 12 月 1 日还在贵阳孔学堂开会），也可能后来病情加重，他已无暇或无力执笔，所以他至今未完成的序言也是本《丛刊》最大的遗憾了。

今年六七月份，我在东京早稻田大学访学，便约立善兄来东京见面。他也欣然在 7 月初来东京会我。我们一起到二松学舍大学拜访了町泉寿郎教授，又一起访问了金泽文库、大东急记念文库等处。在东京一起盘桓的两日，我对立善兄的为人与为学又有了深入了解，特别是在大东急记念文库观看日本古抄本时，看得出他对这方面学问的熟稔。他告诉我，他的博士论文是研究《朱子语类》和《朱子语录》的，这正属于我研究的宋代文学与学术的范围，引起了我的浓厚兴趣。我数次问他，大兄的博士论文何时出版？他总是笑着说，再等等。话锋一转，又说："虽然我没有出书，但我每天都在读书和点书，也写了很多读书札记。"就在他去世前几天，他还托童岭兄从京都带回汲古书院出版的《东洋文库善本丛书》中的日本古抄本《毛诗》《论语集解》影印本，也让我见证了一位读书人、爱书人对书的最后痴迷。11 月 17 日晚上，立善兄通过微信发来他写的《〈大学〉〈中庸〉重返〈礼记〉的历程及其经典地位的下降》一文，这篇元气淋漓、大气磅礴，并非发在权威刊物上的论文，让我对他的学问敬佩不已。

立善兄去世后，我有时一个人静静地在想，立善兄固然有京都大学文学博士的名衔，但他公开发表的著述并不多，论文所刊的杂志也并非什么核心、权威刊物，数量也不多，但他的离世引起了中日学界的巨大震动，其原因就在于学界评价一个真正的学者并不是看论文的数量或发表刊物的档次，而是学人之间的口碑。我又回忆起，我当初决定与他合作编纂本《丛刊》的心路历程。还是在 2017 年 12 月，我到上海与他见面。在岁末的寒风中，他告诉我，马上放寒假，他就回东北老家了，还要回去照顾年老的母亲和有病的哥哥。而且以后每年一放假，都听他说，他要回去照顾母亲和哥哥了。他又说，他打算开春后，邀请京都大学道坂昭广教授来上海师大客座云云。因为在京大留学时，道坂先生对他多有照拂，故他对恩师一直感念于心。听罢此言，我心里和他合作的意向已经基本定了。“天下熙熙，皆为利来；天下攘攘，皆为利往”，有几人能有如此孝心，有几人在成名后还常念报答恩师？

“古之学者为己，今之学者为人。”立善兄著述不多，但家里却是“书满为患”，他是真正用心在读书，他追求的是为己之学。立善兄虽逝，但他留给我的不只是未见本《丛刊》出版的遗憾，还有一段真挚的友谊。

谨以此文，纪念立善兄！

2019 年岁末

卞东波再记

《知我者：中唐时期的友谊与文学》译后记

在写下“译后记”三个字后，长舒一口气之余，竟丝毫没有如释重负之感。虽然我已经翻译过十几篇海外汉学论文，也翻译过整本的汉学专著，但对于学术翻译一直有战战兢兢、如履薄冰之感，生怕曲解、误解原作者的意思。翻译之难，译者寸心自知。

校读文字之际，与田安教授交往五年来的往事在脑海中一一浮现……

2014 年 8 月至 2015 年 8 月，我受到国家留学基金委的资助，到哈佛大学东亚语言与文明系做访问学者。2014 年秋，田晓菲教授告诉我，哈佛东亚系要在年底举办一个“牛津中国古典文学研究手册（1000BCE-900CE）”的书稿研讨会，如果我感兴趣可以来旁听。就在那次会议上，我结识了田安教授。我告诉她，我非常喜欢她写的研究《花间集》的书“*Crafting a Collection: The Cultural*

《知我者：中唐时期的友谊与文学》，[美]田安著，卞东波、刘杰、郑潇潇译，中西书局2020年版

Contexts and Poetic Practice of the Huajian ji(Collection from among the Flowers)”，提出要翻译这本书。她告诉我，此书已有中文译者（后来才知道是马强才兄），译本即将出版，而她已经完成了第二本书的写作，也即将在哈佛大学亚洲中心出版。她在送给我的名片上，郑重地写下了第二本书的书名：*One Who Knows Me: Friendship and Literary Culture in Mid-Tang China*。我一看，知道是研究中唐文人友谊的，心中遂感兴趣，与这本书的缘分也由此产生。

2015 年初，收到田安教授来信，告知她的新书《知我者》已经出版。她说，会送一本给我，我们相约在 2015 年 3 月底芝加哥举办的 AAS 年会上见面。我们如约在芝加哥见面，我不但得到了田安教授惠赠的《知我者》签名本，而且还对她做了一个小小的访谈，就我关心的学术问题进行了请教。在谈话间，我才知道，田安教授出身书香门第，母亲是一位历史学家，她本人曾在中国台湾学习中文。她于华盛顿大学圣路易斯分校获得学士学位，主修法国文学和比较文学；又在哈佛大学获得硕士学位，师从宇文所安教授；后在印地安那大学获得博士学位，师从柏夷（Stephen R. Bokenkamp）教授。她又告诉我，2015 年秋天起，她将到普林斯顿大学东亚系任中国文学教授。同时，她还曾连续八年担任美国唐研究会（T’ang Studies Society）会长一职。收到田安教授的赠书后，我立即表示，有机会的话，我打算将此书译为中文。

机会很快就来了。2016年，童岭兄打算主编一套“中国中古学术思想书系”，主要收录海外学者研究中古文史的著作，约稿于我，我就报上了田安教授《知我者》一书的翻译。在田安教授的帮助下，中西书局很快拿到了中译本的版权，出版合同也在这一年顺利签订。2016年6月，孙承娟教授在京都同志社大学举办的AAS-in-Asia上组织了一个讨论组，邀我参加，并请康达维教授做主持人，田安教授做讨论人，会议开得很成功。我向田安教授通报了中西书局成功拿到《知我者》中文版权并计划出版的消息，她也很高兴。

签约容易，翻译可不易。2016年暑假，我翻完《导论》后，各种事情接踵而至，不得不暂停翻译。因为刘杰、郑潇潇和我合作翻译过郑文君教授的长文《诗歌、政治、哲理：作为东坡居士的苏轼》，我们都属于“直译”的一派，倾向于与原文的贴合，而不作发挥。有此经验，我再次邀请她们加入我的翻译团队。合作方式是，我们每人译一部分，最后由我来校对、修改和打磨。她们很好地完成了我交给她们的任务，2017年暑假译稿就已经大致完成。2018年8月，我和田安教授又在复旦大学举办的“唐代文学学会第十九届年会暨唐代文学国际学术研讨会”上见面，并在会后一起聊天。我从田安教授那里了解到，她正在写作第三本书，大致与宋人对唐代的塑造有关，她也已经发表了关于《唐文粹》的论文。她下一本书的研究大体与我的研究范围相关，我也非常感兴趣。经过断断续续的修改，我终于在 2019 年年初完成了《知我者》书稿的校译、修改工作。2019 年暑假，我再次对书稿进行了打磨修改。2019 年 8 月，我收到了田安教授专门撰写的中译本序。同年 10 月，在复旦大学召开的“中国宋代文学学会第十一届年会暨宋代文学国际研讨会”上，我和田安教授再次见面，告知她译稿已经提交出版社的消息，并向她展示了卢康华兄题写的中译本书名墨宝，她非常开心。2020 年寒假，我和刘杰再次校读了译稿。在此次翻译过程中，刘杰助我最多，我校译好每一章后，就发给她修改，然后我再对她的修改稿进行润色。全书完成后，我最后发给田安教授审阅。所以这部译稿凝聚了原作者和三位译者共同的心血和汗水。

译事虽竣，但翻译过程中获得的启示却一直萦绕在我的脑际。因缘际会，近十年来，我有机会多次到美国访学，得以接触到一些活跃的北美汉学家，我曾翻译芝加哥大学苏源熙（Haun Saussy）教授的《中国美学问题》（江苏人民出版社 2009 年版）一书，后又编译了两本海外汉学论文集《中国古典文学研究的新视镜——晚近北美汉学论文选译》（安徽教育出版社 2016 年版）、《中国古典文学与文本的新阐释——海外汉学论文新集》（安徽教育出版社 2019 年版），对北美汉学有了一点点的了解。就中国古典文学研究而言，北美近年来出版的相关著作在数量和质量上都超过了此前几十年。北美的中国古典文学研究也从早期的翻译基本文献、对中国文学的介绍发展为“文学文化史”的研究，宇文所安教授曾言：

我们要问一个文本是怎样流传下来的，而关于现存的文本，我们要问一问，我们是怎样以及何时开始认为一些文本比另一些重要的。我们要研究文本的物质性流传，资料来源的质量和性质、异文，关于作品质量的判断是什么时候做出的，以及某些阐释是什么时候做出的等等。我们还要问作品在当时是如何流传的。当这些问题被提出后，常常会改变我们理解一个文本的方式，有时还会从根本上改变我们的理解。(《史中有史》上，《读书》2008年第5期)

文学文化史更关注的是文本的生成、传播、接受与定型，以及文本生成时的文化语境。北美汉学家的文学文化史撰写实践表现为他们出版的一系列研究著作，如宇文所安教授主编的《剑桥中国文学史》上卷，他所著的《中国早期古典诗歌的生成》(*The Making of Early Chinese Classical Poetry*, Cambridge: Harvard University Asia Center，2006；中译本，生活·读书·新知三联书店2014年版)，田晓菲教授的《尘几录：陶渊明与手抄本文化》(*Tao Yuanming and Manuscript Culture: The Record of A Dusty Table,* Seattle: University of Washington Press，2005；中文版，中华书局 2007 年版）、倪健（Christopher M. B. Nugent）教授的《发于言、载于纸：唐代诗歌的制作与流传》（*Manifest in Words, Written on Paper: Producing and Circulating Poetry in Tang Dynasty China,* Cambridge: Harvard University Asia Center，2010）、罗秉恕（Robert Ashmore）教授的《阅读之神“移”：陶潜所处时代的文本和诠释》（*The Transport of Reading: Text and Understanding in the World of Tao Qian (365-427)*, Cambridge: Harvard University Asia Center, 2010）以及王宇根教授的《万卷：黄庭坚和北宋晚期诗学中的阅读与写作》（*Ten Thousand Scrolls: Reading and Writing in the Poetics of Huang Tingjian and the Late Northern Song*，Cambridge: Harvard University Asia Center，2011；中文版，生活·读书·新知三联书店 2015 年版）。这些著作讨论了中国古典文学文本与手抄本文化、印刷文化、阅读文化的关系，强调了文本生成的文化氛围与物质语境，都给人以耳目一新之感。

田安教授的《知我者》是近年来“文学文化史”研究系列的新作，而讨论的视角从原来的物质文化转到了充满人文意味的“文人友谊”。本书并不是简单讨论文人友谊对中唐文学的影响，而是有意讨论友谊与文学之间的互动关系，即中唐文学如何表现友谊，文人友谊又如何对中唐文学革新产生影响。本书五章围绕着这一主题，从各个角度切入友谊与文学的互动，第一章考察了中国古代传统中的友谊话语，以及中唐友谊形成的社会文化语境，中唐科举文化、文人文化的“去中心化”、中唐文人的责任感与改革精神对中唐友谊文化形成的影响。第二章则讨论了中唐文人两种类型的友谊，即文人与恩主（或座主）、文人与文人之间的友谊。下面三章，则分别从唱和诗、书信、祭悼文的角度切入文学如何表现友谊，甚至是文人去世之后的友谊的。总之，本书在中唐文学革新的大背景下，既从总体上论述了中唐的文化新变对文人友谊和文学产生的影响，也深入到文学史的肌理与脉络，分析了中唐文人在安史之乱后新的历史空间中是如何利用友谊在科场上夺取功名，在文场上相互竞合，从而形成若干各具特色的文人共同体，创造出中唐独特的文学表达的，他们的这一番努力也使得中唐与初唐、盛唐、晚唐一同成为唐代文学史上独特的历史阶段。

自现代学术建立以来，唐代是中国古典文学研究中被研究得最充分、成果也最多的时段，一系列的经典研究著作先后问世。唐代文学研究早已突破单纯的文学文本本身，拓展到文学与科举、文学与音乐、文学与幕府、文学与宗教、文学与传播等各个领域，相信这本以“文学与友谊”为主题的著作也一定会给中国唐代文学研究界带来别样的视角和启示。

回忆四年多的翻译历程，要感谢的人实在太多。非常感谢田安教授的信任，感谢童岭教授慨然将本书纳入“中国中古学术思想书系”中，并容忍我对译稿一拖再拖，感谢卢康华兄为本书挥毫题签，感谢中西书局吴志宏博士的精心编辑，感谢李碧妍博士的认真审读，更要感谢我的合作者刘杰与郑潇潇。校译的过程中，我一次次想起我们从前在南大的课堂上会读苏东坡诗、翻译海外汉学论文的日子，不曾想八年多的时光已然过去。

本书部分章节的中译文曾在《文学研究》《古典文献研究》《新国学》上发表，本书出版前，我们又对译文进行了校理，读者诸君若要参考，请以本书为准。本书由我最后核校、统稿、打磨，如果有错讹之处，所有文责在我。敬请读者诸君不吝赐教！

卞东波

2020 年初记于金陵盋山无待有为斋

凤凰枝文丛

三升斋随笔	荣新江	著
八里桥畔论唐诗	薛天纬	著
跂予望之	刘跃进	著
潮打石城	程章灿	著
会心不远	高克勤	著
硬石岭曝言	王小盾	著
云鹿居漫笔	朱玉麒	著
老营房手记	孟宪实	著
读史杂评	孟彦弘	著
古典学术观澜集	刘　宁	著
龙沙论道集	刘　屹	著
春明卜邻集	史　睿	著
仰顾山房文稿	俞国林	著
马丁堂读书散记	姚崇新	著
远去的书香	苗怀明	著
汗室读书散记	王子今	著
西明堂散记	周伟洲	著
优游随笔	孙家洲	著
考古杂采	张庆捷	著
江安漫笔	霍　巍	著
简牍楼札记	张德芳	著

他乡甘露	沈卫荣　著
释名翼雅集	胡阿祥　著
壶兰轩杂录	游自勇　著
己亥随笔	顾　农　著
茗花斋杂组	王星琦　著
远去的星光	李　庆　著
梦雨轩随笔	曹　旭　著
半江楼随笔	张宏生　著
燕园师恩录	王景琳　著
鼓簧斋学术随笔	范子烨　著
纸上春台	潘建国　著
友于书斋漫录	王华宝　著
五库斋清史存识	何龄修　著
蜗室古今谈	丰家骅　著
平坡遵道集	李华瑞　著
竹外集	朱天曙　著
海外鄉嬛录	卞东波　著
耕读经史	顾　涛　著
南山杂谭	陈　峰　著
听雨集	周绚隆　著
帘卷西风	顾　钧　著